MIRA®

Umwelthinweis:
Dieses Buch wurde auf chlor- und säurefreiem Papier gedruckt.

Kayla Perrin

Lust kennt kein Tabu

Erotischer Roman

Aus dem Amerikanischen von
Vera Möbius

MIRA®

MIRA® TASCHENBUCH
Band 35059
1. Auflage: März 2014

MIRA® TASCHENBÜCHER
erscheinen in der Harlequin Enterprises GmbH,
Valentinskamp 24, 20354 Hamburg
Geschäftsführer: Thomas Beckmann

Titel der nordamerikanischen Originalausgabe:
Playing With Fire

erschienen bei: MIRA Books, Toronto

Published by arrangement with
Harlequin Enterprises II B.V./S.àr.l

Konzeption / Reihengestaltung: fredebold&partner GmbH, Köln
Umschlaggestaltung: pecher und soiron, Köln
Redaktion: Maya Gause
Titelabbildung: Thinkstock / Getty Images, München; pecher und soiron, Köln
Autorenfoto: © Harlequin Enterprises S.A., Schweiz
Satz: GGP Media GmbH, Pößneck
Druck und Bindearbeiten: CPI – Ebner & Spiegel, Ulm
Printed in Germany
Dieses Buch wurde auf FSC®-zertifiziertem Papier gedruckt.
ISBN 978-3-86278-876-7

www.mira-taschenbuch.de

Werden Sie Fan von MIRA Taschenbuch auf Facebook!

1. KAPITEL

„Wow, was ich da höre, glaube ich einfach nicht. Du servierst mich heute Abend ab? Wegen eines *Kerls*?"

Zienna Thomas hörte, dass ihre Freundin Alexis lächelte, während sie sprach. Nun fühlte sie sich nicht mehr ganz so schuldig, weil sie das geplante Dinner in letzter Minute absagen musste.

„Tut mir leid." Seit sie Mitte zwanzig gewesen war, hatte sie keine einzige Freundin mehr wegen eines Mannes versetzt. „Aber Nicholas hat gesagt, heute Abend müsste er mich wirklich sehen. Jetzt bin ich schon auf dem Weg zum Treffpunkt. Es geht um das beste Essen für sein neues Restaurant. Das soll ich kosten, bevor er seine Inspiration verliert. Du kennst Nicholas. Wenn er sich aufregt, verhält er sich wie ein bissiger Hund, der seinen Knochen verteidigt. Also darf ich ihn nicht im Stich lassen."

„Vielleicht nicht. Allerdings hättest du ihm erklären können, dass auch deine beste Freundin mit ausgezeichneten Geschmacksknospen auf der Zunge geboren wurde …"

„Ja, sicher", stimmte Zienna zu. „Aber er will sein neues Restaurant vor der großen Eröffnung testen, und dabei soll ihm nur eine einzige Person helfen …"

„Schon gut, ich wollte dich nur ein bisschen ärgern", fiel Alexis ihr ins Wort. „Ich weiß, wie Nicholas ist. Wenn er drauf besteht, dass nur du seine neuen kulinarischen Kreationen probierst, wäre er stinksauer, wenn ich auftauchen und ebenfalls einen vollen Teller verlangen würde."

„Da hast du recht." Grinsend dachte Zienna an Nicholas' Launen. Was seine Geschäfte anging, befolgte er strenge Regeln. Seit fünf Monaten waren sie zusammen, und er hatte sofort entschieden, sie müsste alle seine neuen Speisen beurteilen, bevor er sie der Öffentlichkeit präsentierte. Für ihn zählte nur *ihre* Meinung – er wollte keine andere hören. „Außerdem“, fuhr sie fort, „ich habe so ein komisches Gefühl …“ Ihre Stimme erstarb. Plötzlich fand sie den Gedanken albern.

„Was für ein Gefühl?“, fragte Alexis.

„Also, ich weiß nicht recht … Die Art, wie er betont hat, ich müsse ihn *heute* treffen, nicht morgen … Und vor ein paar Tagen erwähnte er, dass sein bester Freund in die Stadt zurückkommen würde. Keine Ahnung, warum – jedenfalls wäre ich nicht überrascht, wenn er mich heute mit ihm bekannt machen würde.“

„Wow, dann wird's ernst!“, jubelte Alexis.

„Wohl kaum.“ Zienna spürte ein Kribbeln im Bauch. „Oder vielleicht doch? Aber er will mich ja nicht seinen Eltern vorstellen.“

„Sein bester Freund ist genauso wichtig. Offenbar mag er dich.“

„Und ich ihn“, seufzte Zienna. Ihr Herz schlug höher.

„Das habe ich gut gemacht, nicht wahr?“

Zienna konnte sich das breite Lächeln ihrer Freundin vorstellen. „Oh ja.“ Alexis hatte Nicholas in seinem Restaurant kennengelernt und beschlossen, ihn mit Zienna zu verkuppeln. „Anscheinend läuft's besser, als ich's erwartet habe.“

„Amüsiere dich mit deinem Liebsten. Natürlich verzeihe ich dir, dass du mir einen Korb gibst. Sorg dich nicht um mich, ich werde einfach einsam auf meiner Couch dahinsiechen …“

„Sieh's doch positiv. Du solltest dir endlich die letzte Staffel von ‚Criminal Minds‘ anschauen.“

„Autsch. Kennst du denn gar kein Mitleid?“

„Es gibt Schlimmeres, als einen Abend mit Shemar Moore zu verbringen.“

„Stimmt. Könnte ich ihn doch bloß nach Chicago holen, damit er mein gebrochenes Herz kittet …“

Zienna schwieg, während sie ihr Auto auf den Parkplatz

von *Reflections on the Bay* steuerte, dem Restaurant, das ihr Freund demnächst eröffnen würde.

Vor Kurzem war Alexis' Beziehung nach zwei Jahren zu Ende gegangen. Aber *sie* hatte die Verlobung gelöst und Elliotts Herz gebrochen. Er sei zwar toll, hatte sie behauptet, aber irgendwas habe in der Beziehung gefehlt. Die Verlobung habe ihr klargemacht, sie dürfe sich nicht mit einem Mann begnügen, der nur gerade gut genug für sie war.

„Hör mal, Alex, jetzt bin ich beim Restaurant angekommen. Ich rufe dich später wieder an, okay?"

„Ja, natürlich." Hastig fügte Alexis hinzu: „Hey, wenn Nicholas' Freund aufkreuzt und sexy ist, gib ihm meine Nummer."

„Sicher." Zienna lachte. „Wolltest du nicht auf dem Sofa dahinsiechen?"

„Du solltest mich eigentlich ermutigen, mit einem Fremden ins Bett zu hüpfen, um meinen Liebeskummer zu überwinden!"

„Bis später, Alex."

„Dann musst du mir alles erzählen!"

Kopfschüttelnd beendete Zienna das Telefonat. Die ganze Zeit hatte Alexis verkündet, sie würde sich nach einem neuen Typen umsehen. Schon bevor sie Elliott den Laufpass gegeben hatte. Nach einer ernsthaften zweijährigen Beziehung hatte sie, anders als viele Frauen in einer so stabilen Liaison, einen Antrag von ihm bekommen. Und sobald sie verlobt gewesen war, hatte sie sich um hundertachtzig Grad gedreht und erklärt, Elliott sei zu seriös, zu berechenbar – und deshalb sterbenslangweilig. Niemals könnte sie so einen Mann heiraten!

Obwohl Zienna glaubte, ihre Freundin hätte nicht mit Elliott Schluss machen sollen, verstand sie diese Gefühle. Vor einiger Zeit war sie selber ganz verrückt nach einem irre heißen Typen gewesen. Aber Wendell hatte nicht heiraten wollen – niemals – und vor vier Jahren das Weite gesucht. Danach hatte sie erkannt, dass ein Teil des Reizes ihrer Beziehung das Streben gewesen war, ihn dauerhaft für sich zu gewinnen. Nie hatte er ihr sein Herz rückhaltlos geschenkt und sie dadurch auf raffinierte Weise bei der Stange gehalten. Ständig musste sie um seine Zeit und seine Aufmerksamkeit kämpfen. Und der Lohn – superheißer Sex – war die Mühe wert gewesen. Seine langweiligen Nachfolger hatten sie nie herausgefordert. Ganz zu schweigen von ihren mangelhaften Leistungen im Schlafzimmer.

Schließlich hatte sie Nicholas kennengelernt, einen wundervollen Mann. Von Anfang an hatte er keinen Zweifel an seinem Interesse gelassen und sie demzufolge nicht herausgefordert. Trotzdem langweilte sie sich nicht mit ihm. Vielleicht war sie inzwischen erwachsen geworden und wusste einen Mann zu schätzen, der ihr sein Herz auf dem Präsentierteller servierte, anstatt Spielchen mit ihr zu treiben.

Spielchen, die nur unnötig wehtaten.

Zienna war scharf auf Wendell gewesen, aber letztlich hatte er sie unglücklich gemacht. Was sie nicht daran gehindert hatte, jahrelang auf seine Rückkehr zu hoffen und sich auszumalen, eines Tages würde er vor ihrer Tür auftauchen und gestehen, er hätte sie nicht verlassen dürfen ... Einfach idiotisch!

Zum Glück bin ich jetzt älter und klüger. Jetzt, wo sie Mitte dreißig war und eindeutig viel reifer, sah sie ein, dass es keine echte Beziehung gewesen war, was sie mit Wendell verbunden hatte. Oh ja, er hatte sie mit seinen Liebeskünsten verwöhnt, die Sehnsucht nach immer neuen Genüssen geweckt, aber niemals ein Morgen versprochen. Und sie war dumm genug gewesen, sich einzubilden, der fantastische Sex würde bedeuten, dass er sie liebte.

Man behauptet, die Zeit würde alle Wunden heilen. Letztes Jahr hatte Zienna endlich ihre restlichen Gefühle für Wendell begraben. Die waren der Grund ihres Desinteresses an den anderen Männern gewesen, mit denen sie sich eingelassen hatte. Ihr Herz hatte immer noch jemandem gehört, der keinen Wert darauf legte.

Weil Wendell nur mehr ein Teil ihrer Vergangenheit war, konnte sie ihr Herz einem neuen Mann schenken – Nicholas. Obwohl sie sich erst seit fünf Monaten kannten, liebte sie ihn.

Und das fühlte sich gut an.

Sie klappte die Sonnenblende des Autos herunter, um sich mit einem Blick in den Spiegel zu vergewissern, dass sie immer noch präsentabel aussah.

Im Norden von Chicago gelegen, nahe dem Belmont Yacht Club, war das *Reflections on the Bay* das Schwesternlokal des *Reflections*, eines Restaurants, das Nicholas seit acht Jahren betrieb. Er hatte sich ein Etablissement mit Aussicht auf den Lake Michigan gewünscht und überglücklich zugeschlagen, als das Anwesen zum Verkauf stand. Im Gegensatz zu seinem Lokal im Theater District beim Loop gehörte ein Parkplatz für die Gäste dazu – ein zusätzlicher Vorteil.

Zufrieden mit ihrem Aussehen, stieg Zienna aus dem Wagen und wandte sich zum See, der an diesem Frühlingsabend einen spektakulären Anblick bot. Auf sanften Wellen tanzten Mondstrahlen. Die Tische für die Terrasse waren bereits geliefert worden. Zweifellos würden viele Gäste im Sommer lieber draußen sitzen.

Zienna schaute sich lächelnd um. Sicher würde das neue Restaurant zahlreiche Leute anlocken. So wie beim Schwesternlokal, leuchtete der Name orangerot über dem Eingang. Schon in zwei Wochen, am vierten Mai, sollte das *Reflections on the Bay* eröffnet werden. Darauf war sie genauso stolz wie Nicholas.

Außer ihrem Auto stand nur seines auf dem Parkplatz. Also war ihre Vermutung, er würde ihr an diesem Abend seinen Freund vorstellen, falsch gewesen.

Sie betrat das Restaurant. Anders als im *Reflections*, wo die gedämpfte Beleuchtung eine intime Atmosphäre erzeugte, brannte hier helles Licht. Das Dekor glich der Einrichtung von Nicholas' erstem Lokal, mit Ausnahme einiger Lampen und gerahmter Fotos an den Wänden. Hier und im zweiten Etablissement reflektierten die Schwarz-Weiß-Aufnahmen Momente aus der Geschichte Chicagos – daher der Name.

„Hallo?", rief Zienna. Das köstliche Aroma eines Fischgerichts stieg ihr in die Nase, und prompt knurrte ihr Magen. Wahrscheinlich würde sie Nicholas in der Küche antreffen. Sie konnte es kaum erwarten, seine neuen Speisen zu kosten.

Auf dem Weg durch die geräumige Bar erinnerte sie sich an ihren ersten Besuch im *Reflections*. Vor fünf Monaten hatte Nicholas sie dorthin eingeladen und ihr das volle romantische Luxusprogramm geboten. Nur sie beide saßen in seinem Restaurant. Gedämpftes Licht, flackernde Kerzen auf dem Tisch – und aus dem Lautsprecher drang leise Musik. Es war ein traumhaftes Date gewesen. Damals hatte Zienna sofort die Vorteile einer Beziehung zu einem erstklassigen Koch erkannt.

„Darling?", fragte sie.

In diesem Moment kam er aus der Küche, ihre Blicke trafen sich. Sobald sie ihn sah, wurde ihr heiß. In seiner schwarzen Hose und seinem weißen, am Kragen geöffneten Hemd wirkte er unglaublich sexy.

Bei Ziennas Anblick strahlte er über sein ganzes attraktives Gesicht. Bei diesem ungekünstelten Lächeln, das seine Augen leuchten ließ, schmolzen alle Frauen dahin.

Und Zienna war eine Frau.

Sie liebte seinen schlanken, muskulösen Körper, seinen knackigen Hintern. Wenn er kein Hemd trug, war die goldbraune Haut seiner Brust makellos, bis auf ein dunkles, kreisrundes Muttermal direkt über dem Herzen. Mit seinem Waschbrettbauch könnte er ohne weiteres das Titelblatt eines Sportmagazins zieren. Im College hatte er Football und Basketball gespielt, was man heute noch an seiner athletischen Figur erkennen konnte.

Zienna hatte ein Collegefoto von ihm gesehen, das ihn mit langen Dreadlocks zeigte. Mit dieser Frisur konnte sie sich Nicholas nicht mehr vorstellen. Sein Haar war kurz geschnitten, sein Gesicht glatt rasiert. Diesen Look zog er jetzt vor, denn er meinte, damit würde er professioneller erscheinen.

„Da bist du ja", sagte sie,

„Wow!" Anerkennend musterte er sie von oben bis unten. „Du siehst umwerfend aus!"

„Ach, dieser alte Fetzen", witzelte sie. Natürlich wusste sie, wie elegant sie in ihrem schwarzen Etuikleid und den Riemchensandalen mit den Zwölf-Zentimeter-Absätzen wirkte.

„Eigentlich solltest du in einem Outfit herkommen, das ich dir nicht sofort vom Leib reißen will ..."

Als er sie umarmte, kicherte sie. „Nun, ich wollte nur ein bisschen Eindruck schinden. Und es wäre unsinnig, wenn wir uns schon jetzt wie ein altes Ehepaar aufführen."

„Ich beklage mich ja gar nicht", erwiderte er und ließ sie los. „Verdammt, Süße, dieses Kleid klebt ja wie eine zweite Haut an dir." Lächelnd bewunderte er ihr üppiges Dekolleté.

„Schau mich nicht so an", warnte sie ihn mit sanfter Stimme. „Es sei denn, du willst dieses Lokal noch einmal einweihen." Genau das hatte sie erhofft, als sie in dieses Kleid geschlüpft war. Sie neigte sich zu ihm. „Weil du selber zum Anbeißen aussiehst. Schon immer hab ich für Jungs geschwärmt, die sich schick anziehen. Noch dazu mit Schürze ..."

Die war tatsächlich verführerisch, denn sie wies auf Nicholas' phänomenale Kochkunst hin. Schon oft hatte er Ziennas Gaumen mit köstlichen Vorspeisen und sensationellen Desserts verwöhnt.

„Heute Abend gibt's keine weitere Einweihung", erklärte er und umfasste ihre Schultern.

„Nein?" Sie zog einen Schmollmund. Das erste Mal hatten sie das neue Restaurant auf dem Küchentisch eingeweiht und danach übereinstimmend festgestellt, eine der Nischen wäre günstiger, vor allem bequemer gewesen. „Kann ich dich wirklich nicht zu der Nische da hinten in der Ecke locken?"

„Tut mir leid, heute nicht. Weil du nicht nur meine neuesten Speisen testen, sondern auch jemanden kennenlernen sollst."

„Oh?" Neugierig schaute sie sich um.

„Ich habe ihm gesagt, er soll um acht hier ein. Aber vor zwanzig Minuten rief er an. Er wird sich um eine Viertelstunde verspäten. Also müsste er jeden Moment hereinkommen."

„So verdirbt man einem Mädchen die Vorfreude." Seufzend verschränkte sie die Arme vor der Brust. „Und ich hatte ganz fest mit der zweiten Nummer gerechnet." Der Liebesakt in der Küche war aufregend gewesen. Manchmal wünschte sie, Nicholas wäre etwas spontaner, wenn es um Sex ging.

„Verschieben wir's?"

„Klar." Eine kurze Pause. „Wenigstens habe ich noch dafür Zeit." Sie stellte sich auf die Zehenspitzen, und er umschlang ihre Taille. Dann fanden sich ihre Lippen.

Viel zu früh läutete die Türglocke. Zienna riss sich hastig von Nicholas los und unterdrückte ein Kichern.

„Soll ich später wiederkommen?", erklang eine tiefe Stimme hinter ihr.

„Ah, das ist er ja!", sagte Nicholas grinsend und ging an ihr vorbei.

Verstohlen wischte sie ihren Mund ab, um etwaige Spuren des Kusses zu entfernen, lächelte verlegen und drehte sich zu Nicholas' Freund um.

Sobald sie in sein Gesicht blickte, erlosch ihr Lächeln, und ihr Magen drehte sich um.

2. KAPITEL

„Nick."

„Wendell!"

Entsetzt beobachtete Zienna, wie sich ihr aktueller Liebhaber und ihr Verflossener umarmten. Vier Jahre lang hatte sie diesen Mann nicht gesehen. Und jetzt stand er da – ein Geist aus der Vergangenheit, zu neuem Leben erwacht.

Nachdem die beiden einander losgelassen hatten, ging Nicholas zu ihr, legte einen Arm um ihre Schulter und drückte sie an sich. „Wendell, das ist Zienna. Meine Liebe, das ist Wendell, mein bester Freund. Zumindest *war* er das – bis er einem Mädchen nach Texas gefolgt und nicht zurückgekommen ist."

Nicholas lachte leise, und Zienna konnte kaum atmen. Sie starrte Wendell an, der ihren Blick freundlich erwiderte. Verdammt, er sah noch besser aus als früher.

„Steht nicht einfach herum", mahnte Nicholas, „begrüßt euch."

Wendell streckte seine Hand aus. „Hallo, Zienna. Was für ein überraschendes Wiedersehen."

Oh Gott … Schmerzhaft hämmerte ihr Herz gegen die Rippen. Sie hatte nicht erwartet und gewiss nicht gewünscht, er würde die gemeinsame Vergangenheit erwähnen. Was mochte er denken?

Erstaunt schaute Nicholas von einem zum anderen. „Ein Wiedersehen?"

„Zienna und ich kannten uns vor einiger Zeit", erklärte Wendell, ohne sie aus den Augen zu lassen.

Kaum merklich hob sie die Brauen – die einzige Möglichkeit, ihm zu bedeuten, er möge verschweigen, wie gut sie sich gekannt hatten.

„Erinnerst du dich an meine Rotatorenmanschette, die ich mir mal gezerrt hatte?" Endlich richtete Wendell seine Aufmerksamkeit wieder auf seinen Freund. „Zienna war die Kinesiologin, die meinem Schultergelenk wieder zur alten Leistungskraft verholfen hat."

„Kein Witz?", fragte Nicholas grinsend.

„Sie gehörte zu den Therapeuten des Teams."

Verwundert wandte Nicholas sich zu ihr. „Also hast du für die ‚Bears' gearbeitet? Davon hast du mir gar nichts erzählt."

„Es ist schon so lange her." Noch immer bedauerte sie, dass sie die angenehme Arbeit bei dem Profifootballteam in Chicago aufgegeben hatte, um wegen ihrer Beziehung zu Wendell einen Interessenkonflikt zu vermeiden. Nur damit er sie letzten Endes einfach sitzen ließ … Aus diesem Grund hatte sie weder Nicholas noch sonst jemand von diesem Job erzählt.

„Allzu lange warst du nicht bei unserem Team, Zienna, bevor du zu diesem Therapiezentrum gegangen bist", sagte Wendell. „Wie heißt es? ‚Back to Motion'?"

„Ja." *Deinetwegen.* Das sprach sie nicht aus.

„Du erinnerst dich an ziemlich viel, was Zienna betrifft, Wendell", meinte Nicholas.

Als Zienna ihn anschaute, las sie in seinen Augen das, was sie befürchtet hatte: Misstrauen.

„Weil ich auch in diesem Reha-Center von ihr behandelt wurde", erwiderte Wendell ungerührt. „Ich hatte mich an ihre Technik gewöhnt. Und es gefiel mir, wie sie mich herausforderte."

„Ging es nur um ihre Technik?", fragte Nicholas skeptisch.

Sie öffnete den Mund, um zu protestieren. Aber Wendell kam ihm zuvor. „Das ist viereinhalb Jahre her, Mann."

Obwohl er der Frage auswich, schien Nicholas sich mit dieser Antwort zu begnügen, denn er nickte. „Okay, damals warst du ja ganz verrückt nach Pam."

Ihr stockte der Atem. *Pam? Wer, zum Teufel, ist Pam?* Vor

viereinhalb Jahren hatte Wendell ihr den besten Sex ihres Lebens geboten.

„Pam?“, würgte sie unwillkürlich hervor.

„Seine Freundin“, sagte Nicholas.

In ihrem Kopf drehte sich alles. Wie war das möglich? Damals hatte Wendell ihr versichert, er sei Single. Und sie erinnerte sich nur zu gut an seine letzten Worte.

Für eine feste Beziehung bin ich noch nicht bereit. Tut mir leid.

Und dann hatte er die Stadt verlassen.

„Ist Pam das Mädchen, mit dem du nach Texas gegangen bist?“, fragte sie, um einen neutralen Ton bemüht. Den Ex unter solchen Umständen wiederzusehen war schlimm genug. Aber zu erfahren, wie niederträchtig er sie belogen hatte, und nicht darauf reagieren zu können – wie sollte sie das ertragen?

„Ja“, bestätigte Nicholas, „Pam, das Bikini-Model.“ Grinsend schlug er Wendell auf den Rücken. „Schon immer war er hinter Superfrauen her. Ein Wunder, dass er’s bei dir nicht versucht hat!“

„Also ein echter Playboy.“ Ziennas Stimme klang schärfer, als sie es beabsichtigt hatte. „Offenbar der Typ, der sich niemals auf eine dauerhafte Beziehung einlässt.“

Wendell erwiderte ihren Blick. Zienna zwang sich, ruhig zu bleiben.

Jetzt spielt seine Lüge keine Rolle mehr, denn er gehört zu meiner Vergangenheit. Meine Zukunft ist Nicholas.

Um das zu demonstrieren, schlang sie einen Arm um seine Taille und lehnte den Kopf an seine Schulter.

„In der Tat war er ein richtiger Playboy“, bekräftigte Nicholas. „Bis er Pam traf. Nie zuvor habe ich ihn so verliebt gesehen.“

„Jetzt übertreibst du maßlos.“ Wendell schaute immer noch Zienna an. „So war’s nicht.“

„Wenn du einer Frau nach Texas gefolgt bist, muss es ernst gewesen sein“, meinte sie. „Hast du ihr einen Ring an den Finger gesteckt? Ja, natürlich …“ Sie warf einen raschen Blick auf seine linke Hand, entdeckte aber keinen Ring. „Offenbar bist du schon wieder geschieden – es sei denn, du hältst nichts von Eheringen. Oder du setzt deine Playboy-Karriere auch nach der Hochzeit fort.“

Nicholas lachte leise. „Sei nicht so bissig, Zee.“

War sie zu unfreundlich? „Wieso? *Du* hast ihn doch einen Playboy genannt.“

„Ich habe Pam nicht geheiratet“, betonte Wendell.

Was auch immer, du Schuft …

Zärtlich berührte sie Nicholas’ Wange und drückte ihren Mund auf seinen.

Am Anfang war es ein sanfter Kuss. Aber als Nicholas den Kopf heben wollte, schob sie ihre Zunge zwischen seine Lippen.

Erst nach mehreren Sekunden beendete er den Kuss. „Schluss jetzt, Süße!“, entschied er grinsend und wandte sich zu Wendell. „Verstehst du jetzt, warum ich dich mit ihr bekannt machen wollte?“

„Oh ja, sie ist zauberhaft“, stimmte sein Freund zu. „Ich habe schon immer gedacht, dass der Mann, der sie eines Tages erobern wird, zu beneiden wäre. Und ich bin froh, dass du es bist. Ihr beide seht sehr glücklich aus.“

„Das sind wir auch.“ Nicholas gab Zienna einen Kuss auf die Stirn. „Nun hoffe ich, ihr zwei seid hungrig … denn ich kann’s kaum erwarten, euer Urteil über meine neuste kulinarische Kreation zu hören.“

Er eilte in die Küche zurück und ließ Zienna mit Wendell allein.

In ihren Ohren rauschte das Blut. Bei jedem Atemzug schmerzte ihre Brust. Sie spähte über ihre Schulter.

„Jetzt sind wir sicher", sagte Wendell, „Er ist weg."

Sie fuhr zu ihm herum. „*Sicher?* Was soll das heißen?"

Statt zu antworten, musterte er ihren Körper von oben bis unten. Dann ließ er seinen Blick in ihrem Ausschnitt verweilen, während sie ihre Füße betrachtete.

„Verdammt", murmelte er.

„Du meinst doch nicht ernsthaft …" Hastig presste sie die Lippen zusammen.

„Dass ich meine Chancen bei dir einschätze?", vollendete er den Satz. „Du bist eine sehr schöne Frau, das wusste ich schon damals."

„Aber ich war kein Bikini-Model", konterte sie. „Ist das dein Problem gewesen?"

Ehe er darauf reagieren konnte, ging sie zur Bar. Was er dazu sagen würde, wollte sie nicht hören. Heiliger Himmel! Selbst wenn Wendell mit einem ganzen Harem weggelaufen wäre – für sie spielte es keine Rolle mehr.

Hinter ihr erklangen seine Schritte. „Wir sollten uns setzen und reden. Über alles."

Sie drehte sich um und sah ihn verächtlich an. „Warum?"

„Damit ich's dir erklären kann."

„Bist du verrückt?"

„Das war ich vermutlich. Vor vier Jahren."

Zienna öffnete den Mund. Aber ihr fehlten die Worte. *Lieber Gott, hilf mir, er sieht so traurig aus …*

„Wirklich, ich würde gern mit dir reden", fügte er hinzu, „und die damalige Situation klären."

Und obwohl ihr eigentlich egal sein konnte, was er empfand, hatte sie plötzlich Schmetterlinge im Bauch. Wollte er sie um Verzeihung bitten und alles wiedergutmachen?

Was stimmt denn nicht mit mir?

Diese Frage ließ sich leicht beantworten – die Erinnerung an die explosiven Momente im Schlafzimmer, jene Gedanken, die sie jahrelang gequält hatten. Nur deshalb war sie plötzlich so verwirrt in der Nähe dieses Mannes, den sie aus tiefster Seele verachten müsste.

Dann besann sie sich auf ihren Hass gegen ihn und fand ihre Stimme wieder. „Wir werden hier ganz bestimmt nichts bereden. Um Himmels willen, ich bin mit deinem besten Freund zusammen!"

Wendell trat näher zu ihr. „Ist es was Ernstes?"

Entgeistert rang sie nach Luft. Hatte er vollends den Verstand verloren? „Ach, du bist ... Darüber werden wir nicht sprechen."

„Worüber?"

Als sie Nicholas' Stimme hörten, wandten sie sich zu ihm. Das Blut stieg in Ziennas Kopf. Ihr wurde schwindlig, und sie fürchtete, in Ohnmacht zu fallen.

Wie viel hatte er gehört?

Lässig schlenderte Wendell zu ihm. „Nun, ich war neugierig und wollte wissen, wie ihr euch kennengelernt habt. Und wie lange ihr zusammen seid."

Nicholas schnitt eine Grimasse. Offenbar genügte ihm diese Antwort nicht. „Das klang so, als hätte Zienna sich aufgeregt."

„Weil ..." Scheinbar verlegen, zuckte Wendell die Achseln. „Also, ich habe gefragt, wie lange es gedauert hat, bis ihr im Bett gelandet seid."

Nicholas verdrehte die Augen und stellte zwei Gläser auf die Theke. „Nimm meinen Freund nicht ernst, Zee. Sein Schwanz ist schneller als sein Gehirn."

„Wie peinlich", bemerkte Zienna und heuchelte ungläubiges Staunen.

„Sorry." Seufzend hob Wendell seine Hände. „Ich bin eben an frühere Zeiten gewöhnt. Da hatten Nick und ich keine Geheimnisse voreinander."

„Jetzt sind diese Zeiten vorbei", sage Nicholas belustigt.

Aber ein seltsames Flackern in seinen Augen erweckte Ziennas Verdacht, hinter diesem Kommentar könnte etwas mehr stecken.

„Diesen Cocktail nenne ich ‚Island Sunset'", verkündete er und schob die Drinks über die Theke zu seinen Gästen, die sich auf die Barhocker setzten. „Mango, Ananas und Kokosnussrum."

Wendell nippte an seinem Glas. „Sehr gut."

„Gleich komme ich mit einem der neuen Hauptgänge zurück."

Nicholas verschwand wieder in der Küche, und Zienna spürte Wendells eindringlichen Blick. Aber sie wagte nicht, in seine Richtung zu schauen.

Glücklicherweise erschien Nicholas schon nach wenigen Minuten mit zwei dampfenden Tellern, die er auf die Theke stellte.

„Um beim Inselthema zu bleiben", erklärte er und strahlte über das ganze Gesicht. „Das ist jamaikanischer gebratener Rotbarsch auf einem Gemüsebett in würziger Essigsauce."

„Sieht fantastisch aus", meinte Zienna, „und riecht noch besser."

„Findest du? Damit es authentisch wirkt, habe ich den Fisch ganz gelassen, statt ihn zu filetieren. Ob die Gäste das mögen werden, weiß ich nicht. Jedenfalls wird der Rotbarsch auf Jamaica und in Costa Rica so serviert."

„Nach meiner Ansicht ist's okay", sagte Wendell.

Zienna schnitt mit ihrer Gabel ein Stück Fisch ab und steckte es in den Mund. „Oooh, ganz schön scharf."

„Zu scharf?", fragte Nicholas besorgt.

Kopfschüttelnd kaute sie. „Nein. Köstlich. Schmeckt großartig. Genau richtig gewürzt."

„Da hat sie recht", stimmte Wendell zu. „Ganz nach meinem Geschmack. Aber du weißt ja, Nick – ich habe stets für scharfe Sachen geschwärmt."

Bei dieser doppeldeutigen Bemerkung verschluckte Zienna sich beinahe an ihrem nächsten Bissen.

„Soll ich den Fisch auf meine Speisekarte setzen?“, fragte Nicholas.

„Ja, unbedingt“, erwiderte Zienna.

„Gut.“ Er lächelte zufrieden. „Später kann ich ja immer noch entscheiden, ob ich ihn filetieren soll. Je nachdem, was die Gäste meinen. Freut mich, dass mein Rotbarsch euch beiden schmeckt.“

„Ich wette, du hast dir ein passendes Dessert einfallen lassen“, sagte Wendell. „Was mit Ananas oder Kokosnuss. Und ganz viel Schlagsahne.“

Gegen ihren Willen wandte Zienna sich zu ihm und war nicht überrascht, als er sie anschaute. Weil er die Schlagsahne ihretwegen erwähnt hatte. Das wusste sie.

„Mango-Käsekuchen“, antwortete Nicholas.

Unvermittelt glitt Zienna von ihrem Barhocker. „Ich fahre nach Hause.“

„Oh nein“, protestierte Nicholas, „du bist doch eben erst gekommen. Und ich wollte noch was anderes servieren.“

„Es war ein langer Tag, und ich brauche meine Ruhe. Sicher habt ihr beide euch viel zu erzählen.“

„Meinetwegen musst du nicht gehen“, wandte Wendell ein.

Sie ignorierte ihn und ergriff ihre Handtasche. „Begleitest du mich hinaus, Darling?“

„Willst du uns wirklich schon verlassen?“, fragte Nicholas.

„Ja, ich habe Kopfschmerzen“, log sie und warf Wendell einen kurzen Blick zu.

Auf dem Weg zum Ausgang berührte Nicholas ihre Schulter. „Und sonst bist du okay?“

„Ja.“

Als sie die Eingangstreppe hinabgestiegen waren, nahm er sie in die Arme. „Hat Wendell dich gestört?“

„Natürlich nicht“, versicherte sie und streichelte seine Wange. „Ich bin nur müde.“

„Fahr zu mir, ruh dich aus, und warte im Bett auf mich.“ Er senkte seine Stimme. „Wenn ich jetzt nichts mehr von dir habe, will ich dich heute Nacht wenigstens neben mir spüren.“

„Einverstanden“, sagte sie lächelnd. „Und ja – ein paar geruhsame Stunden und ein Aspirin werden mir guttun.“

Sie ging zu ihrem Wagen und beschloss, Nicholas zu verwöhnen, wenn er nach Hause kam.

Bis dahin wollte sie sich von allen Erinnerungen an Wendell befreien.

3. KAPITEL

„Geh schon ran, geh schon ran!“, flüsterte Zienna in ihr Handy, als sie im Auto saß. Sie musste endlich mit Alexis reden. Sofort nach dem Besuch in Nicholas’ Restaurant hatte sie die Freundin anzurufen versucht, aber immer nur die Voicemail erreicht.

Sie hatte ihre ganze Energie in den Liebesakt mit Nicholas investiert. Danach war er eingeschlafen. Aber sie hatte wach neben ihm gelegen, obwohl sie erschöpft gewesen war, und den Abend in ihren Gedanken noch einmal erlebt.

Wirklich, ich würde gern mit dir reden und die damalige Situation klären.

Um Viertel nach fünf war sie vorsichtig aus Nicholas’ Bett gestiegen, hatte sich angezogen und gehofft, er würde nicht aufwachen.

Doch er öffnete blinzelnd die Augen. „Schlaf weiter“, wisperte sie. „Bevor ich zum Büro fahre, muss ich daheim noch was erledigen.“ Sie küsste ihn auf die Wange. „Später ruf ich dich an.“

Sie war zu ihrem Auto gelaufen und hatte noch einmal versucht, mit Alexis zu telefonieren. Seit sie in der zweiten Schulklasse Freundinnen geworden waren, erzählten sie einander alles, die guten und die schlechten Dinge. In der dritten Klasse hatte ein Rabauke einen Stein auf Ziennas Stirn geworfen und war von Alexis geohrfeigt worden. Damit hatte sie Ziennas Vertrauen für immer verdient – und seitdem waren sie beste Freundinnen.

„Geh endlich ran!“, stöhnte sie, als sie erneut die fröhliche Voicemail-Stimme hörte. Wo, um alles in der Welt, steckte Alexis so früh am Morgen?

Seufzend berührte Zienna das Display ihres iPhones und wählte die Nummer noch einmal. Hundertmal würde sie es versuchen. Ganz egal, wie lange es dauern mochte.

Beim dritten Mal meldete sich eine verschlafene Alexis. „Dafür musst du einen guten Grund haben …"

„Ich komme zu dir", kündigte Zienna ohne Umschweife an.

„Jetzt?"

„Ja, jetzt, ich bin halb wahnsinnig."

„Scheiße, Zee, es ist halb sechs …"

„Daran solltest du merken, wie dringend es ist. Schon vor Stunden wollte ich mit dir reden. Leider habe ich dich nicht erreicht."

„Ich bin mit dem Typen, den ich online kennengelernt und von dem ich dir erzählt habe, auf einen Drink gegangen. Und ich habe mein Handy daheim vergessen."

Um zu telefonieren, hatte Zienna das Auto ein paar Straßen von Nicholas' Haus entfernt geparkt. Jetzt startete sie den Motor. „Du musst dir anhören, was passiert ist. Ich flippe fast aus."

„Okay." Allzu glücklich klang Alexis' Stimme nicht. Aber Zienna wusste, die Freundin würde ihr in der Stunde der Not beistehen.

Natürlich könnte sie das Ende des Arbeitstages abwarten und Alexis erst dann treffen. Doch sie hatte sich seit dem Besuch des Restaurants stundenlang geduldet. Und mit Nicholas zu schlafen hatte den Stress nicht gerade verringert …

Noch immer raste ihr Puls. Sie musste sofort ihrer Freundin ihr Herz ausschütten.

„Ich bin gleich bei dir. Soll ich Kaffee oder sonst was mitbringen?"

„Nein. Sobald du gegangen bist, falle ich wieder ins Bett."

Zienna beendete das Telefonat und fuhr vom Lincoln Park – wo Nicholas wohnte – zum West Loop. Dort hatte Alexis ein Loft gekauft. Es befand sich in einer geschäftigen Gegend, wo viele Künstler lebten, mit schicken Cafés und Restaurants und mehreren ehemaligen, zu stilvollen Eigentumswohnungen umfunktionierten Lagerhallen.

Während der Fahrt überlegte Zienna, warum sie das Wiedersehen mit Wendell dermaßen aufregte. So qualvoll dürfte es nicht an ihren Nerven zerren.

Du hast einen Schock erlitten. Deshalb bist du ausgerastet.

Aber war das nicht verständlich? Mit Wendell hatte sie den heißesten Sex ihres Lebens genossen. Und wie sich nun herausgestellt hatte, war er Nicholas' bester Freund. Konnte die Situation noch schlimmer sein?

Um diese Tageszeit herrschte kein allzu starker Verkehr. In knapp zwanzig Minuten erreichte sie Alexis' Loft, hielt vor einer Parkuhr und rief ihre Freundin an. „Ich bin hier unten."

Sie stieg aus dem Auto und ging zur Haustür, die sich wenig später per Summer öffnete. Zienna eilte in die Halle, die Absätze ihrer High Heels klackerten auf dem Marmorboden.

Eine Hand in die Hüfte gestemmt, stand Alexis im ersten Stock vor der offenen Wohnungstür und blinzelte sie vorwurfsvoll an. „In diesem Moment hasse ich dich."

„Wendell ist wieder in der Stadt", verkündete Zienna und lief die Stufen hinauf.

„Was?"

Statt zu antworten, schob Zienna sich an ihr vorbei.

„Wendell hat dich besucht?" Alexis folgte ihr in den Loft und schloss die Tür hinter sich. Mit beiden Fäusten rieb sie sich die Augen. „Warum du überrascht bist, verstehe ich. Aber – Mädchen, es ist noch nicht mal sechs Uhr morgens …"

Ziennas Kehle fühlte sich wie zugeschnürt an. Sie schlenderte durch das Wohnzimmer zu den Fenstern, die vom Boden bis zur Decke reichten. Wieso sah die Welt da draußen so wie immer aus, obwohl sich alles verändert hatte?

Nach einem tiefen Atemzug ging sie zu einem Sessel und stützte sich auf die Lehne. „Erinnerst du dich an Nicholas' Freund, den ich erwähnt habe? Der ihn besuchen würde? Das ist *Wendell* – sein bester Freund."

Einige Sekunden verstrichen, bis Alexis diese Information verarbeitet hatte. Dann schluckte sie schwer und riss die Augen weit auf. „Oh mein Gott! Gestern Abend hast du *Wendell* wiedergesehen? In *Nicholas'* neuem Restaurant?"

„Ja." Zienna umrundete den Ledersessel und sank in die Polster.

„Verdammt ...", murmelte Alexis und verschränkte die Arme vor der Brust. Seufzend setzte sie sich ihrer Freundin gegenüber auf das Sofa. „Weiß Nicholas Bescheid?"

„Nein. Aber Wendell. Und ... Verdammt, er erzählte Nicholas, er habe mich vor Jahren gekannt. Ich sei die Kinesiologin, die ihn behandelte, als er bei den ‚Bears' spielte."

„Okay ...", begann Alexis langsam. „So schlimm ist das nicht, oder?"

„Abgesehen von Nicholas' Misstrauen."

„Hat er was gemerkt?"

„Ja, und er sagte betont beiläufig, er sei überrascht, weil Wendell sich damals nicht an mich herangemacht habe. Danach wurde es noch unangenehmer. Die ganze Zeit hatte ich gedacht, Wendell sei nicht an einer festen Beziehung interessiert. Nun, wie sich herausstellte, war das ein Irrtum. Er wollte mit einer anderen zusammen sein. Mit einem Bikini-Model namens Pam."

Alexis sah so verwirrt aus, wie Zienna es vor ein paar Stunden gewesen war.

In knappen Worten informierte Zienna sie über die Einzelheiten.

„Ach du meine Güte ..." Alexis schnitt eine Grimasse. „Also hat der Schurke dich betrogen. Und Pam ebenfalls."

„Ganz egal, wie man's dreht und wendet – er hat herumgehurt."

„Wow. Anfangs war ich sauer, weil du mich aus dem Bett geholt hast. Aber jetzt verzeih ich's dir. Wahnsinn!"

„Genau. Beinahe wäre ich gestorben, als er plötzlich vor mir stand."

Sexy wie eh und je. Sogar noch heißer als …

„Kann ich mir vorstellen. Immerhin hast du Jahre gebraucht, um deinen Liebeskummer zu überwinden."

Eine Zeit lang schwieg Zienna. Diese Worte gaben ihr zu denken. Denn sie fassten das Problem zusammen, das sie seit der Begegnung mit Wendell quälte. Es war ihr so unglaublich schwer gefallen, ihn aus ihrem Herzen zu verbannen. Und obwohl sie und Nicholas sich wirklich nahe waren, fürchtete sie, Wendell würde nun die erfolgreiche Vergangenheitsbewältigung zunichtemachen.

Bedauerlicherweise gab es ein noch größeres Problem. „Was soll ich tun? Nicholas weiß, dass ich damals die Therapeutin seines Freundes war. Muss ich ihm von meiner intimen Beziehung zu Wendell erzählen? Wenn ich mich dazu entschließe – wird das okay für ihn sein? Natürlich würde ich ihm versichern, es sei längst vorbei. Wird er mir das glauben? Oder könnte es unsere Liebe belasten? Keine Ahnung, wie ich mich verhalten soll …"

Nachdem Alexis über das Dilemma nachgedacht hatte, erwiderte sie: „Ich finde, du musst ihm reinen Wein einschenken. Bevor Wendell ihm alles sagt."

Erschrocken runzelte Zienna die Stirn. „Also nimmst du an, Wendell wird ihn einweihen?"

„Vielleicht nicht absichtlich. Aber wenn ihm irgendwas rausrutscht …"

„Oh Gott!", stöhnte Zienna. „Meinst du wirklich, das wird passieren? Ach, ich weiß nicht … Wenn ich's ihm erzähle, beschwöre ich womöglich Komplikationen herauf, und er zweifelt an meinen Gefühlen. Erinnerst du dich, wie unsicher er in den ersten Wochen unserer Beziehung war?"

„Ja, daran erinnere ich mich. Er verstand nicht, warum ein so schönes Mädchen wie du Single sein konnte."

„Am Anfang stellte ich ihm ähnliche Fragen und begriff nicht, warum es keine Frau in seinem Leben gab. Weil er einfach großartig ist, so attraktiv, so erfolgreich ... Schließlich war alles okay zwischen uns. Und jetzt das!"

„Vielleicht solltest du ihn doch nicht über die alten Zeiten mit Wendell informieren."

Nach einer kurzen Pause begann Zienna wieder zu sprechen. „Aber wenn ich's ihm verheimliche – und Wendell erzählt es ihm ..."

„Dann ist es noch schlimmer", vollendete Alexis den Satz. „Nicholas ist schon ein großer Junge. Dass du nicht erst gestern geboren wurdest, weiß er. Also kann er dir eine Beziehung zu Wendell, die vor vier Jahren beendet wurde, nicht verübeln."

Zienna schwieg eine Weile. „Klar, das stimmt. Andererseits wird Wendell ihm sicher nichts verraten. Was hätte er dadurch zu gewinnen? Die beiden sind eng befreundet. Deshalb wird Wendell wissen, wann er besser den Mund halten sollte."

„Trotzdem glaube ich, du müsstest Nicholas die Wahrheit sagen. Da gibt es zu viele Risiken."

Zienna holte tief Luft. „Und es könnte noch schlimmer werden."

„Was meinst du?", fragte Alexis unbehaglich.

„Nun ja ..." Zienna zuckte die Achseln. „Möglicherweise hat es nichts zu bedeuten. Es ist nur – ich bin mir nicht sicher, was Wendell will."

„Was heißt das? Jetzt bringst du mich völlig durcheinander."

Auch Zienna war verwirrt, und das erschwerte ihr Problem.

Dass ihr Ex Nicholas' bester Freund war, zerrte schon zur Genüge an ihren Nerven. Aber ihre Sorge wuchs, wann immer sie an ihr Gespräch mit Wendell dachte. „Er fragte mich, ob's zwischen Nicholas und mir was Ernstes sei. Und er betonte, er müsste mit mir reden und die damalige Situation klären."

„Nicht im Ernst!"

„Was soll ich davon halten? Will er da weitermachen, wo wir vor vier Jahren aufgehört haben? Oder wusste er einfach nichts anderes zu sagen? Vielleicht plagt ihn sein Gewissen, weil er so abrupt mit mir Schluss gemacht hat. Und weil ich jetzt von seiner Untreue erfahren habe."

„Du wirst ihn doch nicht treffen und mit ihm sprechen?"

„Nein", versicherte Zienna. „Auf keinen Fall, ich will nichts mehr mit ihm zu tun haben. Aber …" Bedrückt unterbrach sie sich. „Ich würde lügen, wenn ich mir einzureden versuchte, ich wäre nicht an seinen Erklärungen interessiert. Die möchte ich nämlich hören und ihm danach die Meinung geigen. Genau das wollte ich tun, als ich ihn gestern Abend wiedersah – ihn anschreien und ohrfeigen und ihm sagen, was für ein mieses Arschloch er ist. All dieses blöde Gequatsche, er sei nicht bereit für eine Beziehung und hätte mir nicht wehtun wollen! Und in Wirklichkeit war er mit einer anderen zusammen! So konnte ich gestern Abend leider nicht reagieren. Weil ich den Anschein erwecken musste, die unerwartete Begegnung in Nicholas' Restaurant wäre mir egal."

„Zienna …", begann Alexis vorsichtig.

„Keine Bange, ich bin nicht dumm. Inzwischen bin ich über Wendell hinweg – aber immer noch wütend auf ihn."

„Falls du dich nicht in Gefahr bringen willst, rückfällig zu werden, solltest du ihm aus dem Weg gehen. Und damit basta! Was du soeben gesagt hast, ist der wichtigste Grund, warum du Nicholas informieren musst. Erzähl ihm alles – und dann halt dich von deinem Ex fern."

„Versteh mich nicht falsch. Es wäre nur eine Genugtuung, ihm endlich die Meinung zu sagen.“

Alexis verdrehte die Augen. „Es hat so lange gedauert, bis du die Trennung von Wendell verwunden hast.“

„Ja“, gab Zienna zu, „und ich hab’s geschafft.“ Leise stöhnte sie. Ihre Freundin kannte sie viel zu gut. „Wahrscheinlich muss ich dir zustimmen. Wenn ich ihm Vorwürfe mache, wird nichts Gutes dabei herauskommen. Am wirksamsten räche ich mich, indem ich ihm zeige, wie glücklich ich jetzt bin. Dass ich ein neues Leben begonnen habe. Mit seinem besten Kumpel. Womöglich ist das sogar die effektivste Rache.“ Als sie den prüfenden Blick ihrer Freundin bemerkte, hob sie die Brauen. „Was denkst du?“

„Nimm dich bloß in Acht. Sag Nicholas möglichst bald die Wahrheit. Es ist ja nicht so, dass du was Schlimmes getan hättest. Wenn er Bescheid weiß, kann er keinen Verdacht schöpfen. Und falls du nichts mehr von Wendell willst, solltest du weitere Begegnungen vermeiden.“

„Natürlich hast du recht“, murmelte Zienna. *Zumindest was den Rat betrifft, Wendell nicht wiederzusehen …*

Doch sie bezweifelte, dass es richtig wäre, Nicholas einzuweihen. Vorerst hatte sie das Wichtigste getan und die beunruhigenden Neuigkeiten mit der Freundin geteilt. Jetzt fühlte sie sich erleichtert. Das Gespräch mit Alexis half ihr, klarer zu denken. Und Wendell würde gewiss nichts ausplaudern, was seinen Freund verletzen könnte, oder? *Wohl kaum, wenn er merkt, wie viel ich Nicholas bedeute …*

Bald danach verließ sie das Loft, damit Alexis noch eine Stunde schlafen konnte. Nun ging es Zienna wesentlich besser. Nein, sie wollte Nicholas keinen reinen Wein einschenken. Sie verstanden sich großartig – und Wendell würde das nicht zerstören.

Und da er schweigen würde, gab es keinen Grund, warum

sie die einstige Affäre erwähnen sollte. Stundenlang hatte sie sich den Kopf über das Wiedersehen zerbrochen. Reine Zeitverschwendung …

Denn Wendells Rückkehr nach Chicago würde ihre Beziehung zu Nicholas nicht beeinflussen.

Auf keinen Fall.

4. KAPITEL

Zienna las den Fragenbogen, den ihr neuer Patient ausgefüllt hatte. Vor seiner Ankunft hatte sie den medizinischen Bericht seines Arztes gelesen – bei zwei Tassen starkem Kaffee. Um nach der langen, fast schlaflosen Nacht wach zu bleiben, brauchte sie das Koffein.

„Lassen Sie mich zusammenfassen, was ich Ihren Angaben und Ihrem Krankenblatt entnehme." Sie legte die Papiere beiseite und ging zu dem Mann, der auf der Behandlungsliege saß. „Seit fast zwei Jahren haben Sie im rechten Ellbogen Schmerzen, die von Ihrer Arbeit als Maschinist herrühren."

Ed, ein kräftig gebauter Mann Mitte vierzig, nickte. „Genau."

„Trotz verschiedener Therapien haben Sie immer noch Schmerzen?"

„Ja. Und nun hat mein Doc eine Operation vorgeschlagen. Aber das will ich nicht. Zumindest jetzt noch nicht."

„Deshalb sind Sie hier", sagte Zienna lächelnd. „Ich bin froh, dass Sie sich an unser Reha-Center gewandt haben. Sie werden Ihre Entscheidung gegen eine Operation nicht bereuen."

„Anscheinend sind Sie sich sicher."

„Oh ja. Wir haben hier andere Methoden. Hatten Sie jemals Probleme mit Ihrem linken Knie?"

Verdutzt runzelte Ed die Stirn. „Mit meinem linken Knie?"

„Die Kinesiologie ist eine Lehre, die auf Zusammenwirkungen im ganzen Körper basiert. Immer wieder fällt mir auf, dass die Stelle, an der die Patienten Schmerzen empfinden, diese Beschwerden nicht verursacht. Das nennt man neuronale Kopplung zwischen oberen und unteren Gliedmaßen, die funktionell verbunden sind. Da ich über die Symptome in Ihrem rechten Ellbogen informiert bin, wäre ich nicht überrascht, wenn Sie Schwierigkeiten mit Ihrem linken Knie hätten."

„Oh ja …“ Nachdenklich starrte Ed vor sich hin. „Vor ein paar Jahren habe ich mir mein linkes Knie bei einem Fahrradunfall verletzt, und manchmal tut es immer noch weh.“

„Großartig!“

„Das finden Sie großartig?“, fragte er verwundert.

„Sorry, es ist nur … Nun, ich liebe meinen Job – vor allem wenn ich jemandem helfen kann, der schon alle Hoffnung verloren hat. Letzten Monat kam ein Patient mit einem Bänderriss in der linken Schulter zu mir und glaubte ebenfalls, er müsste operiert werden. Nachdem ich die Ursache des Schmerzes im rechten Fußknöchel gefunden hatte, war er nach ein paar Behandlungen schmerzfrei.“

Skeptisch runzelte Ed die Stirn.

„Die wunderbare Macht der Kinesiologie.“ Schon oft hatte Zienna Personen behandelt, deren emotionaler Stress zu körperlichen Schmerzen führte. In ihrer Praxis bemühte sie sich um das physische, emotionale, mentale und spirituelle Wohl aller Patienten. „Mit der Behandlung beginne ich erst, nachdem Sie allen Tests unterzogen wurden, die in unserem Institut nötig sind. Aber ich glaube, ich kann Sie von den Beschwerden in Ihrem Ellbogen erlösen.“

Jetzt grinste Ed. „Wenn Sie mir eine Operation ersparen, werde ich Ihnen ewig dankbar sein.“

In diesem Moment klingelte das Telefon. Da die Sprechstundenhilfe den Anruf in das Behandlungszimmer durchgestellt hatte, musste er wichtig sein.

„Entschuldigen Sie mich, Ed.“ Zienna nahm den Hörer ab. „Hallo?“

„Hey, Babe?“

Als sie Nicholas’ Stimme erkannte, stockte ihr der Atem. Warum rief er sie auf dieser Leitung an?

„Hey“, erwiderte sie leise. „Was gibt’s?“

„Ich habe mir Sorgen um dich gemacht. Heute Morgen bist

du in aller Herrgottsfrühe verschwunden. Da dachte ich, irgendwas stimmt nicht. Ich hab auch auf deinem Handy angerufen. Aber du hast dich nicht gemeldet. Bist du okay?"

„Ja, aber – kann ich später zurückrufen? Ich habe gerade einen Patienten …"

„Klar, kein Problem. Ich möchte nur deine Stimme hören und mich vergewissern, dass alles in Ordnung ist."

„Danke, das finde ich sehr nett", erwiderte sie und hoffte um Eds willen, sie würde professionell wirken.

„Schon gut, ich hab's begriffen. Jetzt kannst du nicht reden. Treffen wir uns heute Abend?"

„Natürlich, die Einzelheiten besprechen wir später."

„Bis dann."

Erfreut hängte Zienna den Hörer ein. Wie wundervoll, dass Nicholas sich um sie sorgte … Was für ein großartiger Mann … Zum ersten Mal seit langer Zeit war sie in einer Beziehung wunschlos glücklich. Wenn sie mit ihm redete, flatterten immer noch Schmetterlinge in ihrem Bauch. Das hatte sie bei anderen Dates nach der Trennung von Wendell nie verspürt.

„Gehen Sie zum Empfang, Ed. Jamie gibt Ihnen Termine für die Tests, die werden alle hier im Haus vorgenommen. Nächste Woche sehen wir uns wieder."

„Sehr gut. Vielen Dank."

Zienna begleitete Ed aus dem Behandlungsraum, in Gedanken bei Nicholas und ihrer Diskussion mit Alexis an diesem Morgen.

Nachdem Nicholas angerufen hatte, fühlte sie sich in ihrem Entschluss bestärkt, ihm nichts von ihrer Affäre mit Wendell zu erzählen. Sonst würde sie ihn womöglich verletzen und die Beziehung gefährden.

„Eh – hey …"

Sie drehte sich um. Erstaunt sah sie Ed in der Tür stehen. „Ja bitte?"

„Nun, ich wollte Ihnen nur sagen, dass Sie nicht nur schön, sondern auch unglaublich klug sind, Miss. Ich bin so froh, dass mein Freund mir dieses Reha-Center empfohlen hat."

„Oh." Das hatte Zienna nicht erwartet. „Herzlichen Dank."

Verlegen grinste er sie an, dann winkte er ihr zu.

Als er wieder verschwand, blinzelte sie überrascht. Wollte er nur nett sein? Oder hatte er sich ein bisschen in sie verknallt?

Nicht zum ersten Mal hätte sie das Herz eines Patienten gewonnen. Sie achtete auf ihr Äußeres und lächelte oft – und so etwas gefiel den meisten Männern. Ein gewisses Berufsrisiko …

Während sie in ihrem Büro am Schreibtisch saß, erinnerte sie sich an die erste Begegnung mit Wendell vor fünf Jahren. Auch er hatte sich sofort für sie interessiert. Daraus hatten sich dann intensivere Gefühle entwickelt.

Als eine der vier *Chicago Bears*-Therapeuten hatte sie ihn oft beim Training gesehen, auch später, nach dem Beginn der Football-Saison. Damals war er zweiunddreißig gewesen, fast zu alt für den Profisport. Aber mit seinen hervorragenden Fähigkeiten übertrumpfte er immer noch zahlreiche jüngere Spieler. Regelmäßig gehörte er zur Startformation des Teams.

Erst nach seiner Schulterverletzung hatte Zienna ihn persönlich kennengelernt. Schon bald waren sie sich nähergekommen …

Die Zerrung der Rotatorenmanschette erforderte eine wochenlange Physiotherapie, die der Cheftherapeut des Teams vornahm. Nachdem die Schulter stabilisiert war, setzte Zienna die Behandlung fort, unterstützte den Heilungsprozess und half Wendell, seine frühere Leistungskraft zurückzugewinnen.

Schon am ersten Tag hatte es zwischen ihnen geknistert. Vielleicht lag es an seinen schönen haselnussbraunen Augen, an diesem glutvollen Blick, der sie ihre sonst so professionelle Zurückhaltung vergessen ließ.

Doch das war nicht der einzige Grund, denn sie hatte Wendell schon früher bewundert. Er war der einzige Spieler im Team der *Chicago Bears*, der ihr gefiel. Selbstverständlich hätte sie niemals von sich aus versucht, Privates mit Beruflichem zu vermischen. Dafür bedeutete ihr der Job zu viel.

Solche Bedenken hegte er nicht. Schon nach der zweiten Behandlung bat er sie um ein Date.

Alles an ihm drängte sie, ihre professionellen Prinzipien zu vergessen. Klugerweise gehorchte sie ihren Gefühlen nicht und lehnte die Einladung höflich ab. Bei der dritten Behandlung verkündete er unbeirrt, er habe für den Samstagabend einen Tisch für zwei Personen in Michael Jordans Steak House reservieren lassen. Ob Zienna damit einverstanden war, fragte er nicht.

Das hatte er auch nicht nötig. Von seinem Selbstvertrauen überrumpelt, war sie unfähig, ihn ein zweites Mal abzuweisen.

Dieses wundervolle Dinner wurde von einem persönlichen Gespräch mit Michael Jordan vervollkommnet, der sich an diesem Abend im Restaurant aufhielt. Dass er Wendell kannte, überraschte Zienna nicht. Aber sie fühlte sich geehrt, weil die Basketballlegende für ein paar Minuten an ihrem Tisch Platz nahm.

Nicht nur der teure Champagner war schuld daran, dass sie ihre moralischen Grundsätze vergaß und Wendell auf einen Schlummertrunk in sein Apartment folgte. Sie begehrte ihn. Und sie hatte schon vor dem Dinner gewusst, dass der Sex danach unvermeidlich sein würde.

Doch sie hatte nicht geahnt, wie großartig Wendell im Bett war. Oder auf dem Sofa. Oder unter der Dusche …

Auch jetzt spürte sie wieder jenes Verlangen, und das riss sie aus ihren nostalgischen Gedanken, holte sie abrupt in die Gegenwart zurück.

Oh Gott, was stimmte denn nicht mit ihr? Genügte allein schon die Erinnerung an Wendell, um sie zu erregen?

Sie sprang vom Schreibtisch auf, wanderte umher und dachte an Alexis' Worte an diesem Morgen.

Immerhin hast du Jahre gebraucht, um deinen Liebeskummer zu überwinden.

Wegen dieses Kommentars fürchtete Zienna, das Wiedersehen mit Wendell würde alle Fortschritte, die sie erzielt hatte, zunichtemachen. Verdammt, drohte ihr diese Gefahr schon jetzt? Musste sie deshalb dauernd an ihn denken?

„Nein", sagte sie laut. Das würde sie nicht zulassen.

Am Abend würde sie Nicholas treffen – den Mann, den sie liebte, der ihr Ein und Alles sein könnte.

Im Gegensatz zu Wendell.

Niemals hatte er wirklich zu ihr gehört. Und dass er einer anderen nach Texas gefolgt war – trotz seiner Erklärung, er sei nicht bereit für eine feste Beziehung –, erschien ihr wie bitterer Hohn.

Oh ja, er hatte sich binden wollen. Nur nicht an *sie*. Nach seiner Flucht hatte sie sich dummerweise eingeredet, er sei vor lauter Angst vor den intensiven Gefühlen zwischen ihnen davongelaufen. Weil er nicht wisse, wie er das verkraften sollte. Und sie hatte wochenlang mit seiner Rückkehr gerechnet.

Ein schönes Märchen, das sie erfunden hatte, um den Kummer zu lindern …

Nun half ihr diese Erkenntnis, um die beunruhigend heißen Erinnerungen an Wendell zu verdrängen. Auf diesem Planeten war er der letzte Mann, an den sie denken durfte.

Sie holte ihr Handy hervor und simste an Nicholas: *Kann es kaum erwarten, dich heute Abend zu sehen!*

Um für eine unvergessliche Nacht zu sorgen, würde sie auf der Heimfahrt bei einem Wäschegeschäft halten und besonders reizvolle Dessous kaufen – nur für Nicholas.

5. KAPITEL

Nicholas rief nicht mehr an. Stattdessen schickte er Zienna eine SMS und teilte ihr mit, wo sie zu Abend essen würden. Sein Entschluss, einen Tisch im *Café Tagine* im West Loop reservieren zu lassen, überraschte sie nicht. Denn dieses Lokal, das für seine mediterrane Küche bekannt war, zählte zu den wenigen, die er außer seinem eigenen Restaurant schätzte. Dort war das Highlight eines Dinners – falls man den richtigen Zeitpunkt wählte – der Auftritt einer Bauchtänzerin.

Zienna simste ihm die Frage, ob sie sich im Café treffen sollten oder ob er sie abholen würde. Natürlich gehörte sie nicht zu den Frauen, die erwarteten, bei jedem Date abgeholt zu werden. Sie war berufstätig, besaß ein Auto und konnte auf sich selber aufpassen. Manche Männer, mit denen sie ausgegangen war, hatten behauptet, sie sei zu unabhängig. Aber da sie seit Jahren für sich selbst sorgte, wollte sie die Zügel keinem Mann anvertrauen.

Zumindest jetzt noch nicht.

Als ihr iPhone klingelte, nahm sie es von der Ablage unterhalb des Badezimmerspiegels und schaute auf das Display.

Ich hole dich ab.

Lächelnd nickte sie. Sehr gut. Denn wenn sie neben Nicholas auf dem Beifahrersitz saß, konnte sie sich erotischen Fantasien hingeben und in die richtige Stimmung für die Nacht geraten.

Um halb acht vibrierte ihr Handy erneut.

Noch bevor Zienna das Display checkte, lief sie zu einem Fenster ihrer Eigentumswohnung im ersten Stock, das zur North Kingsbury Street hinausging, und entdeckte Nicholas' Auto. Pünktlich wie immer. Sie rannte zum Handy zurück, das jetzt auf dem Esstisch lag. „Hey."

„Ich bin unten."

„Das weiß ich. Soeben habe ich dich gesehen. Bin schon unterwegs."

Zienna ergriff ihre Clutch und eilte zur Wohnungstür. Im Flur warf sie einen letzten Blick in den Spiegel. Sie trug ein rotes, tief ausgeschnittenes Kleid. Mit diesem Outfit betonte sie, was Nicholas ihre „imposante Oberweite" nannte. Eng tailliert, schwang das Kleid über den Hüften leicht nach außen – sexy und klassisch feminin zugleich.

Auch darunter trug sie Rot – einen Spitzentanga mit einer winzigen weißen Schleife an der Vorderseite und einen passenden BH, ebenfalls mit Schleifchen an den Trägern. Lächelnd musterte sie ihr Spiegelbild. Wie fabelhaft sie aussah, wusste sie. Genauso gut wusste sie, dass Nicholas fast durchdrehen würde, wenn er sie später ohne das Kleid sah.

Voller Vorfreude ging sie nach unten. Stets ein Gentleman, stieg Nicholas aus seinem schwarzen Infiniti SUV und kam ihr entgegen.

„Wow", murmelte er und berührte eine Strähne ihres langen, glatt geföhnten schwarzen Haars.

„Küss mich", befahl sie, ergriff sein Revers und zog ihn zu sich heran.

Gehorsam hauchte er einen Kuss auf ihre Lippen, der nur eine Sekunde dauerte.

Als er sich aufrichtete, fragte sie schmollend: „War das alles?"

„Ich will deinen Lippenstift nicht ruinieren."

„Okay", seufzte sie und warf ihm einen Blick zu, der besagte: *Du versäumst was.*

Er öffnete ihr die Beifahrertür, und während sie ins Auto stieg, streifte sie ihren Rock absichtlich bis zu den Schenkeln hoch, um ihre nackten Beine zu entblößen.

„Verdammt", fluchte Nicholas.

Dann setzte er sich ans Steuer, zwinkerte ihr zu und startete den Motor. Enttäuscht runzelte Zienna die Stirn. Sie hatte zumindest ein paar Zärtlichkeiten erhofft, bevor sie losfuhren. Aber er konzentrierte seine Aufmerksamkeit auf die Straße.

Noch verführerischer konnte sie nicht aussehen. Der dunkle rostfarbene Lidschatten passte zum roten Kleid, und sie trug Louboutin-Pumps mit Leopardenmuster und Zwölf-Zentimeter-Absätzen. Sogar die Clutch entsprach ihrem Outfit – im Leopardenmuster, an den Rändern rot eingefasst. Ganz zu schweigen von den frisch lackierten Zehennägeln in leuchtendem Kirschrot.

Immer wieder hatte Nicholas erklärt, in Rot würde er sie am liebsten sehen. Deshalb hatte sie eine etwas leidenschaftlichere Reaktion erwartet.

Sie schenkte ihm ein verlockendes Lächeln. Als er zurückgrinste, umfasste sie eine Hand und zog sie zu ihren Brüsten.

„Vorsicht, Babe“, mahnte er, „ich will nicht mit einer pulsierenden Erektion im Restaurant aufkreuzen.“

Zienna küsste seine Hand, ließ sie los und verbarg ihren Frust. So wundervoll er auch war – großzügig, ambitioniert, attraktiv –, manchmal wünschte sie, er würde sich ein bisschen spontaner verhalten. Ihr würde es nichts ausmachen, wenn sie im Auto begierig übereinander herfielen und das Dinner versäumten.

Aber das kam für Nicholas nicht infrage, weil er einen Tisch reserviert hatte.

„Heute Abend siehst du sensationell aus“, sagte er. „Richtig scharf.“

„Danke, Darling.“

Offenbar hatte er ihre Enttäuschung bemerkt, denn er fragte: „Du bist doch nicht böse?“

„Nein. Warum sollte ich …?“

„Weil …“ Endlich griff er nach ihrem Schenkel, seine Finger glitten über ihre nackte Haut.

Sie schaute ihn verblüfft an.

„Glaubst du, ich wollte dich nicht berühren, Zee? Um ehrlich zu sein – am liebsten würde ich das Dinner vergessen und es hier und jetzt mit dir treiben."

Nun strahlte sie über das ganze Gesicht. Als er das Auto vor einer roten Ampel stoppte, rutschte sie zu ihm hinüber und küsste ihn.

Diesmal zog er sich nicht zurück. Voller Glut erwiderte er den Kuss, bis es hinter ihnen hupte. Beide lachten, und Nicholas fuhr weiter.

„Nur damit du's weißt …", begann Zienna. „Das ist ein Lippenstift, der garantiert nicht verschmiert. Weder beim Dinner noch beim Küssen."

„Ah. Gut, dass du mich drauf hingewiesen hast."

„Übrigens, ich würde sehr gern auf das Dinner verzichten – zumindest auf eine Mahlzeit im Restaurant, weil ich was ganz anderes essen will."

Heiße Lust erhitzte sie. Nichts wünschte sie sich sehnlicher, als ihren nackten Körper an seinen zu pressen. Für diesen Abend plante sie wilden Sex, keinen sanften so wie in der letzten Nacht,

Leise stöhnte er. „Was habe ich dir gesagt?"

Ihr Blick folgte seinem und schweifte zwischen seine Beine. Deutlich zeichnete sich der Beweis seines Verlangens in der schwarzen Hose ab.

„Kehren wir um", schlug Zienna vor.

„Ich habe einen Tisch bestellt. Und ich halte nichts von Leuten, die eine Reservierung sausen lassen."

„Das weiß ich …"

„Außerdem habe ich eine Überraschung für dich."

Sofort erhellte sich ihre Miene. „Ach, tatsächlich?"

„Oh ja." Vielsagend hob er die Brauen. „Außerdem werde ich's genießen, wenn ich dich beim Dinner so heiß begehre, dass ich's kaum aushalte. Umso besser wird's, wenn wir endlich daheim sind."

Da hatte er recht. Und vielleicht würde der Sex wirklich viel schärfer sein, wenn sie zwei Stunden lang im Restaurant darauf warteten.

Okay, dachte sie, ich werde mich gedulden.

Er schaltete das Stereo-Radio ein, sanfter Soul erfüllte das Auto. Während Zienna aus dem Fenster schaute, fragte sie sich, welche Überraschung Nicholas sich ausgedacht hatte.

Dass er die sexuelle Spannung während des Dinners aufbauen wollte, gefiel ihr. Vielleicht würden sie irgendwas Riskantes tun – zum Beispiel eine heiße Nummer auf dem Rücksitz des Wagens. Das hatten sie noch nie getan.

Sie liebte Nicholas, daran zweifelte sie nicht, und er befriedigte sie beim Sex. Trotzdem wünschte sie, er wäre …

Nun ja, etwas wilder.

Typischerweise schliefen sie immer nur in seinem Apartment miteinander. Und immer nur in seinem Bett. Wenn er auch nicht ausdrücklich erklärte, die Ledersofas wolle er nicht beschmutzen – das vermutete sie. Denn jedes Mal, wenn sie auf einer Couch knutschten und die Begierde wuchs, sorgte er dafür, dass sie im Schlafzimmer landeten, bevor sie sich auszogen.

Sicher, das war kein Problem. Aber eine gewisse Abwechslung würde ihr Spaß machen.

Vor dem *Café Tagine* überließ Nicholas das Auto einem Bediensteten, nahm Zienna an die Hand und führte sie ins Restaurant. Sobald sie eintraten, fühlte sie sich wie in Marokko. Aus den Lautsprechern drang lebhafte Musik. Eine attraktive Angestellte mit olivfarbenem Teint und langem dunklen Haar begrüßte die Neuankömmlinge und lächelte strahlend. Zu einem rückenfreien schwarzen Neckholdertop voller funkelnder Juwelen trug sie einen langen goldenen Rock, der mit schwarzen Perlen bestickt war.

„Ich habe einen Tisch reservieren lassen“, teilte Nicholas ihr mit. „Für Aubrey.“

„Oh ja. Bitte folgen Sie mir.“

Schon öfter hatte Zienna das Ambiente des *Café Tagine* bewundert. Die Torbögen wirkten wie Tempeldächer, rote und orangegelbe Vorhänge aus dünner Gaze trennten die Nischen.

Lächelnd musterte sie die Gäste an den Tischen. Vorhin hätte sie Nicholas lieber verführt, statt dieses Lokal zu besuchen. Aber jetzt freute sie sich auf das Dinner und genoss die romantische, elegante Atmosphäre.

Die Empfangsdame blieb stehen und wies einladend auf eine Nische zwischen Vorhängen. Zienna trat zuerst ein – und stolperte in ihren High Heels.

„He, pass auf!“, warnte Nicholas. Hastig ergriff er ihren Arm, bewahrte sie vor einem Sturz und drückte sie an seinen muskulösen Körper.

Wie rasend hämmerte ihr Herz gegen die Rippen. *Nein – das ist unmöglich …*

An dem reservierten Tisch saß Wendell!

„Alles in Ordnung?“, fragte die Hostess.

„Ja – sicher.“ Mit zitternden Fingern strich sich Zienna eine Haarsträhne aus ihrem Gesicht.

„So gern ich dich auch in schicken Schuhen sehe“, bemerkte Nicholas, „diese Dinger sind verdammt gefährlich.“

Die Empfangsdame legte Speisekarten auf den Tisch. „Gleich wird Ghita, Ihre Kellnerin, zu Ihnen kommen.“

Nachdem die Frau davongegangen war, wandte Zienna sich zu Nicholas. „Wendell …“, würgte sie leise hervor. „Wird er – wird er mit uns essen?“

„Ja.“ Die Antwort klang wie eine Frage. Dann ging Nicholas zu seinem Freund, der aufgestanden war, und schüttelte ihm die Hand. „Wo ist dein Date?“

„Leider konnte sie mich nicht begleiten.“

„Date?“, flüsterte Zienna. Ihr Mund wurde trocken.

„Hallo, Zienna.“

Aber sie ignorierte Wendells ausgestreckte Hand und starrte Nicholas an. „Du hast nicht erwähnt, dass wir uns hier mit jemandem treffen würden.“

„Nun, das war meine Überraschung. Wendell sollte uns mit seiner Freundin Gesellschaft leisten.“

Mühsam versuchte sie, möglichst unauffällig nach Luft zu ringen, und verstand nicht, warum Wendells Anwesenheit sie dermaßen aufregte.

„Keine *richtige* Freundin“, erklärte er, „aber eine Frau mit Potenzial. In letzter Minute kam ihr was dazwischen. Trotzdem wollte ich unser Dinner nicht absagen, und ich dachte, wir könnten uns auch zu dritt amüsieren.“

„Klar“, stimmte Nicholas zu.

„Insbesondere weil Zienna gestern Abend schon so früh gehen musste“, fuhr Wendell fort und inspizierte sie. „Fühlst du dich jetzt besser?“

Widerstrebend erwiderte sie seinen Blick und glaubte, eine gewisse Genugtuung in seinen Augen zu lesen. Wusste er, dass sie am vergangenen Abend einen Vorwand benutzt hatte, um ihm zu entrinnen? Ja, er musste sie durchschaut haben.

„Viel besser“, sagte sie kühl. „Danke.“

Nicholas rückte ihr einen Stuhl zurück. Von wachsender Angst erfasst, setzte sie sich. Wenn sie auch beschlossen hatte, alle Gedanken und Erinnerungen an Wendell zu verbannen – wie sollte ihr das gelingen, wenn sie ihn ständig wiedersehen musste?

„Du hattest recht, Nick“, bemerkte er, „ein fantastisches Lokal.“

„Kurz nachdem du Chicago verlassen hattest, wurde es eröffnet. Meistens ist es ausgebucht. Wenn man einen Tisch bestellen will, sollte man ein paar Tage vorher anrufen. Aber ich kenne den Geschäftsführer, und der hält immer wenigstens einen Tisch für besondere Gäste frei. Für Prominenz, Politiker und dergleichen. Heute Abend hat er den Spezialtisch mir gegeben. Und wir sind rechtzeitig für die Bauchtanz-Show da. Die fängt um neun Uhr an."

„Was für ein Glück wir haben", meinte Wendell.

Glück? In diesem Moment wäre Zienna selbst in einem finsteren Verlies glücklicher gewesen.

Nicholas saß neben ihr, Wendell gegenüber. Ganz egal, welchen Platz sie einnahm – sie konnte gar nicht weit genug von dem Mann entfernt sein, den sie vergessen wollte.

Verunsichert überließ sie die Konversation ihren beiden Tischgefährten und studierte die Speisekarte, die sie bereits auswendig kannte.

Ein paar Minuten später erschien Ghita, ähnlich gekleidet wie die Empfangsdame, aber in Rosa und Silber und genauso schön.

„Guten Abend."

Unwillig beobachtete Zienna, wie Wendells Augen beim Anblick der reizvollen jungen Frau aufleuchteten.

Verdammt, was war los mit ihr? Warum kümmerte sie sich um so etwas?

Weil es offensichtlich war, dass Wendell sich nur für hübsche weibliche Kurven interessierte.

„Bringen Sie uns bitte eine Flasche La Dame Blanche", wandte Nicholas sich an Ghita. „Bis wir entscheiden, was wir essen, wird's noch eine Weile dauern."

„Sehr gern."

Während die Kellnerin davonging, spähte Zienna wieder zu Wendell hinüber und erwartete, er würde Ghitas schwingende Hüften anstarren.

Stattdessen begegnete er Ziennas Blick. Hastig schaute sie weg und spürte, wie sich ihr Puls beschleunigte.

Eine Zeit lang schwiegen sie alle. Auch die beiden Männer lasen die Speisekarte. Plötzlich rief Nicholas: „Hey, Youssef!" Er schob seinen Stuhl zurück und stand auf, um den Geschäftsführer zu begrüßen. „Wie geht's dir, Mann?"

Grinsend schüttelten sie sich die Hände.

„Danke, bestens", antwortete Youssef.

„Erinnerst du dich an Zienna?"

„Ja, natürlich." Youssef reichte ihr die Hand, die sie ergriff. „Jedes Mal wenn ich Sie sehe, sind Sie noch schöner geworden, meine Liebe."

„Oh, vielen Dank."

„Und das ist mein bester Freund, Wendell Creighton. Früher hat er für die ‚Chicago Bears' gespielt."

Auch Wendell stand auf, um Youssefs Hand zu schütteln.

Während sich die Männer unterhielten, hörte Zienna nicht zu, dann zuckte sie verwirrt zusammen, als Nicholas sagte: „Bin gleich wieder da, Babe."

Erschrocken sah sie zu ihm auf. „Wohin gehst du?"

„Youssef will mir was in der Küche zeigen."

„Allzu lange wird es nicht dauern", versprach der Geschäftsführer, und Nicholas folgte ihm.

Nun entstand ein drückendes Schweigen. Zienna wagte nicht, in Wendells Richtung zu schauen.

Schließlich fragte er: „Warum weichst du meinem Blick aus?"

Statt zu antworten, holte sie tief Atem und stellte ihm eine Gegenfrage: „Wieso bist du hier?"

Erstaunt zog er die Brauen hoch. „Weil Nick mich eingeladen hat."

„Was ich meine, weißt du ganz genau. Es ist – nicht gut, dass wir uns treffen."

„Wie hätte ich denn reagieren sollen? ‚Hey, Nick, lad mich nicht ein. Früher habe ich mit deiner Freundin geschlafen, und sie fühlt sich vielleicht unbehaglich in meiner Gesellschaft.'"

Darauf wusste sie nichts zu erwidern. Natürlich hatte er recht.

„Wenn du willst, dass ich es ihm erzähle, tu ich's."

Sie schwieg immer noch.

„Und jetzt hast du nichts zu sagen, Zienna?"

„Diese Situation gefällt mir nicht. In deiner Gegenwart bin ich so unsicher. Du hättest irgendeine Ausrede erfinden und diese Begegnung vermeiden müssen."

Jetzt brachte Ghita den Wein und schenkte Wendell etwas ein, damit er ihn kosten konnte. Als er zufrieden nickte, füllte sie alle drei Gläser. Dann entfernte sie sich, und er wandte sich wieder zu Zienna.

Unter seinem Blick glaubte sie, auf glühenden Kohlen zu sitzen.

„Wovor fürchtest du dich?", fragte er leise.

Ehe sie antworten konnte, sah sie, wie er ruckartig den Kopf hob. Verwundert blickte sie auf und sah Nicholas neben dem Tisch stehen.

Er lächelte beide an, setzte sich und griff nach Ziennas Hand. „Offenbar hat Youssef eine Schwäche für dich. Er erinnert sich an das *amuse gueule*, das dir so gut geschmeckt hat. Das wird er dir schicken – kleine Aufmerksamkeit des Hauses."

„Oh." Zienna zwang sich zu kichern. „Ist das nicht süß von ihm?"

„Ein großartiger Typ, dieser Youssef", sagte Nicholas zu Wendell. „Er zog aus Marokko nach Amerika, um Medizin zu studieren. Aber das gab er bald auf und entschied sich für dieses Restaurant, weil ihn das viel mehr interessierte. Darüber regte seine Familie sich furchtbar auf und dachte, er würde einen Fehlschlag erleiden. Und jetzt, gut drei Jahre später, ist es ein Riesenerfolg."

„Was wieder einmal beweist, dass man immer nur das tun

soll, was man wirklich will", betonte Wendell. „Genau das habe ich dir gesagt, bevor du das ‚Reflections' eröffnet hast."

Zienna schaute ihn mit schmalen Augen an. *Hast du dich deshalb an mich rangemacht? Weil du's wirklich wolltest? Oder ging es dir nur um eine weitere Kerbe in deinem Gürtel?*

„Damit hattest du völlig recht." Nicholas nickte seinem Freund zu. „Ah, der Wein ist schon serviert worden, wunderbar." Lächelnd hob er sein Glas. „Ich möchte einen Trinkspruch ausbringen", verkündete er. Bevor er fortfuhr, wartete er, bis auch Zienna und Wendell ihre Kelche ergriffen hatten. „Auf Wendells Rückkehr in die Stadt. Und auf die große Neuigkeit. Gestern hat er sich bereit erklärt, mein zweites Restaurant zu managen."

Die zwei Freunde stießen miteinander an, und Zienna konnte nur von einem zum anderen starren. „Was?", flüsterte sie.

Freudestrahlend wandte Nicholas sich ihr zu. „*Das* ist meine Überraschung. Grandios, nicht wahr? Er wird mein Geschäftsführer."

„Stimmt", bestätigte Wendell.

Während die beiden Männer sich angeregt unterhielten, schwieg sie. Ghita brachte ihr das *amuse gueule*, das sie verspeiste, ohne wahrzunehmen, was sie aß, ohne irgendetwas zu schmecken.

Etwas später servierte Youssef den Hauptgang, eine Platte mit Boeuf Bourguignon – Rinderlendenfilets mit Zwiebeln, Möhren, Sellerie und Pilzen auf einem Kartoffelpüree mit Knoblauch.

„Guten Appetit", wünschte er den drei Gästen.

Irgendwie schaffte es Zienna, das Dinner zu überstehen. Dabei half ihr die Bauchtanz-Show, die sie ablenkte und es ihr ersparte, an der Konversation teilzunehmen. Ihr Dessert rührte sie kaum an, obwohl ihr die *brûlée royale* stets ausgezeichnet geschmeckt hatte.

Nicholas rieb sein Knie an ihrem. „Geht's dir gut, Babe? Du bist so still."

„Oh, ich fühle mich wundervoll", log sie.

Nach einer kurzen Pause ergriff Wendell das Wort. „Ich glaube, ich weiß, was Zienna stört."

„Tatsächlich?", fragte Nicholas verwirrt ...

„Nick, da gibt es etwas, das ich dir sagen muss. Was *wir* dir sagen müssen."

Beinahe blieb ihr das Herz stehen. *Nein, bitte nicht ...*

„Wir?", wiederholte Nicholas. „Heißt das – du und Zee ...?"

„Nun sollten wir gehen", unterbrach sie ihn. „Heute Abend war ich keine gute Gesellschaft. Ich bin einfach übermüdet."

Aber er beachtete sie nicht und wandte sich zu Wendell. „Was hat das zu bedeuten, Mann?"

Wendell schaute sie an. Zu ihrem Entsetzen las sie unbeugsame Entschlossenheit in seinen Augen.

„Willst du es ihm erzählen, Zienna? Oder soll ich es tun?"

6. KAPITEL

„Worum geht's eigentlich?“, fragte Nicholas.

„Um gar nichts“, log Zienna.

„Jetzt ist die Katze schon ziemlich weit aus dem Sack herausgekrochen“, gab Wendell zu bedenken.

„Einer von euch beiden muss endlich reden.“ Neugierig musterte Nicholas erst seinen Freund, dann Zienna.

Um den Eindruck zu erwecken, sie hätte keine Ahnung, was Wendell meinte, zuckte sie die Achseln. Dann versuchte sie, ihm mit einem subtilen Blick klarzumachen, er solle den Mund halten.

„Diese Sache belastet mich, seit ich herausgefunden habe, dass du mit Zienna zusammen bist“, begann Wendell.

Merkt er denn nicht, was ich ihm suggerieren will? Oder ist es ihm egal? Warum tut er mir das an?

„Nun interessiert's mich wirklich“, sagte Nicholas.

„Eigentlich dachte ich, Zienna hätte dich inzwischen informiert.“ Wendell beugte sich vor. „Dazu war sie offenbar nicht bereit.“

Am liebsten wäre sie über den Tisch gesprungen und hätte ihm die Augen ausgekratzt. Was trieb ihn zu diesem ungeheuerlichen Verhalten? Ihre Gedanken überschlugen sich.

„Spannt mich nicht noch länger auf die Folter“, bat Nicholas ihn.

„Was tust du, Wendell?“, fauchte Zienna.

„Wir müssen es ihm sagen.“

Schweren Herzens erkannte sie, dass sie ihn nicht umstimmen konnte. Und jeder Versuch wäre ohnehin sinnlos, weil Nicholas bald zwei und zwei zusammenzählen würde.

Bevor Wendell weitersprach, räusperte er sich. „Vor einigen Jahren, als Zienna meine Therapeutin war, da … hatten wir was miteinander.“

Sekundenlang reagierte Nicholas nicht, dann verschwand sein Grinsen. „Was?"

„Das ist schon lange her", fuhr Wendell fort. „Und offensichtlich bedeutet es jetzt nichts mehr. Aber bei unserem Dinner spürte ich eine etwas angespannte Atmosphäre – zweifellos wegen dieses Geheimnisses. Und weil ich dein neues Restaurant leiten werde, möchte ich reinen Tisch machen – und danach die Vergangenheit begraben."

Ziennas Wangen brannten wie Feuer.

„Irgendwann kommt so was immer raus", erklärte Wendell, „und je länger wir schweigen würden, desto verdächtiger könnte es wirken."

„Allerdings", bestätigte Nicholas. Was er empfand, verriet der Klang seiner Stimme nicht.

„Was Ernstes war es nicht. Etwa sechs Monate lang hatten Zienna und ich eine On-off-Beziehung."

Was Ernstes war es nicht … Als sie diese Worte hörte, musste sie sich mühsam beherrschen, um Wendell nicht zu ohrfeigen. So verrückt war sie nach ihm gewesen. Und für ihn hatte es nichts bedeutet. Welch eine schmerzliche Erkenntnis …

Doch so schrecklich weh dürfte es gar nicht tun.

„Und Pam?" Verwirrt hob Nicholas die Brauen. „Damals, zum Zeitpunkt deiner Schulterverletzung, warst du mit Pam zusammen."

„Klar, das ist nicht richtig gewesen." Wendell schaute Zienna an. „Schon seit dem College hatte ich eine Beziehung mit Pam", betonte er, als würde das seinen Betrug verständlich machen. „Wie soll ich mich rechtfertigen? Die Versuchung war einfach zu groß."

Da brach Zienna in spöttisches Gelächter aus. Entschlossen riss sie ihren Blick von ihm los.

„Wow", seufzte Nicholas, und sie sah ihn ungläubig den Kopf schütteln.

„Ich war einfach nur ein Betthäschen", sagte sie honigsüß. „Kein Grund zur Sorge."

In diesem Moment erschien Ghita mit der Rechnung und legte sie – offenbar weil sie die Anspannung wahrnahm – wortlos auf den Tisch. Sofort ging sie wieder davon.

„Wie gesagt, es war bedeutungslos – und es ist längst vorbei", wandte Wendell sich an Nicholas. „Aber da du mein Freund bist, wollte ich keine Geheimnisse vor dir haben."

Nun verstrichen einige Sekunden. Die düstere Stimmung am Tisch wurde vom fröhlichen Lachen anderer Gäste noch verstärkt. Plötzlich neigte Nicholas sich näher zu Zienna. „Wie ernst war die Beziehung für dich, Zee?"

„Was?"

„Soeben hat Wendell versichert, es sei unbedeutend gewesen. Sein Herz hat natürlich Pam gehört. Was er getan hat, billige ich nicht. Das wusste er. Deshalb hat er mir damals nie von dir erzählt." Nach einer kurzen Pause fragte Nicholas: „Aber wie war es für dich?"

Obwohl in ihren Ohren das Blut rauschte, zwang sie sich, ihn möglichst gleichmütig anzuschauen. „Was Wendell gesagt hat, weißt du ja. Nichts Ernstes."

„Warum hast du mir nichts davon erzählt? Gestern Abend, bei mir zu Hause?" In seiner Stimme schwang ein skeptischer Unterton mit.

Zienna öffnete den Mund. Doch wie eine zu Unrecht beschuldigte Angeklagte im Zeugenstand fühlte sie sich desorientiert und leicht benommen. Was sie sagen sollte, wusste sie nicht.

Schließlich erwiderte sie: „Darüber will ich nicht reden. Nicht hier, nicht jetzt. Und nun möchte ich gehen." Dann wandte sie sich zu Wendell. „Was hast du dir dabei gedacht? Aus heiterem Himmel eine Bombe platzen zu lassen, ohne Vorwarnung? Wir hatten einfach nur ein nettes Dinner. Zweifellos war das weder der richtige Ort noch der geeignete Zeitpunkt für so ein Geständnis."

„Wolltest du es mir verheimlichen?", stieß Nicholas hervor. Anklagend, die Augen verengt, starrte er sie an.

Genervt sprang sie auf. Sein scharfer Tonfall missfiel ihr, wenn sie auch verstand, dass er schockiert war. Obwohl sie nichts verbrochen hatte, wurde ihr plötzlich die Schuld zugewiesen.

„Setz dich", forderte er sie auf.

„Nein, besser nicht." Abrupt kehrte sie ihm den Rücken zu. „Lass mich gehen!"

Nach ein paar Schritten hörte sie ihren Namen.

Wendells Stimme.

Als hätte er das Recht, mit ihr zu sprechen! Ausgerechnet jetzt!

„Zienna", wiederholte er.

Sie spähte über ihre Schulter und sah ihn vor dem Vorhang stehen, der die Privatsphäre der Nische schützte. Weil er Nicholas die Sicht versperrte, zeigte sie Wendell den ausgestreckten Mittelfinger. Dann stürmte sie davon.

Kurz bevor sie den Ausgang erreichte, stolperte sie über irgendetwas. Anders als bei der Ankunft wurde sie nicht von Nicholas festgehalten, fiel auf ein Knie und hörte einige Gäste, die in der Nähe standen, nach Luft schnappen.

„Ach du meine Güte!" Erschrocken lief die Empfangsdame zu ihr, reichte ihr eine Hand, und Zienna griff danach. Ohne die Frau anzusehen, die Augen voller Tränen, ließ sie sich auf die Beine helfen. Durch ihr Knie schoss ein heftiger Schmerz, und sie zuckte zusammen.

„Zee ..."

Plötzlich tauchte Nicholas neben ihr auf und musterte sie besorgt. Ein paar Schritte hinter ihm stand Wendell, und ein sichtlich beunruhigter Youssef eilte herbei.

Als Nicholas einen Arm um Ziennas Schultern legen wollte, stieß sie ihn weg und trat ins Freie hinaus.

Kalte Nachtluft wehte ihr entgegen, und sie wünschte, sie könnte wie Dorothy im „Zauberer von Oz“ einfach die Fersen zusammendrücken und blitzschnell verschwinden.

Hinter ihr erklang Nicholas' Stimme. „Hör mal, Baby – ich war nur überrascht …“

Wütend drehte sie sich zu ihm um. „Du führst dich so auf, als hätte ich dich betrogen! Großer Gott, erst gestern Abend hast du mir Wendell präsentiert! Natürlich wollte ich es dir sagen, aber vorher musste ich überlegen, wie ich es dir am besten beibringen soll. Und außerdem war meine Beziehung zu deinem Freund völlig bedeutungslos“, fügte sie hinzu. Wie bitter die Worte auf ihrer Zunge schmeckten …

„Komm wieder rein, iss dein Dessert.“

„Nachdem ich vor all den Leuten gedemütigt wurde?“ Sie humpelte zum Gehsteig und winkte einem Taxi, das gerade die Straße entlangfuhr. Noch während es das Tempo drosselte, nahm sie ihr Handy aus der Clutch.

Alexis wohnte nicht weit von hier. Jetzt musste Zienna dringend mit ihr reden.

„Wohin fährst du?“, fragte Nicholas.

„Das muss ich dir nicht verraten. Du weißt doch immer ganz genau, wie man was rausfindet.“ Inzwischen hatte das Taxi angehalten.

„Komm zurück“, sagte Wendell. „Jetzt ist es nun mal passiert.“

Bevor sie die Autotür öffnete, warf sie ihm einen durchdringenden Blick zu – das Einzige, was sie tun konnte. Und sie hoffte, er würde in ihren Augen lesen, wie abgrundtief sie ihn hasste.

Dann stieg sie ins Taxi, sank auf den Rücksitz und fühlte sich elend.

Wäre sie bloß in ihrem Wagen hierhergefahren ... So sehr hatte sie sich um ihr Aussehen bemüht und sogar besonders verführerische Dessous für ihren Liebsten gekauft.

Alles umsonst.

„Achtundfünfzig West Adams Street", nannte sie dem Fahrer Alexis' Adresse.

Als er den Wagen wendete, schaute sie aus dem Fenster und sah Nicholas frustriert die Arme hochwerfen.

Wie sie erwartet hatte, klingelte wenige Sekunden später ihr iPhone. Im Display erschien Nicholas' Foto, und sie drückte rasch auf das entsprechende Symbol, um den Anruf abzulehnen.

In welcher Weise die Dinge sich entwickeln würden, wusste sie. Ganz egal, was Nicholas sagte – er würde es nicht verkraften, dass sein bester Freund mit ihr geschlafen hatte, mochte die Beziehung bedeutsam gewesen sein oder nicht.

Dieses Problem würden Zienna und Nicholas nicht überwinden. Da gab es gewisse Regeln, an die sich Männer ebenso wie Frauen meistens hielten. Man ließ sich nicht mit jemandem ein, mit dem ein Freund oder eine Freundin zusammen gewesen war.

Ihr Handy vibrierte, und Zienna las die SMS, die Nicholas ihr geschickt hatte.

Komm zurück, lass uns reden.

Sie machte sich nicht die Mühe, darauf zu antworten.

Während sich das Taxi vom Café Tagine entfernte, warf sie einen letzten Blick durch das Rückfenster. Nicholas und Wendell standen immer noch am Straßenrand.

Was mochten die beiden besprechen?

Aus einem plötzlichen Impuls heraus beugte sie sich zum Fahrer vor. „Ich hab's mir anders überlegt. Bringen Sie mich zur Near North Side, Kingsbury."

An diesem Morgen hatte Alexis ihr empfohlen, Nicholas

möglichst bald die Wahrheit zu erzählen. Und jetzt war Zienna nicht in der Stimmung, um sich anzuhören: *Ich hab's dir ja gesagt.*

Sie wollte einfach nur allein sein.

Sie legte den Kopf an die Rückenlehne und schloss die Augen. Warum hatte Wendell nicht den Mund gehalten? Wieso hatte er Nicholas über die Vergangenheit informiert, ohne ihr vorher zu sagen, dass er das plante? Was führte er im Schilde?

Und da ging ihr ein sonderbarer Gedanke durch den Sinn – ein absolut lächerlicher Gedanke.

Wollte er Nicholas etwa veranlassen, mit ihr Schluss zu machen?

7. KAPITEL

Als es mehrmals an der Haustür läutete, zuckte Zienna in ihrem Bett zusammen. Sie war eben erst eingeschlafen, und der Lärm hatte sie unsanft geweckt.

Blinzelnd hob sie den Kopf und schaute auf die Uhr. Einundzwanzig Minuten nach zwei.

Oh Gott, dachte sie und sank ins Kissen zurück. Das musste Nicholas sein.

Seit sie vor dem Restaurant ins Taxi gestiegen war, hatte er sie immer wieder angerufen und ihr mindestens sechs SMS geschickt. Darauf hatte sie nicht reagiert und das Handy schließlich ausgeschaltet.

Sie war nicht bereit, mit ihm über Wendell zu sprechen.

Jetzt läutete es wieder. Aber sie stand nicht auf.

Wenn sie ehrlich sein wollte, musste sie sich den wichtigsten Grund eingestehen, der sie daran hinderte, mit Nicholas zu reden. Dieses Gespräch würde erfordern, dass sie die ganze Wahrheit sagte. Und sie würde ihm niemals verraten, dass ihre Gefühle für Wendell viel intensiver gewesen waren.

Das Wiedersehen mit Wendell hatte Zienna aufgewühlt. Und gleichgültig, was sie behaupten mochte – Nicholas war klug genug, um die Wahrheit herauszufinden. Dann würde er seinen Freund für eine Bedrohung halten.

Vor einiger Zeit hatte ihm eine treulose Ex das Herz gebrochen. Deshalb hatte er eine Weile gebraucht, um Zienna zu vertrauen. Damit war sie zurechtgekommen, denn sie kannte die Nachwirkungen einer solchen Enttäuschung nur zu gut. Schließlich hatte sie ihn von ihrer Treue und Aufrichtigkeit überzeugt, und ihre Beziehung war nahezu perfekt gewesen.

Doch jetzt gefährdete Wendell dieses Glück.

Es läutete wieder an der Haustür. Offenbar würde Nicholas nicht fortgehen. Zienna drehte sich auf die andere Seite. Sollte sie ihn ignorieren? Wenn sie bloß wüsste, was er dachte und fühlte … Bereute er sein Verhalten nach Wendells Enthüllungen? Oder glaubte er immer noch, sie hätte ihn betrogen? Das würde sie nicht ertragen.

Wie auch immer – jetzt, so spät in der Nacht, war sie zu müde für eine weitere Diskussion. Am allerwenigsten wollte sie über Wendell reden, nachdem er so gleichmütig verkündet hatte, sie habe ihm gar nichts bedeutet. Offenbar war sie nur gut fürs Vögeln gewesen.

Zienna schaute wieder auf ihre Uhr. Siebenundzwanzig nach zwei. Seit einer Weile läutete es nicht mehr an der Haustür. Wahrscheinlich war Nicholas endlich verschwunden. Sehr gut … Sie seufzte erleichtert und kuschelte sich in ihre Decke.

Zehn Sekunden später begann es zu klopfen. Resignierend stieg sie aus dem Bett, schlüpfte in einen Morgenmantel und ging zur Wohnungstür. Allem Anschein nach würde Nicholas nicht weggehen, bevor sie mit ihm geredet hatte.

Sie spähte durch den Spion. Da stand er, die Stirn mürrisch gefurcht, und Zienna musste lächeln. Plötzlich freute sie sich über seinen Besuch. Würde er ihr irgendwas verübeln, wäre er nicht hier. Offensichtlich hatte er, ebenso wie sie, wegen des Zerwürfnisses keinen Schlaf gefunden.

Trotzdem öffnete sie die Tür nicht sofort und ließ ihn noch ein bisschen schmoren. Er hatte sie tief verletzt. So leicht würde sie ihm das nicht verzeihen.

„Wie bist du hereingekommen?“, rief sie durch die Tür.

„Ich bin jemandem gefolgt, der ins Haus gegangen ist.“

„Was willst du?“

„Lässt du mich nicht rein?“

„Warum sollte ich?“

„Es tut mir so leid, wie ich mich benommen habe. Ich war einfach schockiert. Aber dann habe ich mit Wendell gesprochen. Nun ist alles okay.“

„Vielleicht für euch beide."

„Bitte, Zee, lass mich rein", flehte Nicholas.

Nach einem tiefen Atemzug sperrte sie die Tür auf, öffnete sie und wich einen Schritt zurück.

„Tut mir so leid", wiederholte er, als er den Flur betrat, und schaute sie unsicher an.

Wortlos ging sie ins Wohnzimmer und sank in einen Sessel, denn da konnte Nicholas nicht neben ihr sitzen.

Er kniete sich vor sie auf den Boden. In seinen Augen las sie ernsthafte Reue.

Vorsichtig strich er über ihr rechtes Bein. „Wie geht's deinem Knie?"

„Ich hab's überlebt."

Eine Zeit lang schwiegen sie. Nicholas musterte Ziennas Gesicht. Das wusste sie. Aber sie erwiderte seinen Blick nicht.

„Willst du nichts sagen?", fragte er schließlich.

Da wandte sie sich zu ihm. „Was soll ich denn sagen? Anscheinend hast du zusammen mit Wendell schon alles geklärt."

„Nicht einmal im Traum hätte ich mir vorgestellt, dass er mal mit dir geschlafen hat. Das war das Letzte, was ich bei unserem Dinner erwartet hätte."

So ging's mir auch. „Es ist lange her."

„Ja, ich weiß ... Und ich habe falsch reagiert. Das gebe ich zu."

„Du wolltest gar nicht vernünftig darüber reden und hast mich so vorwurfsvoll angestarrt, als würde ich herumhuren!"

„Unsinn", widersprach Nicholas energisch, „jetzt übertreibst du. Aber ich habe mich ziemlich unreif benommen. Die Neuigkeit hat mich überrumpelt. Und ich glaube, du warst auch nicht auf so was vorbereitet. Aber da Wendell einiges in mein Geschäft investiert, darf ich ihm nicht verdenken, dass er das alles ans Licht bringen wollte."

„Warum solltest du, wenn du es mir übel nehmen kannst?"

„Bitte, Zee …“

Sie schauten sich eine ganze Weile lang an, ohne etwas zu sagen. Diesmal war es Zienna, die das Schweigen brach. „Und – was jetzt?“

„Wie leid es mir tut, habe ich schon versichert, nicht wahr? Ich habe mit Wendell gesprochen, und er betonte noch einmal, eure Affäre sei belanglos gewesen. Nichts, was mit unserer Beziehung vergleichbar wäre.“

„Nachdem er die Bombe platzen ließ, glaubst du seinen Beteuerungen? Was *ich* sage, zählt nichts? Überleg mal, wie ich mich fühle!“

„Wovon redest du, Zee?“

„Obwohl ich dir direkt erklärt habe, dass mir die Liaison mit Wendell nichts bedeutet hat, warst du sauer auf mich und wolltest nicht zuhören.“

„Zu einem richtigen Gespräch kam es ja nicht.“ Hastig hob er eine Hand, um Zienna an einem Einwand zu hindern. „Nicht nach meiner idiotischen Reaktion. Deshalb habe ich heute Nacht ständig versucht, dich anzurufen, habe dir eine SMS nach der anderen geschickt. Und jetzt bin ich hier.“

„Erinnerst du dich an deine Frage? Du hattest kein Problem damit, deinem Freund zu glauben, ich hätte ihm nichts bedeutet. Dann wolltest du wissen, wie die Affäre für *mich* war. Und als ich antwortete, das sei nichts Ernstes gewesen, hast du es anscheinend bezweifelt.“

„Um mich dafür zu entschuldigen, bin ich zu dir gekommen.“ Leicht genervt stand Nicholas auf und trat ans Fenster, das zum Fluss hinausging. „Aber offenbar willst du noch länger mit mir streiten, und ich begreife nicht, warum.“

Dieses Gespräch verlief nicht so, wie Zienna es gehofft hatte. Sie stand auf und verschränkte die Arme vor der Brust. „Jetzt möchte ich wieder ins Bett …“

Da fuhr er herum und eilte mit langen Schritten zu ihr.

Als er sie umarmen wollte, zuckte sie zurück, und er legte behutsam die Hände auf ihre Schultern.

„Verzeih mir, Zee, jetzt war ich etwas zu ungeduldig. Aber es ist nicht so einfach. Als ich es erfuhr …“ Er holte tief Luft. „Um die Wahrheit zu gestehen … Wendell gehörte schon auf dem College zu meinen allerbesten Freunden. Trotzdem fochten wir dauernd Konkurrenzkämpfe aus. Nicht zum ersten Mal waren wir mit demselben Mädchen zusammen.“

Fragend hob Zienna die Brauen. Aber sie sagte nichts.

„Manchmal sind enge Freunde die erbittertsten Rivalen, obwohl sie einander mögen. Du und Wendell – das hat mich an unsere College-Zeiten erinnert. In gewisser Weise galt meine Reaktion gar nicht dir.“

„Wirklich nicht?“, flüsterte sie verblüfft.

„Nur teilweise. Und jetzt ist es vorbei. Nur darauf kommt es an.“

Ein neuer Gedanke beunruhigte sie. „Kann ich glauben, dass du über Wendell und mich nicht schon früher informiert warst? Ihr wolltet einander ständig übertrumpfen. Womöglich hast du dich nur mit mir eingelassen, weil du wusstest, er würde in die Stadt zurückkommen. Gab es eine bessere Methode, deinem Freund eins auszuwischen, als mit seiner Ex zu schlafen?“

„So war es nicht.“

„Sicher nicht? An meiner Loyalität zweifelst du. Vielleicht sollte ich deine infrage stellen.“

„Hör endlich auf.“ Nicholas nahm ihr Gesicht in beide Hände. „Jetzt reicht’s.“ Ganz sanft berührte er ihren Mund mit seinem. Dann rückte er ein wenig von ihr ab, wachsende Lust verdunkelte seine Augen. „Nun habe ich die Streiterei endgültig satt.“

Er führte ihre Hand zu seiner Hose. Darunter spürte sie eine steinharte Erektion.

„Das war unser erster richtiger Streit, nicht wahr, Zee?“ Mit einer freien Hand strich er über ihre Wange und am Hals hinab zum Ausschnitt ihres Morgenmantels, zwischen ihre Brüste. „Nun sollten wir uns versöhnen.“

Darauf antwortete sie nicht. Aber ihre Atemzüge beschleunigten sich.

Seine Hand glitt tiefer hinab, und er öffnete den Morgenmantel etwas weiter, jedoch nicht vollends. „Darauf habe ich mich die ganze Zeit gefreut. Seit ich hierherkam, um dich abzuholen, und du so atemberaubend ausgesehen hast.“

Nun öffnete Zienna ihre Lippen. Nur ein schwacher Laut drang aus ihrer Kehle.

„Wirst du etwa behaupten, du willst es nicht?“, fragte Nicholas leise, mit tiefer, verführerischer Stimme.

Das wäre eine Lüge. Seit sie sich vor Stunden für das Dinner zurechtgemacht hatte, war sie erregt gewesen, voller Vorfreude auf eine heiße Liebesnacht. Und dann hatte Wendell ihre wunderbaren Pläne vereitelt.

„Ich bin dir immer noch böse“, erwiderte sie und suchte ihre Emotionen zu verbergen. In ihrer Brust mischten sich Zorn und Begierde.

„Nicht mehr lange“, versprach er, öffnete den Gürtel ihres Morgenmantels und ließ die seidenen Falten auseinanderfallen.

Beim Anblick ihres halbnackten Körpers stöhnte Nicholas vor Entzücken. Sie trug immer noch die Dessous, die sie am vergangenen Nachmittag gekauft hatte, den roten Spitzen-BH und den passenden Tanga.

Allein schon die Glut in Nicholas’ Augen bewog sie, allen Kummer des letzten Abends zu vergessen.

Er legte seine warme Hand auf ihren Bauch und streichelte die zarte Haut, bevor er seine Finger zu ihrem Tanga hinuntergleiten ließ. „Trägst du das, weil du meinen Besuch erwartet hast?“ Sein heißer Atem streifte ihr Gesicht.

Insgeheim hatte sie wirklich gehofft, die Nacht würde auf diese Weise enden. Sie drückte sich gegen seine Hand, und er schob seine Finger in ihr Höschen. Als er begann, ihre Klit zu streicheln, seufzte sie wohlig.

Nun umfing er ihre Taille mit seinem freien Arm. Kraftvoll presste er ihren Körper an seinen und küsste sie fordernd.

Einen so hungrigen, drängenden Kuss hatten sie schon länger nicht mehr genossen. Die Beziehung war sanft und vertraut geworden. In letzter Zeit hatten sie eher süße, gefühlvolle Küsse getauscht, keine so wilden und gierigen.

Ohne seine Lippen von ihren zu lösen, schlang er seine Finger in ihr Haar und zerrte daran.

Erregt stöhnte sie. Es gefiel ihr.

Er saugte an ihrer Unterlippe, grub seine Zähne vorsichtig hinein. Dann tastete er nach ihrem BH. Nicht allzu sanft streifte er die rote Spitze über ihre vollen Brüste nach unten. Der Nicholas von gestern hätte sich Zeit genommen und den Verschluss sorgsam geöffnet.

„Bist du mir immer noch böse?" Mit seinen Lippen zog er eine Feuerspur über ihr Gesicht, mit seinen Fingern rieb er ihre Brustwarzen.

Statt zu antworten, rang Zienna nach Luft.

Nicholas schloss seinen Mund um einen ihrer Nippel. Flackernd umkreiste er mit seiner Zunge die Spitze.

„Und jetzt?", fragte er. „Immer noch böse?"

„Nein", keuchte sie, „nein, Darling."

Triumphierend grinste er, nahm den anderen Nippel in den Mund und saugte daran, bis Zienna kaum noch atmen konnte.

Obwohl wachsendes Verlangen ihren Körper beherrschte, funktionierte ein Teil ihres Verstandes immer noch. „Die Fenster – die Jalousien sind nicht geschlossen …"

Er warf einen Seitenblick zu den Fenstern. „Stimmt", murmelte er ungerührt. Offenbar störte es ihn nicht, dass jemand im gegenüberliegenden Gebäude die intime Szene beobachten könnte, denn er begann, an ihrer Brustwarze zu lecken.

Nicht so sanft und zärtlich wie sonst, sondern hart und gierig, so als versuchte er, Zienna seinen unauslöschlichen Stempel aufzudrücken.

Und ihr fehlte die Kraft, ihn daran zu hindern, zu elektrisierend wirkten ihre Gefühle. Eine erregende Mischung aus Lust und Schmerz erfüllte sie.

„Ich will dich hier. Sofort. Ob uns jemand zuschaut, ist mir egal." Mit seinem Finger strich er über die harte Knospe, die er soeben stimuliert hatte. „*Fast* egal." Lächelnd schaute er zu ihr auf.

Diesen Nicholas kannte sie nicht, aber sie mochte ihn. So sehr, dass sie hier und jetzt mit ihm schlafen würde. Zum Teufel mit etwaigen Zuschauern.

„Wow, was ist denn in dich gefahren?", flüsterte sie.

„Du." Er sank auf die Knie und küsste Ziennas Bauch.

So fest zerrte er an der Seite ihres Tangas, dass der elastische Bund schmerzhaft in ihre Haut schnitt. Ihr stockte der Atem, doch dann seufzte sie entzückt, als sein Finger ihre Perle fand.

„Ganz feucht bist du."

„Nicholas ..." Würde er wirklich hier mit ihr ...?

„Ja", erwiderte er entschieden. Anscheinend hatte er die stumme Frage gehört. „Noch länger kann ich nicht warten." Aufreizend rieb er ihre Klit in kreisenden Bewegungen.

Und dann ließ er seine Zunge über ihre sensibelste Stelle gleiten.

„Oh Gott ...", stöhnte sie.

Immer schneller bewegte er seine Finger und seine Zunge und steigerte ihre Erregung ins Unermessliche. Flatternd senkte sie die Lider und umfasste seine Schultern, gefangen in heißer Ekstase, fasziniert von Nicholas' animalischem Trieb, den er ihr nie zuvor gezeigt hatte.

Voller Hingabe reizte er sie, als wäre es sein einziges Ziel, sie zu erfreuen – mit seiner Zunge, mit Fingern und Zähnen … bis sie einen explosiven Höhepunkt erreichte. Danach hob er sie hoch, trug sie ins Schlafzimmer und legte sie aufs Bett.

Von ihrem Orgasmus geschwächt, überließ sie es Nicholas, ihr den Morgenmantel und die Dessous auszuziehen. Dann postierte er sie auf Hände und Knie und drang kraftvoll von hinten in sie ein.

Zienna bäumte sich schreiend auf.

Hart und gnadenlos stieß er zu.

„Oh mein Gott, Nicholas. Oooh …"

„Sag mir, dass du mich liebst", verlangte er.

„Ich liebe dich", stöhnte sie atemlos.

„Und ich bin alles, was du brauchst. Alles. Sag es mir."

„Alles, was ich brauche, bist du, Darling."

„Niemand kann es dir besser besorgen als ich. Stimmt das, Baby?"

Trotz der wilden Lust gab ihr diese Frage zu denken. Was bezweckte er?

Er umschlang ihre Taille, zog sie hoch und drückte ihren Rücken an seine Brust, ohne aus ihr herauszugleiten. „Sag es mir", befahl er, die Lippen an ihrem Ohr. „So wie ich kann dich niemand beglücken."

„Niemand … Nur du, Darling."

Nun drehte er ihren Kopf seitwärts, saugte an ihren Lippen, an ihrer Zunge.

Obwohl Zienna den wilden Liebesakt genoss, drängte sich eine Frage auf, die sich nicht verscheuchen ließ. Wollte er mit diesem zügellosen Sex alle Gefühle auslöschen, die sie vielleicht immer noch für Wendell hegte?

8. KAPITEL

Als Zienna die Augen öffnete, sah sie Nicholas. Auf einen Ellbogen gestützt, lag er grinsend neben ihr im Bett.

„Guten Morgen, Baby."

„Morgen ..."

„Wie fühlst du dich?"

Langsam verzog sie ihre Lippen zu einem Lächeln. „Fantastisch. An manchen Stellen ziemlich lädiert, aber eindeutig wunderbar." Sie streichelte seine Wange. In scherzhaftem Ton fügte sie hinzu: „Was ist letzte Nacht mit dir passiert?"

„Meinst du das Sexmonster?"

„Nennst du es so?", kicherte Zienna.

„Ja. Das lasse ich nur manchmal aus mir raus." Er gab ihr einen zärtlichen langen Kuss, süß und liebevoll, nicht hungrig und animalisch wie vor ein paar Stunden.

„Wegen gestern Abend tut's mir leid."

„Längst vergessen."

„Verdammt!" Nicholas spähte an ihr vorbei zur Uhr auf dem Nachttisch. „Schon nach sieben."

„Igitt, ich will nicht aufstehen."

„Das ist verständlich." Er strich ihr das Haar aus der Stirn. „Und ich nehme die Schuld auf mich. Ich habe dich kaum schlafen lassen. Aber ich wollte dir die Nacht deines Lebens bieten."

„Was dir gelungen ist, Darling."

„Cappuccino?"

„Ja, bitte."

Nicholas stieg aus dem Bett, schlüpfte in seine Boxershorts und verließ das Schlafzimmer. Wenige Minuten später kehrte er mit einer dampfenden Tasse zu Zienna zurück. Zu ihrem Geburtstag im letzten Monat hatte er ihr eine dieser raffinierten Kaffeevollautomaten geschenkt, die normalen Kaffee,

Espresso und Cappuccino erzeugten. Wie das Gerät funktionierte, musste sie noch herausfinden.

„Danke, mein Schatz." Sie setzte sich auf und nahm die Tasse entgegen.

„Nun muss ich gehen. Ich habe was im neuen Restaurant zu erledigen, bevor ich zum alten ‚Reflections' fahre."

„Noch eine Woche", sagte sie lächelnd.

„Ja, ich weiß." Nicholas zog seine Hose an. „Nur noch eine Woche bis zur grandiosen Eröffnung."

„Bist du nervös?"

„Wenn ich Nein sage, würde ich lügen. Aber vor allem freue ich mich darauf."

„Und …" Erst nach einer kurzen Pause sprach Zienna weiter. „Was genau wird Wendell für dich tun?"

Ob sie ihren Ex erwähnen sollte, wusste sie nicht genau. Doch das Problem war letzte Nacht gelöst worden. Zweifellos würde sie Wendell in der nächsten Zeit öfter sehen, und so müsste sie sich nach ihm erkundigen können.

Nicholas schob die Hände in die Ärmel seines Anzughemds. „Hauptsächlich gehört er zu meinen Investoren, und er wird das Restaurant managen."

„Hat er in dieser Branche Erfahrungen gesammelt?", fragte Zienna.

„Oh ja, er hat in Dallas ein kleines Lokal gekauft. Aber das lief nicht gut. Und da seine Footballkarriere vorbei ist, braucht er eine Beschäftigung für den Rest seines Lebens."

„Also hat er den Traum vom Coaching aufgegeben?"

„Coaching?", wiederholte Nicholas …

„Eh – nun, er hat mal gesagt, er möchte Trainer werden." Sie zuckte die Achseln. „Natürlich ist das schon lange her. In den letzten Jahren habe ich nichts mehr von ihm gehört."

„Das weiß ich." Inzwischen vollständig angezogen, ging Nicholas zum Bett, beugte sich hinab und küsste Ziennas

Lippen. „Wenn du Wendell erwähnst, musst du dich nicht unbehaglich fühlen. Okay?"

Sie nickte. „Okay."

„Bis später, Baby."

„Treffen wir uns für die nächste Runde?", fragte sie und zwinkerte ihm zu.

„Also willst du das Sexmonster näher kennenlernen?"

„Oh, mit dem größten Vergnügen."

„Dann werden wir uns möglichst bald wiedersehen", versprach er und küsste sie noch einmal.

Erschöpft, aber mit einem Lächeln auf den Lippen, fuhr Zienna zur Arbeit. Die Nacht mit Nicholas war unglaublich gewesen. *Versöhnungssex ist immer großartig, nicht wahr?* Doch er hatte sie mit seiner wilden Leidenschaft wirklich überrascht.

Jeden einzelnen Moment hatte Zienna genossen. Sanfter, bedeutungsvoller Sex war wundervoll. Trotzdem spürte eine Frau manchmal ganz gern, dass sie von ihrem Liebhaber heiß begehrt wurde.

Nicht nur der animalische Faktor hatte Zienna verblüfft, auch Nicholas' Durchhaltevermögen. Stundenlang hatte er sie beglückt, in mehreren verschiedenen Stellungen.

Auf dem Parkplatz vor dem Reha-Center angekommen, hatte sie noch etwas Zeit vor ihrem ersten Termin mit einem Patienten, und so rief sie Alexis an. Sie schilderte die Ereignisse im *Café Tagine* und berichtete, dass Wendell ohne Vorwarnung alles ausgeplaudert hatte.

„Oh Gott, ich *sagte* doch, du sollst Nicholas *zuerst* von deiner früheren Beziehung erzählen!", schimpfte Alexis. „Hättest du meinen Rat befolgt, wäre das nicht passiert."

„Natürlich nahm ich nicht an, Wendell würde die Bombe im Restaurant platzen lassen, direkt nach einem erfreulichen Dinner", verteidigte sich Zienna. Dann dachte sie voller

Genugtuung an die sensationelle Nacht. Der Streit hatte sich wahrlich gelohnt. „Aber seltsamerweise", fügte sie hinzu, „war es so am besten."

„Dass du stinksauer aus dem Lokal geflüchtet bist?"

„Oh ja. Weil Nicholas und ich zum ersten Mal richtig gestritten haben. Was zum großartigsten Sex unserer Beziehung führte."

„Im Ernst?", quietschte Alexis.

„Plötzlich war er wie verwandelt. Um halb drei Uhr morgens stand er vor meiner Tür. Und er wollte nicht gehen, bevor er es mit mir getrieben hatte." Zienna senkte ihre Stimme, als würde jemand im Fond des Wagens sitzen und zuhören. „Stell dir vor, ich war so angetörnt, dass ich schon im Wohnzimmer einiges mit mir machen ließ, bei offenen Jalousien …"

„Moment mal – *was*?"

„Zuerst stritten wir ein bisschen. Und dann – nun, er begann mich zu verführen. Ich wies ihn auf die geöffneten Jalousien hin. Doch das hielt ihn nicht zurück. Keine Ahnung, ob jemand den ersten Teil der Aktion beobachtet hat."

„Redest du von *Nicholas*?", fragte Alexis hörbar ungläubig.

„Klar, das klingt seltsam. Aber er kam mir wirklich wie ein anderer Mann vor. Er erklärte, noch länger könne er nicht warten. Offenbar war ihm der Weg ins Schlafzimmer zu weit. Und da – also, es geschah ziemlich viel, bevor wir's ins Bett schafften."

„Nicholas, ein Exhibitionist! Wer hätte das gedacht?"

„Ein völlig neuer Wesenszug, und das fand ich fabelhaft." Bei der Erinnerung an das riskante Vorspiel spürte Zienna, wie ihr ganzer Körper pulsierte. Sie hatte sich nie für exhibitionistisch gehalten – oder zumindest seit Jahren nicht mehr. Aber letzte Nacht war sie hochgradig erregt gewesen.

„Genau das meine ich", erwiderte ihre Freundin. „Weil ich so langsam geglaubt habe, Nicholas wäre wie Elliott."

„Was heißt das?"

„Nun ja …"

„Du hast Elliott abserviert. Habe ich jemals angedeutet, ich würde Nicholas fallen lassen?"

„Nein – und ich sage ja gar nicht, dass du es tun würdest."

„Er ist ein guter Mann. Und er liebt mich. Ich bin glücklich."

„Behauptest du, ich hätte mit Elliott glücklich werden sollen?"

„Sicher steht's mir nicht zu, dir zu erklären, wer der Richtige für dich wäre."

„Ich hatte zweifellos einen wunderbaren Typen. Nie hätte er mich betrogen. Aber du weißt, wie ich mich gefühlt habe. Ich sehnte mich nach einem Liebhaber, der mich so wahnsinnig begehrt, dass er mich immer und überall genommen hätte – an unmöglichen Orten. Natürlich innerhalb vernünftiger Grenzen. Beim Sex wünschen sich nicht nur Männer jemanden, der manchmal ein bisschen ausrastet."

Darüber dachte Zienna eine Weile nach. Vielleicht hatte Alexis recht. Denn sie selber wollte das „Sexmonster" unbedingt näher kennenlernen – und immer wieder die Ekstase genießen, die Nicholas ihr letzte Nacht geboten hatte.

Aber war Kuschelsex ein Grund, jemandem den Laufpass zu geben? „Jedenfalls habe ich einen guten Jungen. Das weiß ich. Und dass er mich wie ein böser Junge antörnen kann, ist ein zusätzlicher Bonus."

„Hätte Elliott das auch getan, wären wir immer noch zusammen."

„Also hast du nur wegen dem Sex Schluss mit ihm gemacht?"

Zienna vermutete, dass mehr hinter der Enttäuschung stecken musste als mangelnde Leistungen im Schlafzimmer.

„Teilweise …" Alexis' Zögern verriet einen inneren Konflikt. „Irgendwie – habe ich etwas mehr gebraucht. Etwas, das Elliott mir nicht geben konnte."

„Und so hast du getan, was du tun musstest." Wenn Zienna ihre Freundin auch liebte – wenn es um Beziehungen ging, kapierte sie nicht, wonach Alexis suchte.

„Tut mir leid, ich bin ein bisschen genervt. Gesten Abend kam Elliotts Mutter zu mir und wollte wissen, was mit ihrem Sohn nicht stimmen würde. Gar nichts, versicherte ich ihr, und eines Tages würde er eine Frau sehr glücklich machen."

„Was sie nicht begriffen hat", ergänzte Zienna.

„Nein."

„Natürlich nicht."

„Ich versuchte ihr zu erklären, er sei für *mich* nicht der Richtige. Da war sie am Boden zerstört."

„Nun, das ist begreiflich. Genauso wie Elliott hatte sie dich ins Herz geschlossen."

Alexis seufzte tief auf. „Ja, ich weiß. Und das macht es so schwierig ... Trotzdem – ich habe meine Entscheidung getroffen und will in die Zukunft schauen."

Für jemanden, der einen Neuanfang plante, wirkte sie nicht allzu glücklich. „Das verstehe ich."

„Reden wir nicht mehr über Elliott." Alexis' Stimme verriet neue Entschlossenheit. „Freut mich, dass dein Streit mit Nicholas zu einer so aufregenden Nacht geführt hat."

„Nun werde ich mir überlegen, worüber ich nächstes Mal mit ihm streiten soll." Zienna lachte leise. „Denn dieser Sex war wirklich brandheiß."

„Wie wundervoll."

„Okay, Alexis, ich muss mich beeilen. Sonst komme ich zu spät zur Arbeit."

„Und ich bin auf dem Weg zur Tür hinaus. Bis später. Gehen wir heute Abend auf einen Drink aus?"

„Vielleicht. Aber ich kann dir nichts versprechen, weil ich mich wahrscheinlich mit Nicholas treffen werde."

„Jetzt machst du mich eifersüchtig!"

„Auf bald.“

„Bye.“

Zienna beendete das Telefonat und stieg aus dem Auto. Als sie das Reha-Center betrat, umspielte noch immer ein Lächeln ihre Lippen.

An solchen Tagen war Zienna froh, dass es im hinteren Trakt des Reha-Centers eine Cafeteria gab, in der Bio-Sandwiches, Salate und dergleichen, zudem verschiedene Getränke angeboten wurden. Sie fühlte sich zu müde für einen Lunch außerhalb des Hauses. Und so holte sie sich einen Truthahn-Wrap, den sie in ihrem Büro aß, und trank eine weitere Tasse Kaffee. Danach gönnte sie sich ein zwanzigminütiges Mittagsschläfchen, den Kopf zwischen verschränkten Armen auf dem Schreibtisch.

Das klingelnde Telefon weckte sie. Ruckartig schreckte sie hoch und warf einen Blick zur Uhr. Eine Minute nach eins. Sie nahm den Hörer ab. „Zienna Thomas.“

„Ah, sehr gut, du bist schon wieder da“, meldete sich Jamie, eine der Sekretärinnen. „Ich habe dich gar nicht ins Büro zurückgehen sehen.“

„Weil ich in der Mittagspause hiergeblieben bin. Was gibt's?“

„Sorry, du musst eine Behandlung einschieben, einen Notfall. Jetzt gleich. Ich habe dem Mann erklärt, er müsste einen Termin an einem anderen Tag mit mir vereinbaren. Aber er hat offenbar höllische Schmerzen. Und da du direkt nach dem Lunch keinen Patienten erwartest … Übrigens hat er ausdrücklich nach dir gefragt. Sein Krankenblatt findest du vor der Tür zum Behandlungsraum Eins. Tut mir ehrlich leid.“

Eigentlich hatte Zienna vor ihrem Zwei-Uhr-Termin die Krankengeschichten ihrer Nachmittagspatienten studieren und ein bisschen Krafttraining für einen regionalen Marathon machen wollen.

Aber sie würde niemals einen Notfall abweisen, das wusste auch ihr Personal. „Okay, Jamie, bin schon unterwegs."

Hastig kämmte sie sich, frischte ihren Lippenstift auf und eilte zum Behandlungsraum Eins. Aus dem Regal neben der Tür nahm sie das Krankenblatt und las den Namen des Patienten. Beinahe ließ sie das Papier fallen, als hätte sie sich die Finger verbrannt.

Wendell Creighton.

„Oh mein Gott!", flüsterte sie.

Ihr Magen drehte sich um. Was hatte er vor? Warum war er hier?

Da sie nicht schreiend weglaufen wollte, musste sie ihm wohl oder übel gegenübertreten.

Vielleicht war er ins Reha-Center gekommen, weil er sich für gestern entschuldigen wollte? Das wäre tatsächlich angebracht.

Als sich Schritte im Korridor näherten, holte sie tief Luft und öffnete die Tür des Therapieraums. Den Blick auf das Krankenblatt gerichtet, trat sie ein. Professionell vom Scheitel bis zur Sohle.

„Wendell", sagte sie tonlos und musterte ihn. „Welch eine Überraschung."

Offensichtlich in bester Verfassung, ohne die geringsten Schmerzen, saß er auf der Behandlungsliege. „Ich will mit dir reden."

„Das hättest du vielleicht vor dem gestrigen Abend tun sollen", erwiderte Zienna und starrte ihn vielsagend an.

„Ja, ich weiß, du hast völlig recht."

„Warum hast du es getan?", seufzte sie. „Wie konntest du nur? Aus heiterem Himmel ..."

Wendell zuckte die Achseln. „Warum? Du hast mich kaum angeschaut. Da dachte ich, irgendwann würde Nicholas sich fragen, wieso. Ich spürte dieses wachsende Unbehagen. Und schließlich fand ich es besser, die Situation zu klären, bevor die Wahrheit später herauskommen würde."

„Das war also dein Beweggrund?" Zienna merkte, wie skeptisch ihre Stimme klang. „Die Situation zu klären?"

„Ja, natürlich."

Irgendetwas in seinem Blick, eine vertraute Wärme, ließ sie an seiner Aufrichtigkeit zweifeln.

„Hättest du mich bloß vorgewarnt!"

„Ich sagte doch, ich müsste mit dir reden. Leider hast du das abgelehnt."

„Dafür wolltest du mich bestrafen?"

Seine Augen verengten sich. „Bestrafen? Soeben habe ich dir meine Motive erklärt. Nach deiner Flucht sprach ich mit Nicholas, um sicherzugehen, dass zwischen euch alles okay ist."

„Oh, wie nett von dir", spottete Zienna und wandte sich ab. Viel zu schnell pochte ihr Herz. Es missfiel ihr, mit Wendell allein zu sein.

„Gestern hast du echt gut ausgesehen", murmelte er. „Sehr gut sogar."

Irritiert drehte sie sich zu ihm um. „Und warum erzählst du mir das?"

„Ich sage nur die Wahrheit. Ist das ein Verbrechen?"

„Ja! Zumindest sollte es eins ein." Um die nächsten Minuten zu überstehen, steigerte sie sich in hellen Zorn hinein. „Verdammt, Wendell! Glaubst du wirklich, ich will irgendwas mit dir zu tun haben? Obwohl ich dir nie was bedeutet habe? Erinnerst du dich?"

„Was sollte ich denn sonst zu Nicholas sagen?"

„Also hast du gelogen?" Aus unerfindlichen Gründen beschleunigte sich ihr Puls erneut.

„Selbstverständlich."

„Dafür hat es sehr überzeugend geklungen. Aber du warst

schon immer ein guter Lügner." Kaum fähig, seinen Anblick zu ertragen, senkte sie den Kopf.

„Autsch."

Nun sah sie ihn wieder an. „Willst du das etwa bestreiten? Tu nicht so, als hättest du mich nie belogen, als wir zusammen waren!"

„Du weißt nicht alles", entgegnete er, und seine Stimme klang … unglücklich? Ernsthaft? Zienna war sich nicht sicher.

„Setz dich", bat er, „lass es mich erklären."

Jahrelang hatte sie gebraucht, um über die Trennung von Wendell hinwegzukommen. Und nun sollte sie Zeit mit ihm verbringen? Das war nun wirklich das Letzte, was sie sich wünschte … „Du warst mit einer anderen liiert. Da gibt es nichts zu erklären, die Tatsachen sprechen für sich."

„Wirst du mich jedes Mal, wenn ich dich zusammen mit Nicholas sehe, erbost anstarren?" Eindringlich schaute er in ihre Augen. „Diese unangenehme Atmosphäre zwischen uns will ich aus der Welt schaffen. Wenn wir einfach nur …"

Als sein Handy klingelte, verstummte er abrupt, griff in seine Hosentasche, zog es hervor und checkte das Display.

Dann hielt er es sich ans Ohr. „Hey, Alter, was ist los?", fragte er und wandte sich zur Seite.

Zienna beobachtete ihn, während er telefonierte. Zum ersten Mal seit dem Wiedersehen erlaubte sie sich, ihn genauer zu betrachten. Er trug ausgebleichte Jeans, Cowboystiefel und ein weißes, am Kragen geöffnetes Hemd. Um seinen Hals hing eine goldene Kette mit einem Talisman in der Form eines Kreuzes. Das war neu.

Interessierte er sich inzwischen für den christlichen Glauben?

Ihr Blick wanderte tiefer hinab, zu den kraftvollen Beinen, die sich unter der engen Jeans abzeichneten. Oh Gott, sein Körper war traumhaft gewesen. Daran hatte sich nicht viel geändert. Diese muskulösen Schenkel, der knackige Hintern …

Und seine unglaubliche Potenz.

Rasch schaute sie nach oben. Wendell hatte seinen Kopf kahl rasiert, ein Bart umrahmte seine vollen sinnlichen Lippen. Jetzt war er etwas schmaler gebaut als vor vier Jahren, weil er nicht mehr Football spielte. Doch er besaß immer noch einen bewundernswerten athletischen Körper.

„Alles klar“, hörte sie ihn sagen. In ihre Gedanken versunken, hatte sie sein Gespräch nicht belauscht. Erst jetzt weckte es wieder ihre Aufmerksamkeit. „Ja, ich werde da sein, wenn die Lieferung eintrifft, bis dann“, fügte er hinzu und beendete das Telefonat.

„Wer war das?“ Irgendwie gewann Zienna den beklemmenden Eindruck, Nicholas wäre am anderen Ende der Leitung gewesen.

„Dein Freund.“

„Ah, dein *bester* Freund“, konterte sie, als versuchte sie, bei einem Tennismatch zu punkten.

„Sogar der *allerbeste*. Und er scheint dich wirklich zu mögen.“

„Sehr gut, denn ich erwidere seine Gefühle.“ Nach einer kurzen Pause fragte sie: „Hast du ihm erzählt, wo du bist?“

„Nein. Wie ich soeben erwähnt habe, ist er mein bester Freund, und er hat Verständnis für meine frühere Beziehung mit dir gezeigt. Aber ob’s ihm gefallen würde, dass ich jetzt hier bin – ich weiß nicht recht …“

„Was führst du im Schilde?“

„Nichts, ich hatte nur gehofft, ich könnte etwas länger mit dir reden.“ Und dann – trotz ihrer schwarzen Hose und der langärmeligen Bluse – ließ er seinen Blick so verlangend über ihren Körper wandern, als würde sie nur Dessous tragen.

Plötzlich erinnerte sie sich an ein Geschenk, das er ihr damals ins Büro geschickt hatte, ein schönes rosa Seidenhemdchen. Auf der beiliegenden Karte hatte er sie gebeten, es anzuziehen, bevor sie sich abends sehen würden. Nach dem Dinner führte er sie in den Erie Park nahe ihrer Wohnung und bat sie, ihm das Hemd vorzuführen. Anfangs zögerte sie schüchtern und unsicher. Aber Wendells heiße Küsse erwärmten sie schon sehr bald für diese verrückte Idee. Neben dem Kinderspielplatz, nach Einbruch der Dunkelheit, posierte sie in ihrem neuen Hemdchen. Danach liebte er sie unter dem Klettergerüst. Nie zuvor hatte Zienna etwas so Wildes, Riskantes getan. Und der Gedanke, sie könnten ertappt werden, hatte den Reiz noch erhöht.

In die Gegenwart zurückgekehrt, schaute sie Wendell an, der sie mit einem sanften Lächeln beobachtete.

„Wann treffen wir uns?“, fragte er, genauso anmaßend wie vor fünf Jahren. Diese Taktik hatte stets funktioniert.

Aber so dumm wie früher war Zienna nicht mehr. Wendell hatte ihr eine schmerzliche Lektion erteilt. Nun wusste sie, wie gefährlich es war, einen Lügner zu lieben. Diesen Fehler würde sie nicht noch einmal machen.

„Wir werden uns nicht treffen.“ Welch eine Genugtuung, ihn abzuwimmeln, zu sehen, wie sich seine selbstgefällige Miene verdüsterte … „Nun haben wir uns nichts mehr zu sagen, was nicht schon gesagt wurde. Ich wünsche dir viel Glück mit deiner neuen Freundin und bei allem anderen, was du mit deinem Leben anfangen wirst. Und ich freue mich darauf, dich zusammen mit Nicholas wiederzusehen. Aber privat, so wie hier? Bitte versuch das nicht mehr. Wir sollten zivilisiert miteinander umgehen, Wendell, doch wir können nie mehr Freunde sein.“

Mit diesen Worten ging Zienna zur Tür und öffnete sie so weit wie möglich.

9. KAPITEL

In den nächsten Tagen sah sie Nicholas nicht, weil er vor der Eröffnung seines neuen Lokals alle Hände voll zu tun hatte. Er schlug ihr einen Besuch im *Reflections on the Bay* vor. Darauf verzichtete sie, um ihn nicht von der Arbeit abzulenken.

Und wenn Zienna im Restaurant auftauchte, würde sie zweifellos Wendell begegnen. Das wollte sie natürlich vermeiden.

Außerdem brauchte Alexis ihre Hilfe. Nach dem Gespräch mit Elliotts Mutter musste sie aufgemuntert werden. Und so fuhr Zienna am frühen Samstagabend zu ihrer Freundin, statt ein leidenschaftliches Rendezvous mit Nicholas zu planen.

In Alexis' Loft bereiteten sich die beiden auf einen Abend in einem angesagten Club in der Innenstadt vor.

„Wow", meinte Zienna, als Alexis sich in ein schwarzes Kleid zwängte, das alle Kurven betonte und ihr Hinterteil kaum bedeckte.

„Gefällt's dir?" Alexis drehte eine Pirouette. Ihr tiefer Ausschnitt ließ kaum noch Raum für Fantasie.

„Eigentlich dachte ich, wir würden einfach nur um die Häuser ziehen und uns ein bisschen amüsieren. Und jetzt takelst du dich auf, als wolltest du jemanden abschleppen."

„Zu aufreizend?"

„Nach dem Ende einer Beziehung bekämpfen die meisten Mädchen ihren Liebeskummer mit Schokoladenkuchen. Sie gehen nicht in Clubs in Kleidern, die ‚Fick mich!' schreien!"

„Natürlich tun sie das." Alexis kicherte. „Wo hast du denn die ganze Zeit gelebt? Hinter dem Mond?"

Zienna wandte sich wieder dem Badezimmerspiegel zu und überprüfte ihr Haar. Es war zu platt für ihren Geschmack.

„Solange du weißt, was du tust … Ich will dich nur davon abhalten, einen Fehler zu machen, den du später bereust."

„Lieb von dir, dass du dich um mich sorgst." Alexis trat neben sie vor den Spiegel. „Aber es ist an der Zeit, ich muss mal wieder ein Date haben."

Da Zienna nicht ihre Mutter war, würde sie sich auch nicht so benehmen. Aber sie war beunruhigt. Früher hatte Alexis gejammert, es gebe keine guten Typen auf der Welt. Als sie dann einen gefunden hatte, war er ihr nach zwei Jahren zu langweilig geworden.

„Hast du was von Elliott gehört?" Zienna fand sich mit dem Zustand ihrer Haare ab und begann, ihr Make-up aufzutragen.

„Neulich rief er mich an, obwohl ich ihm gesagt hatte, er soll sich nie mehr bei mir melden. Die Nummer mit seiner Mutter hat mich nicht beeindruckt."

„Glaubst du, er hat sie zu dir geschickt?"

„Das hat er bestritten. Aber er lügt, davon bin ich überzeugt." Alexis vollendete ihren Lidstrich, legte den Eyeliner beiseite und wandte Zienna zu. „In zwei Monaten werde ich fünfunddreißig. Wahrscheinlich habe ich seinen Heiratsantrag deshalb angenommen. Wie unsicher ich mir war, weißt du ja."

Zienna nickte. Ständig hatte ihre Freundin behauptet, irgendwo da draußen müsse es einen Besseren für sie geben.

„Mit dreißig wollte ich verheiratet sein." Alexis schaute wieder in den Spiegel. „Leider ist das nicht passiert. Ich dachte, Elliott wäre meine Rettung. Dann schreckte ich vor der Hochzeitsplanung zurück. Und plötzlich fiel es mir wie Schuppen von den Augen. Nur weil die Uhr tickt, kann ich nicht heiraten – ich muss wissen, dass es für immer ist."

„Ganz klar, du musst glücklich sein. Und du darfst nicht im Geringsten zweifeln."

Kurze Zeit später gingen sie nach unten und stiegen in das Taxi, das Alexis telefonisch bestellt hatte. Um diese Zeit war es sinnlos, im eigenen Auto zu einem Club zu fahren. Man fand keine Parklücken, bewachte Parkplätze und Parkuhren waren zu teuer. Ganz zu schweigen von der Tatsache, dass sie beide Alkohol trinken konnten.

Der Club, für den sie sich entschieden hatten, lag im West Loop, nicht weit von Alexis' Loft entfernt. Kurz nach halb elf hielt das Taxi vor dem Eingang. Die Warteschlange war schon ziemlich lang.

Aber Zienna kannte einen Türsteher, einen ihrer ehemaligen Patienten. Als sie zu ihm ging, umarmte er sie grinsend. „Hey, Zee! Wow, du siehst umwerfend aus."

„Danke, Keith."

Bei Alexis' Anblick stieß er einen leisen Pfiff aus. „Verdammt, Süße, muss ich die Feuerwehr rufen?"

„Ich habe mit Elliott Schluss gemacht", erklärte sie.

„Aha." Keith hob das Absperrseil aus rotem Samt und ließ die beiden durch. „Nimm die Jungs nicht zu hart ran, Alexis."

Im rappelvollen Club tummelten sich viele Frauen, die wie Alexis ausstaffiert waren: hautenge kurze Outfits, extreme High Heels.

Offenbar suchte nicht nur Alexis einen Mr Right am falschen Ort.

„Hier gefällt es mir", rief sie. „Oh, ich bin so froh, dass wir hergekommen sind, die Abstinenz hat zu lange gedauert."

Normalerweise besuchten die beiden Freundinnen nicht mehr solche Etablissements. Schon seit einiger Zeit zogen sie Lokale mit guter Musik und leckerem Essen vor.

Alexis schaute sich um. „Irre ich mich, oder sehen die Männer hier wahnsinnig gut aus?"

„Bitte, Alexis", mahnte Zienna, „amüsieren wir uns einfach nur. Du darfst nichts überstürzen."

„Heißt das, ich soll nicht mit einem neuen Typen ins Bett hüpfen? Da würde ich wohl kaum was überstürzen. Gerade *du* weißt es doch. Mindestens ein Jahr lang habe ich mich mit endlosen Fragen gequält, was Elliott angeht."

„Ja – aber vielleicht nicht mit den richtigen Fragen."

„Was ist bloß in dich gefahren? Früher hast du verstanden, warum ich einen wundervollen, nur leider ein bisschen langweiligen Mann nicht heiraten wollte."

„Bis zu einem gewissen Grad." Zienna hatte Alexis ermutigt, sich genug Zeit zu nehmen, um herauszufinden, was sie wirklich glücklich machen würde. „Aber weißt du was? Diese Woche habe ich eine Riesenüberraschung erlebt und etwas Wichtiges gemerkt. Das Gegenteil von den guten Jungs sind Typen wie Wendell. Denn die brechen einem garantiert das Herz."

„Ah, das ist also dein Problem. Du kriegst Wendell nicht aus dem Kopf."

„Stell dir vor, er kam tatsächlich zu mir in die Praxis. Unfassbar! Nachdem er versuchte hatte, meine Beziehung mit Nicholas zu ruinieren, wollte er mir einen Olivenzweig reichen."

„Hast du seither noch mal was von ihm gehört?"

„Nein, Gott sei Dank. Wahrscheinlich rackert er sich zusammen mit Nicholas im neuen Restaurant ab. Ich fürchte mich schon vor der Eröffnungsfeier am Donnerstag. Überall will ich sein, nur nicht in Wendells Nähe."

Die beiden Freundinnen gingen zur Theke, und Alexis setzte sich auf einen der hohen Barhocker.

Als sie die Beine übereinanderschlug, entblößte sie fast ihre ganzen Oberschenkel. Offensichtlich hoffte sie, Aufmerksamkeit zu erregen. „Was willst du, Zee? Ich lade dich ein."

„Ein Glas Wein, bitte." Zienna blieb stehen und stützte sich auf die Theke. „Weißwein."

„Nehmen wir doch Margaritas, da wird man gleich viel munterer."

„Oh ja! Das erinnert mich an unseren Weihnachtstrip auf die Bahamas, wo es viel zu kalt war, um ins Wasser zu gehen …"

„… aber nie zu kalt, um zu trinken!" Lächelnd vollendete Zienna den Satz – einen Running Gag in dem vergeblich erhofften heißen Paradies. Im Dezember war es ungewöhnlich kühl in der Karibik gewesen. Bedauerlicherweise hatten sie die hinreißenden Badeanzüge – voller Vorfreude eigens für die Reise gekauft – kein einziges Mal getragen.

Alexis bestellte zwei Margaritas mit viel Eis und drehte sich wieder zu Zienna um. „Glaubst du wirklich, Wendell hat Nicholas nur von seiner früheren Beziehung mit dir erzählt, um euch auseinanderzubringen?"

„So genau weiß ich's nicht. Jedenfalls habe ich das Gefühl, er will Ärger machen."

„Hmmm. Interessant."

„Wieso?", fragte Zienna.

„Wenn du meinst, er will Schwierigkeiten machen, musst du drüber nachgedacht haben. Glaubst du, er ist eifersüchtig?"

„Bei dem Gespräch im ‚Café Tagine' hat er betont, unser Verhältnis sei bedeutungslos gewesen. Selbst wenn ich vermuten würde, er hätte Nicholas zuliebe gelogen – wie lässt sich Pams Existenz erklären?" Zienna schüttelte den Kopf. „Nein, die *andere Frau* in seinem Leben war definitiv *ich*. Übrigens hat Nicholas erwähnt, auf dem College sei er ständig in Konkurrenzkämpfe mit Wendell verstrickt gewesen. Auch wenn's um Mädchen ging. Vielleicht hängt die jetzige Situation irgendwie damit zusammen."

„Was?" Alexis schnitt eine Grimasse. „Also haben sie einander die Freundinnen ausgespannt?"

„Ja, aber allzu ernst hat's nicht geklungen. Das konnte es auch nicht gewesen sein, weil sie immer noch die besten

Freunde sind. Wahrscheinlich nur die typischen maskulinen Rivalitäten, wie bei Sportlern."

„Und was Frauen betrifft." Alexis warf Zienna einen vielsagenden Blick zu.

„Mag sein. Nur zum Spaß, ein freundschaftlicher Wettstreit, bei dem sie feststellen wollten, wer mehr Erfolg bei den Mädchen hat. Männer! Wer wird die jemals verstehen?"

Der Barkeeper schob die Drinks über die Theke zu ihnen hinüber, und Alexis gab ihm das Geld dafür. Dann hob sie ihr Glas. „Auf uns beide – auf dass wir niemals um Männer oder sonst was kämpfen werden."

„Okay, darauf trinke ich sehr gern." Zienna stieß mit ihr an und nippte an ihrer erfrischenden Margarita.

Halb abgewandt, lehnte sie lässig an der Theke und ließ den lebhaften Rhythmus des Beyoncé-Songs auf sich wirken, der sie in die gewünschte gelöste Stimmung brachte. Richtig nett, wieder mal einen Club zu besuchen, statt mit Alexis essen zu gehen, wie es in der letzten Zeit üblich geworden war …

Auf der Tanzfläche herrschte dichtes Getümmel, und so machte es ihr nichts aus, nur zuzuschauen. Außerdem suchte sie ohnehin keinen Tanzpartner. Ihr Blick schweifte über das Gedränge – bis sie glaubte, ein bekanntes Gesicht entdeckt zu haben.

Nein! Unmöglich! Nicht schon wieder!

Hastig wandte sie sich Alexis zu. „Oh mein Gott!"

„Was ist los?"

„Er ist hier", würgte Zienna hervor. Einer Panik nahe, duckte sie sich über die Theke und versuchte, sich unsichtbar zu machen.

„Wer?"

Was für eine blöde Frage! Eine solche Reaktion konnte nur ein einziger Mann bewirken. „Wendell! Er ist hier!"

„Wo?“ Sofort drehte Alex sich um.

„Nicht! Er darf uns nicht sehen!“

„Oh ja, da ist er.“

Zienna spähte über ihre Schulter, und ihr Herz begann schmerzhaft zu hämmern, als sie ihn mit einer vollbusigen, spärlich bekleideten jungen Frau tanzen sah. Bis zum Hintern hing ihr das Haar hinab. Wahrscheinlich Extensions. Und eindeutig falsche Titten.

War das die *Frau mit Potenzial*? Dieses nuttige Huhn?

„Nur keine Bange“, sagte Alexis, „er ist mit einem Date hier.“

Wenn's bloß so einfach wäre, dachte Zienna. Allein schon im selben Raum wie Wendell zu sein – das genügte, um ihr die Luft zum Atmen zu nehmen.

Ich muss hier raus …

„Gehen wir woanders hin.“

„Wir sind doch eben erst hergekommen“, protestierte Alexis. „Und die Musik ist cool.“

„Woanders gibt's auch gute Musik.“

„Das ist aber der einzige Club im West Loop, der mir gefällt. Und es geht um *mich*. Erinnerst du dich? Um mich von meinem Elend abzulenken …“

„So elend scheinst du dich nicht zu fühlen. Und deine Probleme kannst du auch woanders vergessen. Aber nicht hier, fünfzehn Meter von Wendell entfernt.“

Widerstrebend rutschte Alexis von ihrem Barhocker hinab. „Also gut. Wenn du es unbedingt willst …“

„Ja, das wäre mir sehr lieb.“

„Warum läufst du davon?“, fragte Alex irritiert. „Wovor hast du Angst? Eure Beziehung ist doch schon seit Jahren vorbei.“ Plötzlich schien ihr ein Licht aufzugehen, verblüfft riss sie die Augen auf. „Oh Gott, du bist noch immer nicht über Wendell hinweg.“

„Doch, natürlich. Und wenn ich's vorher nicht war, bin ich es jetzt. Nie hat er mich geliebt. Ich war die andere Frau in seinem Leben. Weißt du noch?"

„Ja – und nun bist du mit seinem besten Freund zusammen." Wie Alexis' Tonfall verriet, verstand sie nicht, worin das Problem lag.

„Hör mal, ich will ihn einfach nicht sehen. Möchtest du praktisch jedes Mal, wenn du das Haus verlässt, einen Ex treffen? Um Himmels willen, in dieser Woche ist mir das schon dreimal geschehen!"

„Schon gut, ich hab's kapiert." Alex lächelte süffisant. „Und wenn du verschwinden willst, meinetwegen. Gehen wir. Aber ich erinnere mich, was du mir immer wieder über den Sex mit Wendell erzählt hast."

„Genau das möchte ich vergessen", erwiderte Zienna ärgerlich.

„Vielleicht bist du doch ein bisschen so wie ich."

„Was soll das heißen?"

„Ein Teil von dir fühlt sich immer noch zu Wendell hingezogen." Vielsagend hob Alexis die Brauen.

„Oh, du bist unmöglich!", fauchte Zienna. „Warum behauptest du so was? Du hast mit Elliott gebrochen. Und ich bin mit Nicholas wunschlos glücklich."

Verstört, aber entschlossen begann sie, sich einen Weg durch die Menschenmenge zu bahnen, und Alexis folgte ihr.

Zum Glück befand sich der Ausgang in der entgegengesetzten Richtung von der Stelle, wo Wendell gerade tanzte. Als Zienna die Tür erreichte, war sie sicher, dass er sie nicht gesehen hatte.

„Wollen wir in diese Jazz-Bar …" Sie drehte sich um. Aber Alexis war nicht mehr hinter ihr.

Hektisch schaute sie sich um. Wohin war ihre Freundin so schnell verschwunden?

Und dann sah sie Alexis vor einem fast zwei Meter großen Typen stehen, der ihren Ellbogen festhielt. Offenbar hatte der Kerl eine Gelegenheit abgewartet, um sich an sie heranzumachen.

Resigniert drängte Zienna sich durch das Gewühle zurück. Wenige Sekunden später erstarrte sie, ihr Herz raste. Wendell kam auf sie zu.

Ohne sein Date.

„Verfolgst du mich?“, fragte er grinsend, als er dicht vor ihr stand. Immerhin besaß er genug Anstand, um zu lachen und zu bekunden, er würde nur scherzen.

Für diese Art von Humor hatte Zienna keinen Sinn. „Warum sollte ich dich verfolgen, Wendell?“

„Das war ein Witz.“

„Was mir nicht entgangen ist. Leider war er nicht besonders komisch.“

„Wow, diese finstere Miene! Wirst du mich immer so anschauen, wenn wir uns über den Weg laufen?“

„Bist du nicht mit einer Person hier, die gigantische Titten und Haare bis zum Boden hat?“

„Also hast du mich bemerkt.“ Langsam zog Wendell eine Braue hoch.

„Ihr seid doch jedem hier aufgefallen.“

„Das klingt beinahe so, als ob du ein bisschen eifersüchtig wärst.“

„Bist du verrückt?“, zischte Zienna.

„Man darf doch hoffen, oder?“

Nun verstrichen einige Sekunden, dann blinzelte sie, nachdem sie die Bedeutung dieser Worte begriffen hatte. „Wie bitte?“

„Ich will nicht lügen. Wenn du auch nur ein kleines bisschen eifersüchtig wärst, würde ich mich geschmeichelt fühlen.“

„Welches Spiel treibst du? Weißt du nicht mehr, dass ich mit Nicholas zusammen bin?“

„Natürlich weiß ich das.“ Wendells Blick schien sie zu durchbohren. „Was keineswegs bedeutet, es müsste mir gefallen.“

Schon wieder pochte ihr Herz viel zu schnell. Wie meinte er das? Danach wagte sie nicht zu fragen.

„Vergiss bitte, was ich gesagt habe, Zienna."

„Warum bist du überhaupt hier? Solltest du nicht bei Nicholas im neuen Restaurant sein?"

„So spät abends? Außerdem hat er alles unter Kontrolle."

Zienna runzelte die Stirn. Dass Wendell und Nicholas zusammen in dem neuen Lokal arbeiteten, war zweifellos eine schlechte Idee.

In diesem Moment trippelte die Frau mit den Riesenmöpsen heran. Allem Anschein nach hatte sie mehrere chirurgische Eingriffe auf sich genommen, um Barbie möglichst ähnlich zu sehen.

„Ah, da bist du ja, mein Süßer", schnurrte sie und hängte sich bei Wendell ein.

„Bye", murmelte Zienna rasch und flüchtete zu ihrer Freundin, deren Arm immer noch von dem großen Typ umklammert wurde. „Komm jetzt, Alex."

„Um ehrlich zu sein, Zee …" Alexis zog einen Schmollmund. „Inzwischen hab ich's mir anders überlegt, ich will nicht weggehen. Das ist Brock, ein Feuerwehrmann."

Die besondere Miene, die sie bei diesen Worten aufsetzte, kannte Zienna nur zu gut – eine stumme Bitte, dass auch sie bleiben möge.

Verstohlen schaute sie über die Schulter zu der Stelle, wo sie Wendell und sein Flittchen verlassen hatte. Beide waren verschwunden.

Dann dachte sie über Alexis' Wunsch nach. Warum sollte sie eigentlich davonlaufen, nur weil Wendell aufgetaucht war? Sie fürchtete sich nun wirklich nicht vor ihm.

Und sie konnte Nicholas anrufen. Vielleicht würde er sie hier treffen.

„Also gut", stimmte sie zu und zwang sich zu lächeln, „ich werde dich nicht von Brock loseisen."

Nun erklang ein Song in langsamerem Rhythmus, und Brock führte Alexis zur Tanzfläche.

Zienna ging zur Theke, setzte sich auf den einzigen verfügbaren Barhocker und beobachtete ihre Freundin. Während Alexis mit Brock tanzte, strich sie immer wieder über seine breiten Schultern und lächelte strahlend. Sie sah glücklich aus.

Offenbar hatte sie recht, dachte Zienna, es war an der Zeit, wieder einmal auszugehen, denn das tat ihr sichtlich gut.

Kurz danach entdeckte sie Wendell und seine Nutte erneut. Sie tanzten nicht, standen aber am Rand der Tanzfläche.

Aufreizend rieb sich das Busenwunder an Wendells Körper. Nicht nur für ihn mimte die Schlampe eine erfahrene Stripperin, sondern auch für alle Zuschauer in unmittelbarer Nähe.

Ein paar Sekunden lang war Zienna unfähig, ihren Blick von den beiden loszureißen, dann wandte sie sich angewidert von der vulgären Show ab und rief Nicholas an. Das Handy an einem Ohr, steckte sie einen Finger ins andere, damit sie trotz der lauten Musik etwas hören konnte.

„Hey, Darling“, begrüßte sie Nicholas, nachdem er sich gemeldet hatte. „Wie verläuft deine Nacht?“

„Anstrengend. Schrecklich viel Arbeit. Wo steckst du?“

„Ich bin mit Alexis ausgegangen. Aber ich vermisse dich.“

„Was?“

„Wir sind im ‚Wet‘ … Den Club kennst du doch?“ Zienna sprach etwas lauter. „Jetzt hat Alexis jemanden kennengelernt, und ich langweile mich. Warum kommst du nicht her?“

„Ich verstehe dich kaum.“

„Moment mal, bleib dran.“ Zienna durchquerte das Lokal und betrat den Toilettenflur, wo die Musik nicht ganz so störend dröhnte. „Ich bin mit Alexis im ‚Wet‘. Jetzt hat sie jemanden kennengelernt, und ich hänge allein rum. Klar, du hast einen langen, harten Tag hinter dir. Willst du nicht trotzdem herkommen?“

„Ach Baby, ich weiß nicht recht – ich bin todmüde."

„Bitte, lass mich nicht im Stich", bat sie etwas leiser. „Und – stell dir vor, wen ich hier gesehen habe! Wendell!"

„Tatsächlich?" In Nicholas' Stimme lag ein sonderbarer Unterton.

„Ja." Zienna hoffte, wenn sie seinen Freund erwähnte, würde es ihr vielleicht eher gelingen, ihn in den Club zu locken. „Eigentlich nahm ich an, er würde heute Abend mit dir zusammen arbeiten."

„Er wollte früher Schluss machen. Aber das ist okay. Ich musste nur noch ein bisschen Papierkram sortieren. Dazu habe ich Wendell nicht gebraucht."

„Ach so … Übrigens, er ist mit seiner neuen Freundin aufgekreuzt. Ich glaube, das ist die Frau, die wir damals im ‚Café Tagine' treffen sollten. Wenn sie es ist, bin ich froh, dass ich nicht an einem Tisch mit ihr sitzen musste."

„Warum?"

„Weil sie irgendwie … künstlich aussieht", erklärte Zienna. „Wie ein Pornostar. Offensichtlich schwärmt Wendell für Barbies." Umso weniger verstand sie, wieso sie ihn damals interessiert hatte.

„Okay, ich komme zu dir. Ich war schon seit einer Ewigkeit nicht mehr in einem Club."

„Wundervoll, Darling."

„Wenn ich da bin, simse ich's dir."

Fünfundvierzig Minuten später las Zienna die SMS und seufzte erleichtert. Inzwischen hatte sie mehrere Männer abwimmeln müssen, die sie anbaggern und zu Drinks einladen wollten. Sie fühlte sich furchtbar idiotisch, weil sie allein herumsaß, während Alexis auf der Tanzfläche die Hüften schwenkte.

Und so lächelte sie strahlend, als sie Nicholas entdeckte. Zweimal hatte ihre Freundin die Theke angesteuert, um was zu trinken. Ansonsten waren Alexis und ihr neuer Freund anscheinend unzertrennlich, fassten einander beim Tanzen an und küssten sich. Was nicht zu Alexis passte – zumindest nicht zur nüchternen Alexis.

Von Wendell hatte Zienna schon seit einiger Zeit nichts mehr gesehen. Aber das Lokal war ziemlich groß, auf zwei Ebenen verteilt.

Sobald Nicholas bei ihr eintraf, packte sie ihn am Arm, zog ihn heran und drückte einen Kuss auf seine Lippen, der heißer war als sonst, wenn sie sich in der Öffentlichkeit begrüßten. Aber in diesem ungezwungenen Gedränge fielen sie nicht weiter auf.

„Tagelang haben wir uns nicht gesehen, Nicholas. Ich habe dich vermisst."

„Und ich dich." Er legte eine Hand auf ihren Oberschenkel. „Wo ist deine Freundin?"

Zienna wies mit einer Kopfbewegung zur Tanzfläche. „Leider hat Alexis vergessen, dass ich existiere. Seit einer halben Ewigkeit sitze ich hier, langweile mich und warte auf dich."

„Und Wendell?"

„Keine Ahnung." Sie zuckte die Achseln. „Vielleicht ist er gegangen. Oder er amüsiert sich oben. Ich habe ihn schon länger nicht mehr gesehen."

„Hast du mit ihm gesprochen?"

„Wir haben Hallo gesagt."

„Und das war's?"

„Ja." Sie kniff die Augen zusammen. „Wieso? Hätte ich mit ihm reden sollen?"

„Keineswegs! Ich habe nur gefragt."

„Gut." Zienna schlang einen Arm um Nicholas' Taille. „Weil jetzt *du* der Mann in meinem Leben bist."

Sie schmiegte sich an ihn und küsste ihn wieder. Solche Küsse sollte man sich lieber fürs Schlafzimmer aufheben. Aber sie bezweifelte, dass sie die anderen Club-Gäste schockieren würde.

„Hoffentlich bist du nicht zu müde für später", flüsterte sie in Nicholas' Ohr und streichelte seinen Bauch. In dieser Nacht wünschte sie sich genauso phänomenalen Sex wie beim letzten Mal.

Zu ihrer Enttäuschung trat er zurück und starrte sie an. „Also ist Wendell trotz der zahllosen Bars in Chicago ausgerechnet hier gelandet?"

„Immerhin ist das ‚Wet' ein ziemlich angesagter Club."

Nicholas nickte, doch er kräuselte die Lippen und schien sich über etwas zu ärgern.

„Willst du andeuten, er wäre meinetwegen hier?", fragte Zienna nach einer kurzen Pause. „Glaubst du, ich hätte ihn angerufen und ihm verraten, wo er mich finden würde? Oder *was*?"

„Nein, natürlich nicht", beteuerte er. Aber sie sah sein angespanntes Kinn. „Warum sollte ich das annehmen? Seit unserem Dinner zu dritt hast du ihn nicht mehr gesehen."

An seinen Worten lag es weniger, eher an der Art, wie er sie aussprach.

Er wusste Bescheid – er *wusste*, dass Wendell zu ihr ins Reha-Center gekommen war.

„Offenbar hat er dich über seinen Besuch bei mir informiert", sagte Zienna ärgerlich.

„Und nun frage ich mich, warum du es mir verschwiegen hast."

Was für ein hinterhältiges Spiel trieb Wendell mit ihr? Vielleicht hatte Alexis den Nagel auf den Kopf getroffen mit ihrer Vermutung, er würde absichtlich Ärger machen, weil er eifersüchtig war.

„Vor ein paar Tagen hätte ich es dir am Telefon sagen können. Aber dann wollte ich bis zu unserem Wiedersehen damit warten. Eine große Sache war's nicht. Wendell hat behauptet, er müsse sich entschuldigen, weil er uns beide im ‚Café Tagine' überrumpelt hatte. Und er erwähnte, mit dir sei die Situation bereits geklärt. Das alles wollte ich nicht noch einmal durchkauen. Jedenfalls hatte ich vor, dir bei unserem nächsten Treffen von seinem Besuch zu erzählen."

„Aha", erwiderte Nicholas in unergründlichem Ton, „das ergibt einen Sinn."

Sie runzelte die Stirn. Ringsum küssten sich die Paare und streichelten einander. Nur Nicholas wirkte kühl und unnahbar. War *er* eifersüchtig?

„Misstraust du mir?", fragte Zienna. „Ist es das, was jetzt unterm Strich rauskommt?"

„Das habe ich nicht gesagt. Leg mir keine Worte in den Mund. Ich habe einen langen Tag hinter mir und bin müde, das ist alles."

War er ehrlich zu ihr? Sie hatte nichts verbrochen, und sie wollte nicht zu Unrecht verdächtigt werden. Deshalb mussten sie das Problem sofort lösen, ein für alle Mal. „Vorhin habe ich dich angerufen, weil ich heute Nacht mit dir zusammen sein möchte. Alles andere, was du dir einbilden könntest, ist ziemlich unsinnig, oder?"

„Das weiß ich", seufzte Nicholas und ergriff ihre Hand. „Du bist mir sehr wichtig. Deshalb fühle ich mich vielleicht ein bisschen verletzlich. Für mich bist du nicht irgendein Mädchen, mit dem ich mir die Zeit vertreibe."

„Freut mich zu hören." Zienna lächelte ihn an. „Und ich dachte schon, ich wäre dein Spielzeug. Was mich nicht stören würde …" Langsam zeichnete sie mit ihrer Fingerspitze Kreise auf seiner Handfläche. „Du kannst gerne so wild mit mir spielen wie Mittwochnacht …", fügte sie hinzu, um ihn aufzuheitern.

„Im Ernst, Zee – du weißt, ich habe ein empfindliches Herz." Nicholas presste ihre Hand auf seine Brust. „Es wurde schon einmal gebrochen."

„Glaub mir, du bist genau der Mann, den ich brauche. Du bist respektvoll und gut zu mir."

„Ist das alles?

„Oh nein, du bist auch verdammt sexy." Sie schob ein Bein vor und rieb es an seinem. „Und da du den Wink mit dem Zaunpfahl nicht zu verstehen scheinst ... treiben wir es heute Nacht?"

Er grinste, biss auf seine Unterlippe und sah Zienna verschwörerisch an. „Wenn du genauer hinschaust, wirst du merken, wie heiß ich jetzt schon bin."

„Oh." Ihr Blick glitt zu seiner Hose hinab. „Oooh. Dagegen müssen wir dringend etwas tun." Am liebsten wäre sie sofort mit ihm verschwunden. Doch da gab es ein Problem. Sie durfte ihre Freundin nicht mit einem Fremden im Club allein lassen, obwohl Alexis behaupten würde, genau das sei ihr sehnlichster Wunsch. „Erst mal muss ich mich um Alexis kümmern, Nicholas. Ich fürchte, sie hatte ein paar Drinks zu viel. Deshalb will ich sichergehen, dass sie unbeschadet nach Hause kommt. Mein Auto steht bei ihrem Loft. Entweder setzt du uns dort ab, oder ich bringe sie in einem Taxi heim und fahre danach zu dir."

„Natürlich werde ich euch chauffieren", entschied er. Dann spürte sie seine Lippen an ihrem Ohr. „Aber ich weiß nicht, wie lange ich noch warten kann, bis ich dich nackt sehe. Also solltest du Alexis möglichst schnell finden."

„Okay." Lachend ließ sie sich vom Barhocker helfen, und Nicholas drückte sie kurz an sich.

„Ich warte draußen beim Auto auf euch."

Schon nach ein paar Sekunden entdeckte sie ihre Freundin zwischen den Tanzpaaren. Aufreizend presste Alexis sich an den muskulösen Körper des Fremden. Obwohl sie Brock erst vor Kurzem kennengelernt hatte, konnte sie anscheinend nicht genug von ihm bekommen. Und offenkundig war sie nicht nur beschwipst, sondern sternhagelvoll. Grinsend wie ein angesäuselter Teenager, betatschte sie den Typen, als wäre er der letzte Mann auf Erden.

Zienna bahnte sich einen Weg durch das Gedränge und klopfte auf die Schulter ihrer Freundin. „Hey, Alex."

Blinzelnd spähte Alexis über ihre Schulter. Dann lächelte sie freudestrahlend über das ganze Gesicht, ließ das Objekt ihrer Begierde los und warf beide Arme um Zienna, als hätten sie sich vor fünf Jahren zum letzten Mal gesehen. „Ah, da bist du ja!"

Zienna verdrehte die Augen. „Beinahe könnte man glauben, du hättest mich gesucht."

„Das ist Brock. Süß, nicht wahr?"

„Wann hast du dich dermaßen betrunken?", fragte Zienna impulsiv. „Und wo?" Nur zweimal war Alexis zur Theke gekommen. Also musste sie ihren Alkoholspiegel woanders gesteigert haben.

„So *glücklich* bin ich", kicherte Alexis.

„Hör mal, Nicholas ist hier, und ich glaube, du hast genug. Ich übrigens auch. Höchste Zeit für die Heimfahrt."

„Brock kann mich nach Hause bringen."

„Klar." Er nickte zustimmend. „Kein Problem."

Entschieden schüttelte Zienna den Kopf. Sie war in sexueller Hinsicht nicht verklemmt, und sie wusste, dass manche Leute ständig One-Night-Stands suchten.

Aber ihre Freundin war unzurechnungsfähig. In diesem Zustand durfte man sie keinesfalls einem Fremden überlassen.

„Danke, Brock, sie kommt mit mir."

„Nein – nein", stotterte Alexis, „ich will mit ihm fahren, und die Nacht ist noch jung!"

„Gehen wir mal kurz da rüber", bat Zienna honigsüß, packte sie am Arm und führte sie ein paar Schritte zur Seite. „Schätzchen, im Moment kannst du nicht vernünftig denken. Das merkst du nicht. Aber ich sehe es dir an. Und ich bin deine beste Freundin – seit wann? Wenn ich mich recht entsinne, seit der zweiten Schulklasse. Deshalb werde ich immer gut für dich sorgen. Mit diesem fremden Kerl lasse ich dich nicht allein. Der könnte The Rock sein, und du weißt, wie sehr ich The Rock liebe. Trotzdem wirst du nicht bei ihm bleiben. Diesem Mann werde ich dich nicht anvertrauen."

„Weil du eifersüchtig wärst, wenn ich wirklich The Rock aufgerissen hätte." Alexis grinste triumphierend.

„Das bestreite ich keineswegs", erwiderte Zienna. „Nur – darauf kommt's nicht an. Ich kenne ihn nicht. Noch wichtiger, *du* kennst ihn nicht. Wenn er dich mag, könnt ihr ein Date vereinbaren. Geh ein andermal mit ihm aus. Und dabei solltest du dich nicht so hemmungslos betrinken."

Gewiss, Alexis wollte Spaß haben, um Elliott zu vergessen. Das verstand Zienna. Aber dieses Verhalten passte nicht zu ihrer Freundin. Inständig hoffte sie, Brock hatte keine Dummheit gemacht …

Hatte er womöglich eine Pille oder sonst was in Alexis' Drinks geworfen? Die beiden könnten zu einer anderen Theke in der oberen Etage gegangen sein, um was zu trinken. Oder Brock hatte einer Kellnerin, die vorbeigegangen war, was abgekauft.

Vielleicht hatte Alexis einen Drink nach dem anderen in sich hineingeschüttet, um ihre Sorgen zu ertränken. Denn obwohl sie eine tapfere Miene zur Schau trug und hartnäckig betonte, die Trennung von Elliott sei richtig gewesen, liebte sie ihn immer noch, das wusste Zienna. Die Gefühle für jemanden, mit dem man so lange zusammen gewesen war, konnte man nicht einfach von heute auf morgen abschalten.

Und obwohl Alexis sich in der Zwischenzeit mit ein paar Zufallsbekanntschaften zu trösten versucht hatte, würde sie ihren Leichtsinn bitter bereuen, wenn sie am nächsten Morgen in Brocks Bett aufwachte.

„Du bist gar nicht amüsant, Zee", beschwerte sie sich nun.

„Stimmt, ich bin eine richtige Spaßverderberin. Meinetwegen kannst du mich für immer hassen. Aber ich gehe nicht ohne dich weg." Zienna zwang sich zu einem liebenswürdigen Lächeln und kehrte mit Alexis auf die Tanzfläche zurück, wo sie die Kontrolle übernahm. „Da Sie wie ein netter Typ aussehen", wandte sie sich an Brock, „verstehen Sie sicher, warum ich meine Freundin unter diesen Umständen heimbringen muss. Tauscht die Handynummern aus, und versprecht euch, in Verbindung zu bleiben." Sie wusste, dass sie sich wie die Anstandsdame auf einem Highschool-Abschlussball benahm. Doch das war ihr egal.

Resignierend fügte Alexis sich in ihr Schicksal und befolgte den Rat ihrer Freundin. Eine Zeit lang knutschte sie noch mit Brock, bevor Zienna sie von der Tanzfläche zerren konnte.

Wie Zienna auf dem Weg zum Ausgang feststellte, hatte Nicholas den Club noch nicht verlassen. Stattdessen stand er bei Wendell. Die zwei Männer waren fast gleich groß, Wendell mochte um vielleicht drei Zentimeter größer sein. Beide besaßen athletische Körper, beide sahen attraktiv aus. Aber Wendell hatte jenes unerklärliche Etwas, das unwiderstehlich auf Frauen wirkte.

„Oh mein Gott, du willst Wendell abschleppen!" Vom Alkohol benebelt, achtete Alexis nicht auf den schrillen Klang ihrer Stimme.

„Hey, nicht so laut", zischte Zienna und legte ihr einen Finger auf die Lippen.

„Und mir machst du Elliotts wegen Vorwürfe und redest mir dauernd ein, was für ein netter Mann er wäre und Sex sollte keine Rolle spielen. Aber ich wette, ich weiß, was du jetzt denkst. Denn letzten Endes möchten es nicht nur die Jungs gut besorgt kriegen. Das wünschen wir Mädchen uns auch."

Etwas mühsam schluckte Zienna. Und obwohl sie sich dagegen sträubte, gestand sie sich endlich ein, dies wäre genau der Grund, warum sie Wendells Rückkehr in ihr Leben so beunruhigend fand. Und warum sich die Erinnerung an die explosive Leidenschaft, die sie genossen hatten, nicht verdrängen ließ.

„Es gibt wichtigere Dinge als Sex", konterte sie. Diese Tatsache sah sie bestätigt, denn das Busenwunder begrapschte Wendell ungeniert, während er mit Nicholas redete. „Viel wichtiger ist ein Mann, mit dem du dich gut verstehst."

In diesem Moment drehte Wendell sich zu ihr um, erwiderte ihren Blick, und sie zuckte unwillkürlich zusammen. *Verdammt, es liegt an diesen Augen.* Wenn er sie früher so intensiv angeschaut hatte, war es ihm immer gelungen, sie zu verführen.

Genauso musterte er sie auch jetzt.

Sex ist nicht alles, dachte sie, als sie zu Wendell, seiner Nutte *du jour* und Nicholas ging.

Lächelnd legte sie einen Arm um Nicholas' Taille, stellte sich auf die Zehenspitzen und rieb ihre Nase an seinem Hals. Um den Effekt noch zu steigern, ließ sie ihre Lippen über seine Kinnlinie gleiten und drehte sein Gesicht zu sich herum, damit sie ihn auf den Mund küssen konnte. Das war eine notwendige Demonstration.

Nur falls Wendell *tatsächlich* ihre Beziehung unterminieren wollte, musste sie ihm beweisen, dass zwischen ihr und Nicholas alles in bester Ordnung sei und jeder Versuch, dieses Glück zu zerstören, zum Scheitern verurteilt wäre. Was immer er auch planen mochte …

Es war Nicholas, der den Kuss beendete. „Wow."

Zienna tätschelte seinen Hintern. „Ich bringe jetzt Alexis nach Hause. Noch länger kann ich nicht warten."

„Hast du das gehört, Wendell? Ich muss mich beeilen. Natürlich darf ich mein Mädchen nicht warten lassen. Zienna, wir treffen uns dann bei mir."

„Alles klar, Nicholas. War nett, dich noch mal zu sehen, Wendell", murmelte Zienna und gönnte ihrem Ex kaum einen zweiten Blick, bevor sie Alexis wieder beim Arm nahm und zum Ausgang führte.

Hoffentlich würde Nicholas sich nach der Show, die sie soeben abgezogen hatte, besser fühlen und merken, dass Wendell keine Bedrohung war. Nicht im Geringsten.

Etwa vierzig Minuten später erreichte sie Nicholas' Haus und war ein bisschen enttäuscht, weil er ihr immer noch angekleidet die Tür öffnete. Er konnte höchstens eine Viertelstunde vor ihr hier gewesen sein, hätte aber genug Zeit gefunden, um sich auszuziehen. Wenigstens das Hemd und die Socken. Doch er hatte nur die Krawatte abgenommen. Noch schlimmer – plötzlich sah er sehr müde aus. Überhaupt nicht wie der Mann, der am vergangenen Mittwoch ihre Welt aus den Angeln gehoben hatte.

„Hey, Darling." Zienna betrat das Haus, schloss die Tür hinter sich und legte die Hände auf Nicholas' Brust. Wenn er nicht in Stimmung war, würde sie das ändern. Gewiss, sie verstand seine Erschöpfung nach all der harten Arbeit im neuen Restaurant. Trotzdem *brauchte* sie ganz einfach noch mehr von dem sensationellen Sex.

„Hey." Langsam strich er über ihre Arme, in einem Stil, der geradezu schrie: *Kriechen wir einfach in die Federn, ich bin müde.*

Davon wollte Zienna nichts wissen. Schon im Flur streifte sie ihr Kleid über den Kopf und beobachtete erfreut, wie Nicholas' Blick über ihren Körper wanderte. Sie trug wieder einen Spitzen-BH mit passendem Tanga, diesmal in Schwarz.

Als sie hinter sich griff, den Verschluss ihres BHs loshakte und ihren Busen aus den Körbchen befreite, sagte Nicholas nichts. Doch sie hörte ihn immerhin leise nach Luft schnappen.

Ermutigt ergriff sie seine Hände, legte sie auf ihre Brüste und zwang ihn stöhnend, in ihre Nippel zu kneifen. Dann küsste sie ihn heiß – in der Hoffnung, seine unersättliche Seite zum Vorschein zu bringen.

Zu ihrem Bedauern gab er ihr nur einen sanften Kuss.

„Oh, ich kann es kaum erwarten, das Sexmonster wiederzusehen“, wisperte sie. Hungrig begann sie, ihn zu küssen, presste ihre Brüste an ihn, sodass der Baumwollstoff seines Hemds reizvoll an ihren Knospen scheuerte. Sie schlang seine Arme um ihre Taille und fuhr mit ihren Fingernägeln über seinen Rücken – eine Liebkosung, die ihm stets gefiel. Schließlich glaubte sie, er wäre nun angetörnt. Bis er ihre Oberarme umfasste.

Mit sanfter Gewalt schob er Zienna weg. „Glaub mir, ich will dir wirklich geben, was du brauchst. Es ist nur – ich bin supermüde. Das war ein sehr langer Tag, und ich weiß, wie das klingt – als wäre ich ein alter Mann. Aber ich möchte dich nicht enttäuschen. Vielleicht morgen früh.“

Verwundert starrte sie ihn an. Machte er Witze?

„Tut mir leid“, fügte er hinzu.

Oh nein, nein, nein. Das würde sie nicht dulden. Sie hatte sich nicht den ganzen Abend scharfgemacht und sich eine heiße Nacht voll wilder Leidenschaft ausgemalt, nur damit Nicholas sie jetzt abwies.

Entschlossen umfing sie seinen Hals, schob ihre Zunge in seinen Mund, und es störte sie keineswegs, die aggressive Rolle zu übernehmen. Sie ließ ihre Zungenspitze über seiner flackern, dann saugte sie behutsam daran. Auf diese Weise hatte er Mittwochnacht sein drängendes Verlangen nach ihr ausgedrückt. Das hatte sie geliebt.

Nun berührte er endlich aus eigenem Antrieb ihre Brüste, und sie seufzte entzückt. „So ist es gut, Darling. Ja, fass mich richtig an, drück die beiden zusammen. Fester! Härter! Zeig mir das Sexmonster!“

Während er sie küsste, spielte er mit ihren Brustwarzen. Aber Zienna spürte, dass sie den Kampf verlor. Noch bevor er zurückwich.

„Sei nicht böse, Zee", bat er. „Du siehst traumhaft aus. Nichts würde ich lieber tun, als dich zu befriedigen. Aber es klappt einfach nicht."

Gedemütigt kreuzte sie die Arme vor ihren nackten Brüsten. Wie war das möglich? Nicholas war vierunddreißig, nicht vierundfünfzig. Konnten Männer in seinem Alter nicht mühelos einen hochkriegen? Sogar wenn sie müde waren? Ein so offensichtliches Angebot machte sie eigentlich immer an.

Zumindest war es bei Wendell so gewesen.

„Bist du sauer?", fragte Nicholas.

Hastig hob sie ihre Kleidungsstücke auf, die zu Boden gefallen waren. „Nein", log sie. „Warum sollte ich?"

Sie begann, sich anzuziehen. Sicher war es normal, nicht *jede* Nacht Sex zu haben. Und ein Teil von ihr wusste, wie irrational sie sich verhielt, wenn sie etwas anderes erwartete.

Aber sie sehnte sich so sehr nach einem Höhepunkt. *Wendell war immer bereit ...*

Natürlich war er damals jünger gewesen, hatte vielleicht mehr Energie gehabt. Doch der Blick, den er ihr im Club zugeworfen hatte, verriet es ihr deutlich genug, dass er so potent war wie eh und je.

„Lässt du mich allein?"

Erst als Nicholas diese Frage stellte, merkte Zienna, dass sie zur Haustür gegangen war. „Offenbar brauchst du Ruhe", konstatierte sie und drehte sich zu ihm um. „Das ist nur vernünftig."

Verwirrt runzelte er die Stirn. „Gibt es einen Grund, warum du nicht bei mir schlafen willst?"

Sie fühlte sich frustriert, war sogar wütend auf ihn und wusste nicht genau, warum. Eigentlich wollte sie fortgehen – ihn bestrafen, weil er sie abgewiesen hatte.

Und dann sah sie seine hängenden Schultern und kam zur Besinnung. Wie unfair von ihr, Sex zu verlangen, obwohl Nicholas so erschöpft war … Wenn er sich dazu zwang und nicht sein Bestes gab, wäre er zweifellos unglücklich.

„Tut mir leid, dass ich so unsensibel war“, sagte sie und kehrte zu ihm zurück. „Aber ich hatte mich so darauf gefreut, mit dir zu schlafen.“ Verlegen lächelte sie ihn an. „Können wir wenigstens kuscheln?“

„Natürlich.“

„Sehr gut“, flüsterte sie und schmiegte sich an ihn.

11. KAPITEL

„Hallo, Donald“, grüßte Zienna freundlich, als sie den Behandlungsraum betrat und ihren Patienten auf der Liege sitzen sah. „Wie fühlen Sie sich heute Morgen?“

Um zu erkennen, wie unzufrieden er war, brauchte sie nur ein paar Sekunden. Er hatte seine Lippen zu einem dünnen Strich verzogen, und seine Augen glitzerten eisig.

„Sie sagten, ich würde keine Schmerzen mehr kriegen, Miss Thomas“, warf er ihr vor.

„Gibt es wieder Probleme mit Ihrem Fußknöchel?“

„Offensichtlich bin ich deshalb hier. All diese Übungen haben wir gemacht. Und Sie sagten, mir würde nichts mehr wehtun. Aber es tut weh! Also haben Sie mich belogen.“

Mit einem tiefen Atemzug versuchte sie, sich zu beruhigen, und wartete kurz, bevor sie antwortete. Donald war ziemlich aufgebracht, und sie wollte ihn nicht noch mehr erzürnen. „Sicher erinnern Sie sich, was ich Ihnen erklärt habe“, begann sie in sanftem Ton. „Zusätzlich zur Akupunktur und unserer Korrekturarbeit sollten Sie daheim zur Kräftigung weiterhin die Übungen absolvieren, die ich entwickelt habe. Soviel ich weiß, ging es Ihnen allmählich besser. Dann haben Sie Ihre Termine für die letzten Wochen abgesagt, und jetzt spüren Sie das Resultat dieser Entscheidung.“

Zienna hatte sich bemüht, Donald klarzumachen, die Heilung seiner verletzten Achillessehne sei erst zur Hälfte erfolgt. So wie viele Patienten hatte er irrtümlich geglaubt, sobald er sich besser fühlte, wäre er völlig genesen.

„Davon will ich nichts hören!“, stieß er hervor. „Sie haben mich belogen. Das wissen Sie ganz genau!“

Warum war er bloß so wütend? Und dann dachte sie an seinen ersten Termin. Damals hatte sie Zorn und Angst in seinem Körper gespürt. Dadurch waren die Schmerzen verstärkt worden. Sie behandelte ihre Patienten nach den Prinzipien der ganzheitlichen Medizin, die eine Einheit von Körper, Seele und Geist anstrebte. Auch Emotionen musste man berücksichtigen, wenn eine vollständige Heilung erzielt werden sollte.

Aber Donalds Zorn war zurückgekehrt, und das würde ihm nicht helfen.

„Mal sehen, was los ist." Zienna trat näher zu ihm. „Strecken Sie bitte Ihr Bein aus."

„Also wollen Sie wieder mit Ihrem verdammten Hokuspokus anfangen." Erbost stand er von der Liege auf. „Mit Ihnen bin ich fertig. Ich bin nur hier, um Ihnen zu sagen, dass ich mein Geld zurückverlange. Alles. Und wenn das Center nicht zahlt, werde ich es verklagen."

„Aber Sie waren zufrieden mit der Behandlung", entgegnete sie verblüfft. So glücklich war er gewesen. Beim letzten Termin hatte er sie umarmt, als wollte er sie nie mehr loslassen, und ihr danach einen Blumenstrauß geschickt. „Wie ich bereits sagte, haben Sie die notwendigen Übungen nicht abgeschlossen ..."

„Ich will mein Geld zurück!", schrie er. „Das brauche ich! In fünf Tagen!" War das sein Problem? Schulden, die er nicht begleichen konnte? Eine Hypothek, die er in diesem Monat nicht abzutragen vermochte?

„Bitte, Donald, Sie müssen verstehen ..."

„Fünf Tage!"

„Ich werde mit Margaret reden." Damit meinte sie die Eigentümerin und Cheftherapeutin des Instituts. „Vielleicht lässt sich etwas machen ..."

„Tun Sie das! Bevor ich in alle Welt rausposaune, was für ein Quacksalberladen das ist!"

Dann stapfte er zur Tür und riss sie auf. Offenbar hatte Jamie sein Geschrei gehört, denn sie stand davor. Als er sie zur Seite stieß, verlor sie das Gleichgewicht und stürzte beinahe.

Sichtlich verstört richtete Jamie sich auf. Ihr Blick irrte zwischen Zienna und Donalds Rücken hin und her. „Was war denn los?“, fragte sie, nachdem er hinter einer Ecke verschwunden war.

„Er war völlig außer sich“, erklärte Zienna. „Da er eine Fortsetzung der Therapie abgelehnt hat, kamen die Schmerzen wieder.“

„Bist du okay?“, fragte Jamie.

Zienna nickte. „Ja, nur etwas durcheinander. Und du? Hast du dich verletzt?“

„Nein, aber – verdammt, der Typ ist nicht normal.“

„Ist Margaret bei einem Patienten?“

„Ja.“

Zienna beschloss, der Chefin eine Voicemail zu schicken und sie um ein Gespräch zu bitten. Möglichst bald. „Danke, Jamie.“

„Kann ich irgendwas für dich tun?“

„Nein, alles in Ordnung.“

Davon war Jamie nicht überzeugt, was ihre Miene unverhohlen bekundete. Doch sie ging ohne ein weiteres Wort davon.

Zienna kehrte in ihr Büro zurück und setzte sich an den Schreibtisch. In ihrem Nacken spürte sie bereits die Anspannung, die der stressige Zwischenfall verursacht hatte. Sie hasste Konflikte, hasste es, Menschen zu enttäuschen. Vor allem wenn es um unzufriedene Patienten ging. Solche Situationen deprimierten sie immer ganz besonders.

Schweren Herzens nahm sie den Telefonhörer ab, um Margaret zu verständigen.

Dann beschloss sie, erst einmal Nicholas anzurufen. Sie wollte seine Stimme hören und sich den Kummer von der Seele reden, ermutigt und getröstet werde. Sie brauchte seine Unterstützung, eine Schulter zum Anlehnen.

„Hey, Darling“, sagte sie, nachdem er sich auf seinem Handy gemeldet hatte.

„Hi. Was gibt's?“

„Bist du beschäftigt?“

„Allerdings. Was ist los?“

Seufzend sank sie in sich zusammen. „Eine Katastrophe ... Soeben war ein wütender Patient bei mir, der sich einbildet, ich hätte ihn hinters Licht geführt. Obwohl er sich anfangs besser fühlte, hat er jetzt wieder Schmerzen und behauptet, daran sei ich mit meinem verdammten ‚Hokuspokus' schuld.“

„Hmmm – ziemlich unerfreulich ...“ Anscheinend war Nicholas mit seinen Gedanken woanders.

„Was noch schlimmer ist – er will sein Geld zurück. Alles. In fünf Tagen. Sonst verklagt er uns.“

„Das wird nicht funktionieren.“

„Vielleicht nicht. Aber er kann dem Center und mir riesige Schwierigkeiten machen, wenn er einen Prozess anstrengt.“ Zienna stöhnte verzweifelt. „Das würde Zeit kosten. Und Geld ...“

„So weit wird es wohl kaum kommen.“

„Ich muss noch mit Margaret reden. Mal sehen, was sie unternehmen möchte. Manchmal ist das Gerede solcher Typen schlimmer als der finanzielle Verlust, und es wäre einfacher, diesem Patienten zu geben, was er will. Andererseits steht eine sehr hohe Summe auf dem Spiel. In der ersten Zeit ging es ihm gut, aber er sollte die Übungen fortsetzen, die ich entwickelt hatte. Aber sobald ihm nichts mehr wehtat, hörte er damit auf.“

„Ja, ich verstehe ... Nein, nein, das gehört da nicht hin.“

„Wie bitte?“

„Sorry, ich habe mit den Handwerkern geredet. Mach dir keine Sorgen, Zee. Sicher wird sich alles zum Guten wenden.“

„Aber ich bin so deprimiert.“

„Kein Wunder.“ Das klang erneut so, als würde Nicholas

nur mit halbem Ohr zuhören. „Tut mir leid, jetzt muss ich mich um die Jungs kümmern. Gerade wird der Teppichboden noch mal verlegt."

„Was? Nur wegen dieses kleinen Flecks?"

„Ja."

Den ganzen Teppichboden ließ er wieder aufreißen? „Ich dachte, du würdest diese Stelle reinigen lassen."

„Das habe ich mir anders überlegt. Es war nicht perfekt. Und das störte mich. Donnerstag soll alles makellos sein."

„Dein Lokal sieht fantastisch aus, und die Eröffnungsfeier wird sicher ein gigantischer Erfolg."

„Da kommen die berühmtesten Restaurantkritiker. Sogar jemand von der *New York Times*. Deshalb stehe ich unter gewaltigem Druck."

„Deine Speisekarte ist phänomenal, deine Kochkunst ebenso, das Dekor traumhaft. Also werden die Kritiker das ‚Reflections on the Bay' mit Lobeshymnen überhäufen."

„Danke, Babe. So schwer es mir auch fällt – nun muss ich wirklich Schluss machen. Später reden wir noch mal. Halt die Ohren steif."

Halt die Ohren steif ... Als würde er ihr einen kleinen Klaps auf den Po geben.

Und irgendwie – obwohl dieses Telefonat *sie* trösten und ermutigen sollte, war sie es gewesen, die *ihn* aufgemuntert hatte.

Unfähig, ihren Ärger zu unterdrücken, starrte sie den Hörer in ihrer Hand an.

Was für eine Unterstützung war das denn? Genauso gut hätte Nicholas sagen können: *Dein Problem ist nicht so wichtig wie meines.*

Das Gespräch mit Margaret verlief erwartungsgemäß, das Reha-Center würde die Honorare, die Donald für seine Therapien bezahlt hatte, nicht zurückerstatten. Aber man wollte ihm zwei kostenlose Behandlungen anbieten. Zienna rief ihn an, um ihm die Neuigkeiten mitzuteilen, erreichte ihn aber nicht, hinterließ eine Nachricht auf seiner Mailbox und hoffte, ihn damit zu besänftigen.

Immer noch vom Stress dieses Tages geplagt, verließ sie nach Dienstschluss das Center und sehnte sich nach einem ausgiebigen Schaumbad in ihrer überdimensionalen Wanne.

Auf dem Weg zu ihrem Auto nahm sie den Schüssel aus ihrer Handtasche, öffnete die Tür und setzte sich ans Steuer. Als an das Fenster an der Fahrerseite geklopft wurde, zuckte sie erschrocken zusammen. Sie hatte geglaubt, sie wäre allein auf dem Parkplatz.

Voller Unbehagen blickte sie auf und sah Wendell neben dem Wagen stehen.

Da erstarrte sie, schaute nicht weg, öffnete weder das Seitenfenster noch die Tür.

Wendell lächelte sie an. Offenbar fand er seine Anwesenheit auf dem Parkplatz des Reha-Centers völlig normal.

Weil Zienna nichts unternahm, klopfte er wieder an das Fenster. Nun stieß sie den Wagenschlag auf und stieg aus. „Das musst du in Zukunft bleiben lassen", verlangte sie ohne Umschweife.

„Ich habe gewartet, bis du zu arbeiten aufhören würdest. Deshalb wusste ich, dass du Zeit für ein Dinner hast. Oder zumindest für eine Tasse Kaffee", fügte er hinzu, als er ihre gerunzelte Stirn sah.

Wie lange hatte er hier draußen gewartet? „Ein sehr ungünstiger Zeitpunkt, Wendell."

„Komm schon", antwortete er in fröhlichem Ton. „Nur ein Kaffee."

„Darauf habe ich keine Lust."

„Im Ernst – du kannst dich unmöglich vor einem Gespräch mit mir fürchten."

Zienna holte tief Luft und verschränkte die Arme vor der Brust. „Heute nicht. Bitte."

In seiner Miene änderte sich etwas, spielerisches Geplänkel ging in Soge über. Anscheinend merkte er, dass ihr etwas anderes zu schaffen machte. Etwas, das sie aus der Fassung gebracht hatte.

„Hey, was ist los?"

„Nur – der falsche Zeitpunkt, Wendell."

„Jetzt will ich aber wissen, was dich bedrückt. Weil da was ist."

Zu ihrer Überraschung las sie echte Besorgnis in seinen Augen. „Nun ja – heute tauchte ein wütender Patient bei mir auf und drohte mit einem Gerichtsprozess, wenn das Center sein Geld nicht zurückzahlt. Eine lange Geschichte … Jedenfalls war es total frustrierend."

„Tut mir wirklich leid, Zee."

„Darüber werde ich schon hinwegkommen", sagte sie und heuchelte eine Gleichmut, die sie nicht empfand.

„Natürlich. Aber im Moment regst du dich auf. Mit gutem Grund." Er berührte ihre Schulter.

Nur eine tröstliche Geste. Trotzdem flatterten ihre Nerven, aber sie schüttelte seine Hand nicht ab.

„Wenn jemand vor Gericht gehen will, muss man das ernst nehmen, Zee."

„Oh ja", bestätigte sie und war seltsam erleichtert, weil er Verständnis für das Problem zeigte. Das hatte sie von Nicholas erwartet – Anteilnahme und Mitgefühl.

„Was wird passieren? Der Patient wurde doch schon behandelt, nicht wahr?"

„Erfolgreich", betonte Zienna.

„Dann steht ihm eine Rückzahlung des Honorars nicht zu", entschied Wendell. „Er kann höchstens Ärger machen …"

„Aber wenn er tatsächlich vor Gericht geht", unterbrach

sie ihn, „wird's verdammt unangenehm. Und vielleicht kostspielig."

„Sicher blufft er nur. Nachdem er mit guten Resultaten therapiert wurde, gibt's keinen Grund für eine Anzeige."

„Braucht man heutzutage einen Grund? Ständig zetteln verrückte Leute irgendwelche idiotischen Prozesse an."

„Falls er verrückt ist, würde ich mich um was anderes sorgen. Glaubst du, der Kerl könnte eine Bedrohung sein? Ich meine, könnte er gewalttätig werden? Manche Menschen rasten aus, wenn sie ihren Willen nicht durchsetzen."

Zienna überlegte, ob sie sich sorgen musste. Bestand eine solche Gefahr? So brutal, wie Donald die arme Jamie beiseitegestoßen hatte?

„Ja, ich bin ein bisschen beunruhigt. Als er den Behandlungsraum verließ, schob er meine Sekretärin so vehement aus dem Weg, dass sie fast hinfiel. In so einem Zustand habe ich Donald nie zuvor gesehen, wer weiß, wozu so ein Mensch fähig ist."

„Vielleicht solltest du die Polizei verständigen. Nur ein Vorschlag ..."

„Ich weiß nicht recht ... Nachdem seine Frau ihn verlassen hatte, war er so verzweifelt. Und dann dachte ich, wir würden Fortschritte machen. Auch jetzt wünsche ich mir so sehr, es würde ihm besser gehen."

„Das habe ich immer an dir geliebt", gestand Wendell und lächelte sanft. „Dieses leidenschaftliche Engagement für deine Arbeit. Ums Gehalt allein ist es dir nie gegangen. Und außerdem – andere Therapeuten, die für ein berühmtes Profi-Footballteam arbeiten, bilden sich ein, der Glanz würde auf sie abfärben. Aber du? Niemals."

Dieses Kompliment berührte sie. Wie schön, dass Wendell sie in diesem Licht gesehen hatte ... „Danke."

„Hast du inzwischen etwas mehr Lust auf einen Kaffee?

Wir könnten einfach nur reden. Wenn du jemanden zum Zuhören brauchst – ich bin ganz Ohr."

Nachdem Nicholas das Telefongespräch so abrupt beendet hatte, ohne sie zu trösten, bedeutete ihr diese Einladung sehr viel.

Trotzdem erwiderte Zienna: „Besser nicht, Wendell, vielleicht ein anderes Mal."

„Das kleine Café weiter unten an der Straße? Wo es köstliche Sandwiches und einen sündhaft guten Cappuccino gibt? Weißt du noch, wie oft wir da hingegangen sind?"

Als könnte sie das jemals vergessen! Was für eine verliebte Närrin war sie damals gewesen …

„Noch immer möchte ich dir einiges erklären", fuhr Wendell fort. „Und sei versichert – ich werde es nicht aufgeben. Aber wenn du es vorziehst, von deinem frustrierenden Tag zu reden, höre ich dir sehr gern zu. So wie früher."

Vor vier Jahren hatte sie Freud und Leid mit ihm geteilt, all ihre Hoffnungen und Träume. Dies zählte zu den Gründen, warum es so wehgetan hatte, als er plötzlich aus ihrem Leben verschwunden war. Sie hatte die Beziehung für stabil gehalten und geglaubt, sie wären sich in allen Dingen einig. Stattdessen hatte er verkündet, er sei nicht bereit für eine feste Bindung.

„Was wir hatten, war nicht real", entgegnete Zienna frostig, als ihr das Ausmaß seines Verrats erneut bewusst wurde.

„Was wir hatten, *war* real", widersprach er. „Hör mich einfach nur an. Bitte." Seine Stimme klang so wehmütig, wie sie es von diesem kraftvollen, selbstsicheren Mann nicht gewöhnt war. Und in seinen Augen sah sie eine völlig neue Verletzlichkeit.

„Also gut, Wendell. Eine Tasse Kaffee. Dabei kannst du mir erzählen, was du loswerden willst."

12. KAPITEL

Von einem Fenstertisch aus beobachtete Zienna, wie Wendell an der Theke des Cafés die Bestellung aufgab. Beinahe war es so, als hätte sie die Uhr um vier Jahre zurückgedreht und sie wären als Liebespaar hierhergekommen.

Rasch schaute sie weg und rutschte auf ihrem Sitz herum. Nicht nur wegen des Zwischenfalls mit Donald war sie nervös. Warum bestand Wendell so hartnäckig darauf, mit ihr reden zu wollen?

Sie hatte ihm erklärt, sie würde nur einen Cappuccino trinken und nichts essen, denn sie sei nicht hungrig.

Trotzdem trug er ein Tablett mit zwei dampfenden Tassen und zwei Sandwiches zum Tisch.

„Ich sagte doch, ich habe keinen Hunger", seufzte Zienna, während er ihr gegenüber Platz nahm.

„Pitabrote mit Truthahnfilets. Früher haben dir die besonders gut geschmeckt. Und du solltest etwas essen."

Weil ihr ein Protest zu mühsam erschien, hob sie stattdessen ihre Tasse. „Danke."

„Gern geschehen."

Zienna nippte an ihrem Cappuccino, der viel zu heiß war. Deshalb stellte sie die Tasse wieder ab, ergriff die Hälfte ihres Sandwiches und biss hinein. Einfach himmlisch, dieses Pitabrot …

„Worüber denkst du nach?", fragte Wendell nach einer Weile.

Sie atmete tief durch. „Über deine Warnung. Ich frage mich, ob Donald wirklich Ärger machen wird."

„Wenn du willst, verprügle ich ihn." Mit einem herausfordernden Grinsen unterstrich er sein Angebot.

„Nein, das wird nicht nötig sein. Hast du deine Handschuhe nicht zurückgegeben, als du bei der National Football League ausgestiegen bist?“ Für seinen explosiven Stil auf dem Footballplatz war er bekannt gewesen. Als Offensivspieler hatte er oft die Fäuste geschwungen, wenn ihm gegnerische Verteidiger in die Quere gekommen waren.

„Die habe ich immer noch. Für alle Fälle.“

Zienna verkniff sich ein Lächeln. Natürlich sollte er nicht glauben, sie wäre gern mit ihm zusammen. Sie biss noch einmal in ihr Pitabrot. Genau das, was sie nach dem Stress mit Donald brauchte.

„Wolltest du nicht mit mir reden, Wendell?“

„Doch. Über den Grund, warum ich vor vier Jahren verschwunden bin.“

„Den kenne ich.“

„Nein. Du weißt nur, was ich dir vor vier Jahren erzählt habe. Ich sei nicht bereit für eine feste Beziehung. So einfach war es nicht.“

Aus einem ersten Impuls heraus wollte Zienna erwidern, mit der Erwähnung von Pam sei die Sache hinreichend geklärt worden. Danach würde sie aus dem Café stolzieren und hoffen, sie wäre für immer fertig mit Wendell.

Aber sie blieb sitzen. Sie wollte nicht mit ihm streiten. Offenbar war es ihm wichtig, ihr seine Version der Ereignisse zu erläutern. Also konnte sie ihm wenigstens zuhören.

„Okay, Wendell. Wie war es dann?“

„Bei unserem Wiedersehen in Nicks Restaurant hast du von Pams Existenz erfahren. Und du weißt auch, dass ich mit ihr zusammen war, als ich dich kennenlernte. Seit dem College hatte ich was mit ihr. Eine wackelige Beziehung, ein ständiges Auf und Ab. Und jede Menge Drama. Doch sie war nun mal mein Mädchen. Irgendwie fühlte ich mich verpflichtet, bei ihr zu bleiben. Ich tat ihr oft weh. Ein Heiliger bin ich nie gewesen. Und eins hatte ich von Anfang an gemerkt. Für mich war sie nicht die Richtige.“

Zienna sagte nichts, hörte zu und biss in ihr Sandwich. Aus welchem Grund erzählte er ihr diese Story?

„Dann traf ich dich", fuhr er fort, „und alles änderte sich. Ich verliebte mich in dich."

„Erwartest du, dass ich das glaube?", fragte sie, unfähig, noch länger zu schweigen.

„Aber es ist die Wahrheit. Du und ich ... So heiß war das, so intensiv. Du hast mich stimuliert und inspiriert."

„Trotzdem warst du nicht bereit für eine feste Beziehung." Zienna legte ihr Sandwich auf den Teller zurück. Jetzt war sie nicht mehr hungrig. „Um einer anderen nach Texas zu folgen, hast du mich verlassen."

Wendell nickte und hielt ihrem Blick stand. „Das kann ich nicht ungeschehen machen, obwohl ich mir weiß Gott wünsche, es wäre möglich ... Nein, das stimmt nicht ganz."

„Großartig!" Zienna verdrehte die Augen. „Jetzt hast du es mir klargemacht, endlich habe ich es begriffen. Ohhh, ich bin ja so froh über dieses offene Gespräch!"

„Sorry, das ist falsch rausgekommen. Bitte, hör dir auch den Rest an. Ich beschloss, mich von Pam zu trennen. Immerhin waren wir sehr lange zusammen gewesen, und ich fragte mich, auf welche Weise ich sie verlassen sollte – sodass sie nicht allzu sehr darunter litt. Aber ich wusste nicht, wie."

„Warum solltest du deine Freundin abservieren, wenn du beide Mädchen gleichzeitig haben konntest?"

Diesen Kommentar ignorierte Wendell. „Schon vorher hatte ich's versucht. Da drohte sie, sich umzubringen. Ein Drama nach dem anderen. Einmal schluckte sie sogar eine Überdosis Tabletten und landete im Krankenhaus. Also musste ich vorsichtig mit ihr umgehen. Ich wollte sie nicht in den Tod treiben. Für dich klingt das vielleicht wie Wischiwaschi. Doch ich hatte einfach keine Ahnung, wie ich eine solche Katastrophe vermeiden sollte." Er seufzte tief auf.

„Und dann änderte sich alles, als sie mich über ihre Schwangerschaft informierte."

Sekundenlang blieb ihr das Herz stehen. Also hatte er ein Kind bekommen … Das dürfte sie nicht bedrücken, tat ihr aber unendlich weh.

„Wow! Was für eine sensationelle Neuigkeit! Vier Jahre nachdem es passiert ist! Warum hast du mir nicht schon damals von deiner schwangeren Freundin erzählt? Es hätte mir wohl kaum gefallen, ich geb's zu. Aber wenigstens hätte ich dich nicht jahrelang für mein Ein und Alles gehalten – um dann bei unserem Wiedersehen zu merken, welch ein Irrtum das war."

Hoffnungsvoll beugte er sich vor. „War ich wirklich dein Ein und Alles?" Er sah sie so durchdringend an, wie er es damals immer getan hatte, als sie noch ein Paar waren.

„Nicht, Wendell …"

„Was du empfunden hast, war nicht einseitig."

Als Zienna spöttisch lachte, sprach er in verschwörerischem Ton weiter.

„Bitte, du musst mir zuhören. Nachdem ich von Pams Schwangerschaft erfahren hatte, war mir sofort klar, dass ich meine Pflicht tun musste. Nächtelang überlegte ich, wie ich es dir beibringen sollte. Ich wollte dich nicht noch zusätzlich kränken, die Trennung würde dich ohnehin schon verletzen. Deshalb behauptete ich, eine feste Beziehung sei nichts für mich. Wegen des Babys zog ich mit Pam nach Texas – vor allem weil ich nicht so wie mein Vater sein wollte, der nie in meinem Leben aufgetaucht war."

Wortlos griff Zienna wieder nach ihrer Kaffeetasse und nahm einen Schluck. Nicht weil sie Lust darauf hatte – sie musste einfach nur irgendetwas tun.

„Wir bekamen einen Jungen, Jeremiah." Jetzt klang Wendells Stimme gepresst, tiefer Kummer verdunkelte seine Augen.

Also war es gar nicht so großartig, dass du dein persönliches Glück für ein Kind geopfert hast?

„Typisch", murmelte Zienna.

„Wie bitte?"

„Dem Kind zuliebe bist du bei Pam geblieben, dann seid ihr unglücklich gewesen, weil ihr nie zueinander gepasst habt. Und jetzt bist du ein Teilzeitdad." In knappen Worten fasste Zienna ein gängiges Szenario zusammen. Es war unsinnig, wegen eines Kindes zu heiraten. Und das mussten viele Leute typischerweise auf die harte Tour lernen.

„Wenn es nur so wäre", entgegnete Wendell leise.

Er schaute weg, und sie sah seinen Adamsapfel auf und ab zucken, während er krampfhaft schluckte. Dann schloss er seine Finger um das goldene Kreuz, das um seinen Hals hing. Ein beklemmendes Gefühl stieg in ihr auf.

Nach einer langen Pause wandte Wendell sich wieder zu ihr. „Mein Sohn ist gestorben." Beinahe brach seine Stimme. „Letztes Jahr. Er ist ertrunken."

„Nein …" Wie Dolchstöße schienen die Worte Ziennas Brust zu durchbohren. Sie sah die schmerzliche Trauer in seinem Gesicht – und spürte sie in ihrem eigenen Herzen. „Oh Wendell, das tut mir so leid."

Seine Finger streichelten das goldene Kreuz. „Das ist alles, was mir von Jeremiah geblieben ist, seine Asche in diesem Anhänger."

Schon früher hätte es ihr auffallen müssen – das Kreuz war nicht flach, sondern zylindrisch geformt wie die Sorte, in der man eine kleine Menge von der Asche geliebter Verstorbener verwahren konnte.

Entschieden schüttelte sie den Kopf. „Das ist nicht alles, was von ihm geblieben ist", widersprach sie und legte eine Hand auf ihre Brust. „In deinem Herzen lebt er weiter. Und das kann dir niemand wegnehmen."

Nur für einen kurzen Moment wich Wendell ihrem Blick wieder aus. Dann schaute er ihr in die Augen. „Ich wusste, du würdest diesen Schmerz verstehen. Weil du deine Eltern verloren hast."

Ziennas Gedanken kehrten zu der Nacht zurück, in der sie ihm vom tragischen Tod ihrer Eltern bei einem Autounfall erzählt, in seinen Armen geweint und seinen Trost so dringend gebraucht hatte. Während jener schweren Zeit war er für sie ein Fels in der Brandung gewesen und hatte ihr Leid mit ihr geteilt. Jetzt schnürte ihr die Erinnerung an das schreckliche Unglück noch immer die Kehle zu.

„Was mir genommen wurde, lässt sich nicht mit dem Verlust eines Kindes vergleichen", erwiderte sie. „Für dich muss es ein vernichtender Schlag gewesen sein."

Wendell schien krampfhaft zu versuchen, sich zu fassen. Das gelang ihm nur teilweise – seine Augen begannen, verräterisch zu glänzen.

„Verdammt", flüsterte er und straffte die Schultern. Bis er die qualvollen Emotionen bewältigte, dauerte es eine Weile. „Ich habe meinen Sohn geliebt. Und jetzt gibt es ihn nicht mehr. Kurz danach trennte ich mich von Pam. Nicht weil ich wütend auf sie war, obwohl sie das glaubte. Gewiss, sie hätte auf den Jungen aufpassen müssen, als er ertrank. Sie vergaß, das Gatter im Schutzzaun des Swimmingpools zu schließen, und er fiel hinein … So etwas passiert nun mal, und es nützt nichts, jemandem die Schuld zu geben. Vielleicht war es einfach Jeremiahs Schicksal."

Was es ihn kostete, diese Worte auszusprechen, spürte Zienna. Wie konnte man jemals den Tod eines Kindes akzeptieren?

„Ein Jahr nahm ich mir Zeit für meine Trauer. Nachdem ich mich einigermaßen gefasst hatte, kam ich hierher zurück." Wieder entstand eine längere Pause. „Ich – ich hoffte, du würdest begreifen, warum ich dich verlassen habe. Damals konnte ich's dir nicht erklären."

Ihr Herz raste. Warum sagte er das? Glaubte er, sie könnten wieder zueinanderfinden? War das möglich?" Wendell, ich bin mit Nicholas zusammen. Mit deinem Freund."

Nonchalant zuckte er die Achseln. „Das habe ich inzwischen herausgefunden. Leider etwas zu spät." Er lächelte. Aber es wirkte gezwungen.

Zienna starrte ihn verwirrt an. Was, zum Teufel, meinte er mit dieser Bemerkung? Doch im nächsten Moment entschied sie, dass sie es gar nicht wissen wollte. Sie schob ihren Stuhl zurück und stand auf.

Nein, sie durfte sich nicht fragen, was er meinte, was er bezweckte. Ebenso wenig durfte sie überlegen, ob sich zwischen ihnen alles ganz anders entwickelt hätte, wäre Pam nicht schwanger geworden.

„Dein schwerer Verlust tut mir sehr leid. Wirklich, Wendell. Aber wenn du vorschlägst ... Keine Ahnung, was du vorschlagen könntest. Nur eins weiß ich – ich habe mir eine andere Zukunft aufgebaut."

Mehr brachte sie nicht über die Lippen, bevor sie sich abwandte und aus dem Café flüchtete. Draußen sog sie die warme Frühlingsluft tief in ihre Lungen. Ein Instinkt verriet ihr, wieso es für Wendell so wichtig gewesen war, mir ihr zu reden. Aus einem ganz bestimmten Grund, über den sie nicht nachdenken wollte.

Weil sie jetzt glücklich war. Mit Nicholas.

„Zienna!"

Ihr Name, Wendells Stimme ... Gegen ihren Willen blieb sie stehen. Langsam drehte sie sich um. Verdammt, warum musste er so unglaublich gut aussehen?

Zielstrebig ging er zu ihr. „Noch immer fühle ich mich sehr stark zu dir hingezogen, Zienna. So, jetzt habe ich's gesagt.

Ich weiß, das sollte nicht sein. Du gehörst zu Nicholas. Aber ich kann nichts dagegen machen." Nach einer kurzen Pause fügte er hinzu: „Außerdem warst du zuerst *mein* Mädchen."

„Und was heißt das?", fauchte sie. „Bin ich eine Art Siegerprämie, um die ihr euch streitet?"

„Großer Gott, nein! Aber falls es dich interessiert, ob es mich stört, dass ich bei meiner Rückkehr meinen besten Freund zusammen mit meiner Ex antreffe – ja, das stört mich sogar sehr. Ich liebe ihn wie einen Bruder. Trotzdem muss ich dir erklären, was ich empfinde."

„In vier Jahren hat sich einiges geändert."

„Das weiß ich. Natürlich muss ich mich von dir fernhalten. Aber ich bin mir nicht sicher, ob ich es schaffen werde."

Mühsam rang sie nach Atem.

„Schau mich nicht so an, Zee. Das wird dich wohl kaum überraschen. Wie's damals zwischen uns war, hast du doch nicht vergessen, oder? Und als ich dich letzte Woche in Nicks Restaurant wiedersah … Willst du wissen, was ich da gedacht habe?"

Zienna kehrte ihm abrupt den Rücken, wollte davonlaufen, weil das zu viel für sie war.

Mit dieser Situation wurde sie nicht fertig, denn aus irgendwelchen idiotischen Gründen erregte dieser Mann sie immer noch.

Wendell umklammerte ihren Arm und drehte sie zu sich herum. „So heiß wie damals mit uns beiden kann's zwischen dir und Nick unmöglich sein." Seine Augen suchten in ihren nach einer Antwort.

Aber sie schwieg, stimmte ihm weder zu, noch bestritt sie, was er behauptete.

„Zum Teufel!", stieß er plötzlich hervor und überrumpelte sie.

Ohne Vorwarnung presste er seine Lippen auf ihre.

In Ziennas Blut entzündete sich flammende Hitze. Wie das

Ende eines Feuerwerks, wenn viele tausend Lichter auf einmal explodierten und knallten und ein gigantisches Spektakel entfesselten – so fühlte sich der Kuss an.

Für ein paar Sekunden verlor sie sich in diesen Emotionen, bis sie irgendwie zur Vernunft kam und Wendell wegstieß. „Um Himmels willen, bist du jetzt total übergeschnappt?"

„Das sagte ich dir – ich *weiß*, ich sollte mich von dir fernhalten. Was nicht heißt, dass ich's kann. Verdammt, du musst dich doch erinnern, wie fantastisch es zwischen uns war."

Ziennas Wangen brannten. „Vor allem erinnere ich mich an deinen besten Freund Nicholas! Nach deiner Rückkehr in die Stadt bist du sein Geschäftspartner geworden. Du willst dich doch sicher nicht an mich ranmachen und eine Freundschaft ruinieren, die schon lange *vor* unserer Begegnung entstanden ist, oder?"

Wie gelang es ihr bloß, so pragmatische Worte zu finden?

Nachdenklich senkte er die Lider und hob sie wieder. Dann trat er einen Schritt zurück. „Du hast recht. Völlig recht, es ist nicht richtig. Trotzdem – es fühlt sich so irre gut an, was Falsches zu tun."

„Für dich ist es offensichtlich nur ein Spiel. Ein krankhaftes Spiel, bei dem es um dein Ego geht. Da mache ich nicht mit …" Zienna verstummte, weil sie das Gefühl hatte, sie würde nur Unsinn reden. Das verdankte sie Wendell. In seiner Nähe konnte sie kaum einen klaren Gedanken fassen.

„Es ist kein Spiel."

„Was immer es ist", erwiderte sie, „es interessiert mich nicht. Lass mich in Ruhe."

Sie war stolz auf sich selbst und ihren entschiedenen Tonfall. Aber als sie diesmal davonging und Wendell sie nicht zurückhielt, erkannte sie, dass es keine Angst war, die ihren Puls beschleunigte.

Sondern Lust.

„Du lügst!“, rief Alexis, ein gewisses perverses Entzücken in den weit aufgerissenen Augen.

„Nein.“ Zienna presste eine Handfläche auf ihre heiße Wange. „Genau das ist passiert.“

„Also hat er dich auf offener Straße geküsst? Einfach so?“

Zienna saß im Loft ihrer Freundin, die Beine auf dem Ledersofa angezogen, den Ellbogen auf der Armstütze. „Ja.“

„Und?“

„Und – was?“, fragte Zienna.

Alexis, die auf der anderen Seite des Couchtisches saß, warf ihr einen vielsagenden Blick zu. „Und wie war's?“

„Warum freust du dich darüber? Hast du mir etwa nicht vor ein paar Tagen geraten, ich soll ehrlich zu Nicholas sein? Weil es uns auseinanderbringen könnte, wenn ich ihm meine frühere Beziehung mit Wendell verschweige?“

Lässig winkte Alexis ab. „Was ich gesagt habe, weiß ich. Und ich weiß auch, wie glücklich du mit Wendell warst – wie ewig lange du gebraucht hast, um ihn zu vergessen. Wenn er dich anbaggert, interessiert's mich natürlich, wie du darauf reagierst. Also, wie war's?“

„Du bist einfach unglaublich!“

„Und du weichst der Frage aus“, gluckste Alexis.

„Das macht dir viel zu großen Spaß.“ Misstrauisch starrte Zienna ihre Freundin an und fragte sich, ob ihr der Wein, den sie gerade tranken, bereits zu Kopf gestiegen war. „Du solltest eigentlich bestätigen, dass Wendell ein Mistkerl ist.“

„Okay, Wendell ist ein Mistkerl, ein eingebildeter, anmaßender Mistkerl.“ Alexis lächelte tückisch. „Aber es hat dir gefallen?“

Zienna öffnete den Mund, brauchte jedoch zu lange für die Antwort, was Alexis prompt für den Beweis ihrer Theorie hielt.

Freudestrahlend klatschte sie in die Hände. „Oh mein Gott! Es hat dir *gefallen*!“

„Im Ernst, Alexis, wie viel hast du getrunken, bevor ich hier war? Ich meine – was ist in dich gefahren? Wie du dich aufführst – als wärst du froh, wenn Wendell und ich wieder zusammenkämen. Obwohl du mich mit Nicholas bekannt gemacht hast. Oder erinnerst du dich nicht mehr daran?“

Alexis nippte an ihrem Wein, unbeirrt von Ziennas Verdacht, sie hätte schon zu tief ins Glas geschaut. „Sagen wir mal – ich habe inzwischen meine Meinung geändert. Jetzt verstehe ich, wieso es drei Jahre gedauert hat, bis du die Trennung von Wendell überwinden konntest.“

Zum ersten Mal an diesem Abend schob Zienna ihre eigenen turbulenten Gefühle beiseite und musterte ihre Freundin etwas genauer. Dieses zufriedene Gesicht hatte sie schon lange nicht mehr gesehen.

„Gibt es etwas, das du mir verschweigst?“, fragte sie.

„Ich bin mit Brock ausgegangen“, hauchte Alexis verträumt. „Beim Dinner in einem gemütlichen Lokal hat er total süß und sexy mit mir geflirtet. Danach gingen wir in sein Apartment … Und diese Nacht hat alles, was bisher war, in den Schatten gestellt“, gestand sie und grinste von einem Ohr bis zum anderen. „Nie hätte ich so was für möglich gehalten.“

„Du hast schon mit Brock geschlafen? Nach so kurzer Zeit? Wann ist das passiert?“

„Letzte Nacht.“ Offenbar konnte Alexis gar nicht mehr aufhören zu lächeln. „Mein Gott, das ist genau der Sex, den ich gesucht habe. So aufregend wie deiner damals mit Wendell.“

Zienna spürte ein winziges Prickeln im Bauch und versuchte, es zu ignorieren. An diesem Abend hatte sie ihre Freundin in der Hoffnung besucht, sie würde ihr helfen, die Begegnung mit Wendell in der richtigen Perspektive zu sehen, die Vergangenheit endgültig zu begraben und sich auf die Zukunft zu konzentrieren. Stattdessen erreichte Alexis mit ihren Worten nun das genaue Gegenteil.

„Deshalb weiß ich, dass du heute bei Wendells Kuss etwas gespürt haben musst“, betonte Alexis. „Weil der Sex mit ihm damals so sensationell war, wie du's immer beschrieben hast … Komm schon, erzähl's mir.“

„Also gut“, stimmte Zienna zu. Vielleicht würde es ihr besser gehen, wenn sie sich die schreckliche Wahrheit von der Seele redete. „Du willst wissen, wie ich mich gefühlt habe? Als wäre ich vier Jahre lang nicht geküsst worden …“ Sobald sie die Worte ausgesprochen hatte, meldete sich ihr Gewissen. „Ich liebe Nicholas. Wirklich. Mit Wendell – das ist nur Lust.“

„Lust kann sehr machtvoll sein.“

„Nur wenn man sich von ihr beherrschen lässt. Und das habe ich nicht vor.“

„Aber wenn Wendell sich nicht geschlagen gibt? Nach allem, was du gesagt hast, will er dich zurückhaben. Also wird er sich wahrscheinlich immer wieder an dich ranmachen. Was wirst du dann tun?“

Mit dieser Frage hatte Zienna nicht gerechnet. Irritiert starrte sie vor sich hin. „Was ich tun werde? Ich werde ihn ignorieren …“

„Ist das möglich?“

„Klar“, behauptete Zienna. Doch das Wort fühlte sich auf ihren Lippen wie eine Lüge an.

„Bist du sicher? Vielleicht wird Wendell dir ein Angebot machen, dem du nicht widerstehen kannst.“

Nicht *was* Alexis sagte, verwirrte Zienna, sondern *wie* sie es aussprach. Wäre es ein Triumph für sie, wenn Zienna bei Wendell schwach werden würde?

„Ich werde jetzt alles vergessen, was du gerade gesagt hast“, entgegnete Zienna.

„Kannst du Wendells Lippen auf deinen auch vergessen?" Alexis schaute sie eindringlich an.

„Hast du eigentlich vergessen, dass ich meine Beziehung mit Nicholas *dir* verdanke?" Allmählich wurde Zienna wütend.

„Umso besser erinnere ich mich, wie verrückt du nach Wendell warst. Du warst rettungslos verknallt. Jetzt ist er wieder da, und so, wie's aussieht, will er dich immer noch. Klar, er hat dir wehgetan. Aber ich verstehe den Konflikt, in den er damals geraten ist. Pam war schwanger, er wollte seine Pflicht erfüllen. Und – mein Gott, geht dir der Verlust seines kleinen Sohnes nicht zu Herzen?"

„Doch", gab Zienna leise zu. „Als er mir davon erzählt hat, war ich wirklich erschüttert."

„Außerdem weißt du jetzt, dass er dich damals nicht verlassen hat, weil er ein Dreckskerl war", fügte Alexis hinzu. „Deine Gefühle für ihn haben sich geändert. Und wenn du mir einzureden versuchst, du könntest ihm widerstehen, lügst du. Das *spüre* ich. Nicht umsonst bin ich seit so vielen Jahren deine beste Freundin."

„Okay." Zienna schnitt eine Grimasse und sah ein, wie sinnlos es war, ihr noch länger etwas vorzumachen. Alexis kannte sie viel zu gut. „Der Kuss war – wie ein Feuerwerk. Spektakulär. Niemals hätte ich gedacht, ich würde immer noch dermaßen auf ihn abfahren. Nicht nach dieser langen Zeit. Und schon gar nicht, seit ich von Pam weiß ..."

Seufzend schüttelte sie den Kopf. „Aber irgendetwas in meinem Körper sehnt sich nach diesem Mann. Keine Ahnung, was ... Und da ist Nicholas, den ich liebe. Könnte ich die beiden miteinander verschmelzen, hätte ich genau den Richtigen gefunden. Eine Kombination aus totalem Sex-Appeal und diesem netten Mann, der mich liebt, der sich binden will, alle seine Gefühle und Gedanken mit mir teilt. Aber das sind nun mal zwei verschiedene Typen. Und beide kann ich nicht haben."

„Warum nicht?", fragte Alexis herausfordernd. „Du liebst Nicholas, und das ist wunderbar. Aber wenn du herausfinden möchtest, wie es mit Wendell wäre ..."

„Alex! Im Ernst, was ist bloß in dich gefahren?"

„Fast zwanzig himmlische Zentimeter!"

Gegen ihren Willen musste Zienna lächeln. Trotzdem schockierte sie der Vorschlag ihrer Freundin. „Wie ich dir soeben klarzumachen hoffte, kriegt man nicht immer die perfekte Kombination in einem einzigen Mann. Und ich hatte nicht erwartet, du würdest dir das einfach nur anhören und unwichtig finden."

„Sorry, ich will dich nicht nerven. Ehrlich nicht. Es ist nur – ich habe gründlich nachgedacht. Und wie ich schon mal sagte, wir Frauen brauchen heißen Sex genauso wie die Männer. Wenn Wendell dir den gibt ..."

„Alex!"

„Was ist denn so falsch daran? Sehr viele Männer tun so was. Die sind gleichzeitig mit mehreren Frauen zusammen und fühlen sich kein bisschen schuldig. Und noch ein Argument! Letzten Mittwoch hat Nicholas dir ein Sexmonster gezeigt, und als du diese wilde Nacht wiederholen wolltest, machte er schlapp. Nach allem, was du mir erzählt hast, konnte Wendell immer ..."

Glücklicherweise klingelte in diesem Moment Ziennas iPhone, und Alexis unterbrach ihren Wortschwall.

„Das ist Nicholas", sagte Zienna, drückte auf das Display und hielt sich das Handy ans Ohr. „Hey, Darling."

„Was machst du gerade?"

„Ich hänge bei Alex rum. Und ich vermisse dich."

„Wie fühlst du dich? Tut mir leid, dass ich so beschäftigt war, als du wegen deines Problems angerufen hast."

„Schon gut, das verstehe ich."

„Heute Abend mache ich früher Schluss im Restaurant.

Ich hoffe, du kommst zu mir, und wir verbringen die Nacht zusammen. Dann werde ich dir die Aufmerksamkeit schenken, die du verdienst." Bei diesen letzten Worten klang seine Stimme fast verrucht.

„Natürlich komme ich. Wann?"

„In etwa einer Stunde?"

„Bis dann, Darling, ich liebe dich."

„Triffst du ihn?", fragte Alexis, als Zienna das Gespräch beendete.

„Ja", bestätigte Zienna freudestrahlend. „Heute macht er früher Feierabend, und ich soll zu ihm kommen."

„Sehr gut, da dürfte er nicht zu müde sein und dir geben, was du brauchst."

„Alex, ich habe nie behauptet, Nicholas würde mich nicht befriedigen. Klar, diese wildere Seite von ihm, die ich erst letzte Woche kennengelernt habe, war fabelhaft. Aber ich bin glücklich mit unserem Sex."

„Glück ist okay. Aufregende Spielchen jenseits deiner kühnsten Träume – das ist was ganz anderes." Alexis grinste über das ganze Gesicht.

„Da du heute Abend nur über Sex reden kannst – warum rufst du Brock nicht an? Noch ist die Nacht jung. Also könntest du dich mit ihm verabreden und weitere heiße Stunden erleben. Genau das habe ich auch vor."

Und Zienna hoffte inständig, dass sie Wendells Kuss in den Armen von Nicholas vergessen könnte.

Als sie ihren Wagen in Nicholas Zufahrt steuerte, dachte sie immer noch an Wendell. Nicholas hatte verlangt, sie solle ehrlich zu ihm sein, und sie wollte nicht lügen.

Aber sie war nicht dumm. Natürlich durfte sie ihm nicht gestehen, sie habe sich von Wendell küssen lassen. Was das betraf, hatte sie Alexis nicht um Rat gefragt. Das wäre überflüssig gewesen, denn sie wusste ohnehin, was die Freundin ihr empfohlen hätte – den Mund zu halten.

Einfach unglaublich, dass Alexis ihr ein Verhältnis mit *beiden* Männer vorgeschlagen hatte …

Sie stieg aus ihrem Auto und ging zur Haustür, die sofort aufschwang, noch bevor Zienna auf den Klingelknopf drückte.

Warmherzig und einladend lächelte Nicholas sie an, und sie fühlte sich schrecklich, weil eine Lüge zwischen ihnen stand. Aber wie konnte sie ihm von Wendells Kuss erzählen?

„Hey, du", sagte er leise und breitete die Arme aus.

Zienna umschlang seine Taille. „Hey, Darling. Gut siehst du aus. Und du riechst wunderbar."

„Mmmm …" Nicholas senkte den Kopf, spitzte die Lippen, und Zienna gab ihm den Kuss, den er sich wünschte.

Obwohl sie sich bemühte, die Erinnerung zu verdrängen – sie musste ganz einfach an Wendells Mund denken.

Nicholas ließ sie los und schloss die Haustür. „Bist du hungrig? Ich habe diese Hühnerbrustfilets mit Ananassoße gekauft, die dir so gut schmecken."

„Oh, wirklich? Ich habe schon bei Alexis gegessen. Eine Pizza."

„Dann lege ich die Filets in den Kühlschrank. Vielleicht hast du später Appetit."

Während er in die Küche ging, schlenderte sie ins Wohnzimmer und setzte sich auf das Ledersofa. Auf dem Couchtisch lagen zwei DVDs, und sie griff danach. Eine romantische Komödie und ein Thriller.

„Wollen wir uns entspannen und einen Film anschauen?" Nicholas kam ins Wohnzimmer und setzte sich neben Zienna. „Das haben wir schon lange nicht mehr gemacht."

„Der Thriller sieht gut aus." Bei den furchterregenden Szenen könnte sie in seinen Armen liegen und sich an ihn klammern.

„Willst du Popcorn und Wein?"

„Popcorn und Wein", wiederholte sie und kicherte, „immer eine unschlagbare Kombination."

„Okay, ich hol alles, was wir brauchen. Leg inzwischen den Film ein."

Sie schaute ihm nach, als er in die Küche zurückkehrte, und lächelte sanft. Sollte Alexis doch behaupten, was sie wollte – Zienna war glücklich mit Nicholas. In der gemeinsam gestalteten Komfortzone konnten sie eine Nacht zusammen verbringen, ohne Liebe zu machen. Kein Problem. Für beide war Sex wichtig, aber nicht die Grundlage der Beziehung.

Im Gegensatz zu der Zeit mit Wendell. Da hatte sich alles nur um Sex gedreht.

Zienna schob den Film in den DVD-Player. Zuversichtlicher denn je glaubte sie, es würde ihr gelingen, Wendell endgültig aus ihrem Leben zu streichen.

Am Morgen wurde Zienna von zarten, gehauchten Küssen in der Halsbeuge geweckt. Das Nächste, was sie spürte, war eine Hand über einer ihrer Brüste, dann umkreiste ein Finger den Nippel.

Wohlig seufzte sie, öffnete die Augen und sah Nicholas' Gesicht direkt vor ihrem eigenen auf dem Kissen.

„Guten Morgen, Schlafmütze", flüsterte er und küsste sie.

„Oh … Ja, ich weiß – ich fühle mich wie gerädert." Sie schaute an ihm vorbei zur Digitaluhr auf dem Nachttisch. Kurz nach sieben. „Ich erinnere mich gar nicht, wie ich letzte Nacht ins Bett gekommen bin."

„Wirklich nicht? Bei deinem zweiten Glas Wein konntest du die Augen kaum noch offenhalten."

„Und du hast den Film abgeschaltet und gesagt, wir sollten schlafen gehen." Jetzt fiel es ihr wieder ein. Sie strich über Nicholas' Wange. „Vermutlich war der Tag gestern stressiger, als ich dachte."

„Ich habe dich ins Bett gebracht …“ Sein Mund streifte ihre nackte Schulter. „… und deine Stirn geküsst. Danach warst du sofort weg.“

„Stets ein untadeliger Gentleman …“

„Vielleicht letzte Nacht. Heute Morgen habe ich einen Ständer.“

„Oh?“, wisperte Zienna.

„Ich weiß, wir haben nicht viel Zeit.“ Nun streichelte Nicholas ihre andere Brustwarze zärtlich. „Wir müssen beide zur Arbeit. Und du hast keine Kleider zum Wechseln dabei. Also musst du erst mal nach Hause fahren.“

„Genau genommen“, begann sie und schmiegte sich an ihn, „steht eine gepackte Reisetasche auf dem Rücksitz meines Autos. Die habe ich immer dabei. Für alle Fälle. Manchmal übernachte ich bei Alexis. Oder bei dir.“

„Sehr smart“, flüsterte er und küsste sie wieder, diesmal etwas leidenschaftlicher. Zienna presste sich noch fester an ihn und hoffte, ihn zu mehr Leidenschaft zu animieren. Damit hatte sie Erfolg, denn er neigte sich hinab und saugte an ihrem Nippel.

Sie umfasste Nicholas’ Kopf und wünschte, ihr Liebster würde genauso begierig über sie herfallen wie am vergangenen Mittwoch. Stattdessen leckte er sanft und sinnlich über ihre Brustwarze. Das genügte zwar, um Zienna anzumachen, aber nicht, um sie um den Verstand zu bringen.

„Mmmm“, stöhnte sie und grub ihre Finger in seinen Rücken, um ihn anzuspornen.

Was jetzt geschehen würde, wusste sie. Er würde seine Hand zwischen ihre Beine schieben und sie ein bisschen befingern. Vielleicht würde er sie auch mit seinem Mund reizen. Oder er wollte nur feststellen, ob sie feucht genug war, und dann mit ihr schlafen.

Sobald er ihre Klit berührte, hob er grinsend den Kopf.

„Ich weiß, was du jetzt willst." Er glitt zwischen ihre Schenkel und strich sanft über ihren Venushügel.

Langsam ließ er seine Zunge tiefer gleiten, süß und zärtlich. Und – ja, Zienna kam, aber dieser Höhepunkt war weit entfernt von dem animalischen Sex, den sie genießen wollte.

Den sie brauchte.

Nach ihrem Höhepunkt setzte sie sich auf Nicholas und ritt ihn. Er kam … viel zu schnell.

Heute kein Sexmonster.

Der Liebesakt war nett gewesen, aber viel zu kurz.

Während Nicholas aus dem Bett stieg und ins angrenzende Badezimmer ging, erinnerte sie sich an Alexis' Behauptung. Nicht nur Männer, auch Frauen wollen heißen, atemberaubenden Sex.

Zienna hatte versucht, diesen Gedanken zu verwerfen. Aber nun gab sie ihrer Freundin recht.

Was zu Alexis' anderer Bemerkung führte – und zu einem unbehaglichen Gefühl im Bauch.

Vielleicht wird Wendell mir ein Angebot machen, dem ich nicht widerstehen kann …

14. KAPITEL

Da die Eröffnung des neuen Restaurants immer näher rückte, sah sie in den nächsten beiden Tagen weder Nicholas noch Wendell. Bevor die beiden Freunde begonnen hatten, zusammenzuarbeiten, wäre Zienna zum *Reflections on the Bay* gefahren, um die Vorbereitungen zu beobachten.

Jetzt hielt sie sich lieber fern. Zweifellos würde sie Wendell im Lokal antreffen, da er Nicholas bei den Vorbereitungen für die Party half.

Sie sagte sich, sie würde Wendells lästige Annäherungsversuche wirklich nicht brauchen. Aber als sie am Donnerstag nach der Arbeit auf ihrem Bett lag und überlegte, was sie für die Eröffnungsfeier anziehen sollte, dachte sie wieder an Alexis' Worte und gestand sich den wahren Grund ein, warum sie das Restaurant gemieden hatte.

Und wenn du mir einzureden versuchst, du könntest ihm widerstehen, lügst du.

Alexis hatte recht, es wäre unmöglich, Wendell zu widerstehen. Was er Zienna über Pam und seinen kleinen Sohn erzählt hatte, milderte ihren Zorn. Und dieser Kuss … Verdammt, seit dem Kuss wurde sie noch intensiver von Gefühlen gequält, die sie für überwunden gehalten hatte.

Plötzlich dachte sie wieder über ihre Vergangenheit mit Wendell nach. War doch nicht alles eine Illusion gewesen, was sie damals empfunden hatte?

Sie konnte ein Treffen vermeiden – aber vor ihren Gefühlen konnte sie nicht dauerhaft davonlaufen. Je seltener sie Wendell sah, desto besser. Deshalb blickte sie der großen Eröffnungsparty an diesem Abend voller Angst entgegen – weil sie nicht wusste, was sie erwarten sollte, wenn sie ihn wiedersah.

„Warum quälst du dich?“, fragte sie laut. „Daran dürftest du nicht einmal denken.“

Es lag an diesem Kuss, an den Emotionen, die er geweckt hatte.

Und nach dem enttäuschenden Sex mit Nicholas am Dienstagmorgen war ein Vergleich zwischen den beiden Männern unausweichlich. Ein Vergleich, der eindeutig zu Wendells Gunsten ausfiel.

Zweifellos war er der viel bessere Liebhaber. Immer bereit, immer aufregend.

Natürlich hatte er damals immer Lust, sagte sie sich.

Seine Football-Ära war vorbei, er arbeitete nicht mehr und hätte genug Zeit, um mit mir zu vögeln …

Er hatte ihr ständig zur Verfügung gestanden, alles darangesetzt, sie restlos zu befriedigen.

Würde es um Kriterien wie Zusammengehörigkeitsgefühle und innere Verbundenheit gehen, also um Dinge, die eine echte Partnerschaft ausmachten, würde Nicholas den Wettbewerb haushoch gewinnen.

Du liebst Nicholas, und das ist wunderbar. Aber wenn du herausfinden möchtest, wie es mit Wendell wäre …

Schon wieder Alexis' Worte.

Ziennas klingelndes Handy riss sie aus ihren Gedanken, und sie streckte sich auf dem Bett aus, um es vom Nachttisch zu nehmen. Es war Alexis.

„Ach Alex …" Sie stöhnte leise. „Keine Ahnung, was ich anziehen soll!"

„Was hast du zur Auswahl?"

Zienna richtete sich auf. „Ein klassisches kleines Schwarzes oder was aufregend Buntes? Erinnerst du dich an das Wickelkleid, das ich mir vor zwei Monaten ausgesucht habe, als wir shoppen gegangen sind? Mauve, pink und violett gemustert?"

„Hmmm. Nimm *das*, würde ich sagen."

Beide Kleider hingen an der Schranktür, und Zienna starrte

sie an. Das Schwarze hatte sich schon oft bewährt. Aber das andere hatte mehr Flair, mehr Dynamik.

So wie die beiden Männer, die in dieser Woche ihre Gedanken beherrschten …

„Erde an Zee!"

„Sorry. Ja?" Offenbar hatte Zienna ihrer Freundin nicht zugehört.

„Ich habe gefragt, ob meine goldene Bluse zum Bleistiftrock passt."

„Oh … Klar, die Bluse macht richtig was her. Zusammen mit den goldenen Stilettos."

„Was ist los?", fragte Alexis. „Irgendwas stimmt nicht. Das höre ich an deiner Stimme."

„Nun ja", seufzte Zienna. „Ich bin nervös. Wegen Nicholas. Wenn bei der Eröffnungsfeier etwas schiefläuft …"

„Ist das alles?" Ihre Freundin ließ nicht locker.

Eigentlich müsste das alles sein. Aber Ziennas größte Sorge galt dem Wiedersehen mit Wendell und ihrer Reaktion darauf. Warum konnte sie ihn einfach nicht aus ihrem System verbannen?

„Genügt das nicht, Alex? Heute Abend steht Nicholas unter enormem Druck."

„Ja, ich weiß. Und wir wollen uns nicht verspäten. Meine Haare und das Make-up sind okay, ich muss mich nur noch anziehen. Dann komme ich zu dir."

„Gut, bis gleich."

Zienna beendete das Telefongespräch, ging zur Schranktür und griff nach dem Bügel mit dem bunt gemusterten Kleid.

Um Viertel vor acht stiegen die beiden Freundinnen aus Ziennas Auto.

Offiziell hatte das Event um halb acht begonnen. Aber Zienna wollte nicht zu früh erscheinen und Nicholas im Weg stehen. Deshalb hatte sie Alexis zu einer kleinen Verspätung überredet.

Lebhaftes Stimmengewirr mischte sich mit den Klängen eines Live-Jazz-Quartetts, das auf der Terrasse spielte, rechts vom Eingang. Auf den letzten zwanzig Schritten erstreckte sich ein roter Teppich bis zur Tür, gesäumt von großen Heliumballons in Rot und Schwarz, den Farben des Restaurants. Zienna bewunderte das hübsche Dekor der Terrasse: rote Bänder und winzige weiße Lampen, die unterhalb der Markise hingen und eine stimmungsvolle Beleuchtung erzeugten.

„Wow, fantastisch!“, rief Alexis auf dem Weg über den roten Teppich.

An einem Tisch links vom Eingang saßen zwei Frauen in klassischem Schwarz und hakten die Namen auf der Gästeliste ab. Zienna und Alexis stellten sich vor und traten ein.

Etwa fünfzig Leute füllten die Räumlichkeiten – Restaurantkritiker und andere spezielle Gäste. Bevor das *Reflections on the Bay* am Samstag seine Pforten für die Allgemeinheit öffnen würde, lernte eine ausgewählte Klientel heute schon das neue Lokal kennen. In regelmäßigen Abständen sollten verschiedene Appetithappen serviert werden, dazu die Weine, Champagnersorten und exotischen Cocktails, die auf der Getränkekarte standen.

Mit großen Augen schaute Alexis sich um. „Cool!“

„Unglaublich, wie sich das Restaurant seit meinem letzten Besuch verändert hat“, bemerkte Zienna.

An den Wänden hingen gerahmte Fotos, die auf Hochglanz polierten dunklen Böden strahlten im Kerzenschein. Nicholas hatte sich für ein hochwertiges, leicht zu pflegendes Holzlaminat entschieden. Auch der Teppichboden des Podestes, auf dem die Esstische standen, war makellos.

Während Zienna sich umsah, blieb ihr Blick an einer vertrauten Gestalt hängen. Breite Schultern unter einem maßgeschneiderten schwarzen Jackett, das wie eine zweite Haut saß …

Wendell.

Als er sich in ihre Richtung wandte, stockte ihr der Atem. Zu dem schwarzen Jackett trug er eine graue Hose und ein weißes, am Kragen geöffnetes Seidenhemd. Die Krawatte hatte er weggelassen, was das Outfit lässig und sexy wirken ließ.

„Wow, Wendell sieht sagenhaft aus", murmelte Alexis.

Ohne jeden Zweifel. Und Zienna wünschte inständig, es wäre anders.

Über den Raum hinweg schaute er sie an und hielt ihren Blick sekundenlang fest. Dann musterte er den Rest ihrer Erscheinung und lächelte anerkennend.

Hastig schaute sie weg, um die untadelig gekleideten Kellner zu inspizieren. In schwarzen Hosen und weißen Hemden mit Fliegen trugen sie Tablettes mit diversen Speisen umher.

Soviel Zienna wusste, wollte Nicholas um halb neun eine Rede halten. Wahrscheinlich war er jetzt in der Küche. In der Zwischenzeit unterhielt Wendell die Gäste und versprühte seinen Charme.

„Ich gehe in die Küche zu Nicholas, Alex." Mit schnellen Schritten durchquerte Zienna den Raum, ohne noch einmal einen Blick in Wendells Richtung zu werfen.

In der Küche herrschten Lärm und Chaos, im Gegensatz zur friedlichen Atmosphäre des Restaurants. Als sie Nicholas entdeckte, lächelte sie. Er war so ähnlich gekleidet wie sein Freund, trug aber eine Krawatte. Natürlich war er genauso sexy wie Wendell.

„Richtet neue Tabletts her", wies er seine Mitarbeiter an. Offenbar spürte er Ziennas Anwesenheit, denn er spähte über die Schulter und grinste. Nur ein kurzer Blick, nicht so gefühlvoll und lockend, wie Wendell sie angeschaut hatte. Kein

Blick, der besagte: *Das ist mein Mädchen. Und ich kann's gar nicht erwarten, mit ihr allein zu sein.*

Unbeirrt ging sie zu ihm und berührte seinen Arm. „Hey, Darling."

„Hey", antwortete er nervös.

„Wie himmlisch es hier duftet!", meinte sie aufmunternd. „Und alles sieht wundervoll aus. Draußen sind die Leute in bester Laune."

„Danke."

Zienna trat näher zu Nicholas und hoffte, er würde ihr einen schnellen Kuss geben. Stattdessen wandte er sich zur verchromten Stahltheke und überprüfte winzige, mit Käse überbackene Fleischbällchen.

„Wirklich, Zee, ich will dich nicht rauswerfen, aber …"

„Schon gut, ich weiß, ich bin dir im Weg." Zienna machte auf dem Absatz kehrt und verließ die Küche. Bevor sie die Tür hinter sich schloss, warf sie einen kurzen Blick zurück. Nicholas hatte ihr nicht einmal nachgeschaut.

Entschlossen redete sie sich ein, sein Desinteresse würde ihr nichts ausmachen. Im Grunde war es ja auch kein richtiges Desinteresse. Warum hatte sie es trotzdem so aufgefasst?

Weil Wendell sie mit seinen Augen verschlungen und ihr mit einem einzigen Blick bedeutet hatte, wie sexy und begehrenswert er sie fand.

Im Restaurant angekommen, nahm sie ein Glas Champagner vom Tablett eines Kellners und trank es in einem Zug halb leer.

„Was ist los?" Alexis ging zu ihr und musterte sie prüfend.

Achselzuckend winkte Zienna ab. Gar nichts war los. Nichts konnte ihre enge Beziehung mit Nicholas gefährden. An diesem Abend war er einfach nur anderweitig beschäftigt, mit seinem neuen Restaurant, das eine überaus wichtige Rolle in seiner Zukunft spielen würde.

„Zee?“

„Nichts ist los.“ Zienna kam sich idiotisch vor.

„Schau nicht hin, Zee, da kommt Wendell.“

Ziennas Herz hämmerte schmerzhaft gegen die Rippen. Aber sie drehte sich nicht um, bis Alexis strahlend lächelte und Wendell mit einer Umarmung begrüßte.

„Lange nicht gesehen, Wendell.“

„In den letzten Jahren habe ich woanders gelebt. Und jetzt bin ich wieder da.“

Zienna nippte an ihrem Champagner. In ihrem Körper spürte sie die gefürchtete Hitze, während Wendell sie von oben bis unten musterte und keinen Quadratzentimeter ausließ.

„Gerade wollte ich den netten Jungen mit den Getränken suchen“, verkündete Alexis.

„Moment mal, Alex …“, begann Zienna zu protestieren.

Aber ihre Freundin schlenderte bereits davon. Sobald sie verschwunden war, verschwendete Wendell keine Zeit. „Verdammt, du siehst – du siehst einfach hinreißend aus.“

„Danke“, erwiderte Zienna kurz angebunden.

„Ich soll mich von dir fernhalten, und dann kommst du in diesem Kleid hierher?“ Er grinste. „Willst du wirklich, dass ich dir aus dem Weg gehe?“

„Ja“, bestätigte sie, obwohl sie genau wusste, dass das eine Lüge war. Aber sie war ein menschliches Wesen, und wenn sie ihre animalischen Triebe auch nicht unterdrücken konnte, so besaß sie doch wenigstens einen Verstand, der ihr half, diese Lust zu kontrollieren. „Was ich keinesfalls will …“

Abrupt verstummte sie, weil sie Nicholas aus der Küche kommen sah. Erst schaute er sie an, dann Wendell. In seinen Augen las sie, wie er die Situation einzuschätzen suchte.

Als er zu ihnen ging, lächelte sie unbehaglich. Fleißig wie immer, trug er eine große Platte mit überbackenen Fleischbällchen ins Restaurant.

„Oh, ich nehme mir eins“, sagte sie und griff nach einem der Zahnstocher, die in den Bällchen steckten.

„Die Restaurantkritiker von der *Chicago Tribune* und der *New York Times* sind hier, Nick“, erklärte Wendell. „Jetzt sitzen sie auf der Terrasse. Vorhin rief mich der Verwaltungsassistent des Bürgermeisters an. Sein Boss wird gleich hier sein.“

„Großartig“, meinte Nicholas.

„Natürlich tue ich mein Bestes, begrüße alle Gäste und schmiere ihnen Honig ums Maul.“ Wendell lächelte strahlend. „War nett, dich wiederzusehen, Zienna.“

„Gleichfalls“, murmelte sie.

Dann beobachtete sie, wie die beiden davongingen. Nach zehn Schritten drehte Nicholas sich zu ihr um.

Und sie war ziemlich sicher, dass er stocksauer aussah.

Wenig später bestätigte sich dieser Eindruck, denn er ging an ihr vorbei und beachtete sie kaum. Klar, er war beschäftigt.

Doch sie kannte ihn gut genug, und so gab es keinen Zweifel – Nicholas ignorierte sie absichtlich. Trotzdem bemühte sich Zienna, den Abend und die erlesenen Speisen zu genießen. Bei den Getränken hielt sie sich zurück, weil sie noch fahren musste.

Sie mischte sich unter die Leute und plauderte mit mehreren Prominenten – mit Spielern von Chicagoer Profi-Sportteams, Freunden von Wendell und Nicholas, auch mit dem Bürgermeister und den Restaurantkritikern. Allen schien das Essen ausgezeichnet zu schmecken. Das wollte sie Nicholas erzählen, als der letzte Gast gegangen war.

„Nur ein paar Minuten, Alex“, versicherte sie, erleichtert, weil ihre Freundin nicht über die Verzögerung klagte. Am nächsten Morgen mussten sie beide arbeiten. „Ich rede nur kurz mit Nicholas, nachdem sich die Aufregung gelegt hat.“

„Ich warte an der Bar. Diese ‚Island Sunsets' sind sensationell. Einen kann ich mir noch erlauben."

„Vielen Dank." Zienna ging am Küchenpersonal vorbei, das den Kellnern beim Aufräumen half. In der Küche traf sie Nicholas nicht an, und so betrat sie sein Büro, wo er mit Wendell sprach.

Über die Schulter seines Freundes sah er sie und musste etwas gesagt haben, denn Wendell wandte sich zu ihr.

„Hey, darf ich mal kurz allein mit meinem Liebsten reden?", bat sie leise.

Wendell nickte und sagte zu Nicholas: „Ich warte vorn auf dich."

Nachdem er das Büro verlassen hatte, schloss Zienna die Tür, eilte zu Nicholas und schlang die Arme um seinen Hals. „Endlich! Herzlichen Glückwunsch, Darling, das muss eine der erfolgreichsten Restauranteröffnungen gewesen sein, die diese Stadt je gesehen hat."

„Danke", lautete die knappe Antwort.

„Nun ist es vorbei." Zärtlich küsste sie sein Kinn. „Du hast es geschafft." Dann senkte sie ihre Stimme. „Wollen wir von hier verschwinden und feiern?"

„Ich muss noch hierbleiben, aufräumen, einiges ordnen."

„Okay, ich bringe Alexis zu mir, da hat sie ihr Auto geparkt. Danach können wir uns in deinem Haus treffen."

„Das müssen wir auf eine andere Nacht verschieben."

Zienna spürte, wie angespannt er war. Was bedrückte ihn? Sie ließ die Arme von seinem Hals sinken und legte sie um seine Taille. „Bist du sicher?", fragte sie enttäuscht. Sie hatte sich extra so hübsch gemacht – und Nicholas sah ebenfalls umwerfend aus. Sollten sie den gelungenen Abend nicht im Schlafzimmer beenden? „Wenn du willst, fahre ich hierher zurück und helfe dir, was immer du erledigen musst. Dann gehen wir zusammen und …" Sie verstummte. Aber was sie vorschlug, war eindeutig.

„Schon gut, ich will dir nicht in die Quere kommen."

„Mir? In die Quere?" Sie blinzelte verwirrt. „Was heißt das?"

„Heute Abend habe ich einiges beobachtet. Und um ehrlich zu sein – als du vorhin mit deinem *Liebsten* allein reden wolltest, wusste ich nicht, ob du Wendell oder mich gemeint hast."

Sie ließ ihn so schnell los, als hätte sie sich verbrannt. „Wie bitte?"

„Ich habe euch beide gesehen. So innig und vertraut. Und wie ihr euch angestarrt habt!"

„Was?"

„Du hast es doch gehört."

„Das ist doch total verrückt. Wendell hat mich vielleicht komisch angeschaut. Aber ich kann dir mit hundertprozentiger Sicherheit sagen, dass *ich* nichts Falsches getan habe." Und das stimmte. Trotz ihres Verlangens hatte sie Wendells Annäherungsversuch abgeblockt.

„Jedes Mal, wenn ich mich umgedreht habe, warst du mit ihm zusammen."

„Das ist eine Lüge!" Ja, Wendell hatte ihr etwas zu essen und zu trinken gebracht – genauso wie allen anderen Gästen.

„Ich weiß doch genau, was ich gesehen habe."

„Dann solltest du deine Augen untersuchen lassen!" Wütend drehte sie sich auf dem Absatz um und eilte aus dem Büro in die Küche.

Sie hatte nicht um Wendells Rückkehr in ihr Leben gebeten. Sie konnte auch nichts dafür, dass sie ihn nun zwangsläufig immer traf, seit er im *Reflections* arbeitete. Nicholas' Eifersuchtsanfall war völlig ungerechtfertigt.

Sie stieß die Küchentür auf und stürmte ins Restaurant, wo Wendell ruckartig den Kopf zu ihr wandte. Wütend starrte sie ihn an. Hätte er die Grenzen ihrer „Bekanntschaft" und ihre feste Beziehung respektiert, wäre Nicholas jetzt nicht so sauer.

Als sie zur Bar lief, schrak Alexis zusammen. „Scheiße, Zee, was ist los?"

„Wir gehen. *Jetzt.*" Zienna packte sie am Arm und zerrte sie vom Barhocker herunter.

„He, lass mich wenigstens meinen Drink abstellen!", protestierte Alexis. Hastig rammte sie das Glas auf die Theke und verschüttete dabei mehrere Tropfen.

Zienna verließ zielstrebig das Lokal, und die Freundin folgte ihr auf dem Fuß.

„Was ist passiert, Zee?" Zienna schwieg eisern, bis sie das Auto erreicht hatten.

Erst dann antwortete sie ihrer Freundin: „Nicholas ist sauer."

„Uh – oh … Also hatte ich recht." Alexis hatte schon früh am Abend angemerkt, dass Nicholas eine Laus über die Leber gelaufen wäre.

„Sieht so aus. Er glaubt, ich hätte den ganzen Abend mit Wendell geflirtet."

Sie rammte den Schlüssel ins Zündschloss und startete den Motor. Im Rückspiegel sah sie Wendell vor dem Restaurant stehen. War er herausgekommen, um mit ihr zu reden?

Wie auch immer, sie schaltete in den Rückwärtsgang und steuerte den Wagen aus der Parklücke. Mit quietschenden Reifen raste sie vom Parkplatz.

Alexis klammerte sich an den Türgriff. „Entspann dich mal!"

„Meinst du, ich hätte Wendell gebeten, in die Stadt zurückzukommen?", fauchte Zienna. „Ganz sicher nicht!"

„Was genau hat Nicholas gesagt?"

„Jedes Mal, wenn er sich umgedreht habe, sei ich mit Wendell zusammen gewesen. Eine Lüge! Und dann faselte er noch, ich hätte Wendell angestarrt."

„Sicher wird Nicholas sich beruhigen und einsehen, was für ein Idiot er war."

„Schön wär's … Oh, verdammt, wenn er bloß wüsste, was wirklich geschehen ist! Was ich zu Wendell gesagt habe!"

Alex wandte sich zu ihrer erbosten Freundin. „Was ist denn geschehen?"

Nach einem tiefen Atemzug schilderte Zienna die Ereignisse am Anfang des Abends.

„Hmmm", murmelte Alexis, „das überrascht mich nicht. Ich hab's ja gesagt. So leicht wird Wendell nicht aufgeben."

„Ich habe ihn unmissverständlich aufgefordert, dass er mich in Ruhe lassen soll. Nur das zählt. Und Nicholas führt sich auf, als hätte ich mit seinem Freund im Hinterzimmer gefickt."

„Kann ich ihm nicht verübeln", erwiderte Alexis vorsichtig. „Wendell ist – scharf auf dich. Und wenn es jemanden gäbe, bei dem du schwach werden würdest …"

„Bitte, Alex", zischte Zienna. „Nicht jetzt."

„Sorry."

Frustriert schlug Zienna mit einer Faust auf das Lenkrad. „Weißt du, was völlig verrückt ist? Diese Nacht sollte ich mit Nicholas verbringen. Wir müssten die erfolgreiche Eröffnung seines neuen Restaurants feiern und stundenlang wilden Sex haben. Stattdessen wirft er mir diesen Quatsch vor und ruiniert alles."

Während der restlichen Fahrt zu ihrem Apartment kochte sie immer noch vor Zorn. Alexis bot ihr an, für eine Weile mit nach oben zu kommen.

Das lehnte Zienna ab. „Sei nicht böse, ich bin nicht in Stimmung und gehe sofort ins Bett."

Und genau das tat sie. Nachdem sie sich ausgezogen, gewaschen und abgeschminkt hatte, kroch sie erschöpft unter die Decke.

Etwa zwanzig Minuten später klopfte es an der Tür des Apartments. Verwirrt und unwillig richtete sie sich auf. War wieder einmal jemand hinter einem Mitbewohner ins Haus gelangt? Seufzend stieg sie aus dem Bett, weil sie vermutete, Alexis wäre beunruhigt und hätte beschlossen, nach ihr zu sehen. Oder Nicholas wollte sich entschuldigen, weil er sich so unmöglich benommen hatte. Sie schlüpfte in ihren Morgenmantel und knipste das Licht im Wohnzimmer an, ging zur Tür und spähte durch den Spion.

Dann wich sie erschrocken zurück. Draußen stand Wendell.

15. KAPITEL

Ein paar qualvolle Sekunden lang überlegte Zienna, was sie tun sollte. Wie gelähmt stand sie da und konnte kaum atmen.

„Mach die Tür auf", sagte Wendell.

Noch immer rührte sie sich nicht.

„Bitte, Zee, lass mich rein."

Ihr schwirrte der Kopf. Und dann drehte sie wie in Trance den Schlüssel herum und öffnete die Tür.

„Hey." Wendell lächelte. Sexy und lässig lehnte er im Türrahmen. So, als wäre sein nächtlicher Besuch ganz normal.

„Was machst du hier?", fragte Zienna.

„Ich habe gesehen, dass du die Party ohne Nicholas verlassen hast."

„Und hast du eine leise Ahnung, warum?", fuhr sie ihn an.

„Wahrscheinlich glaubt er, wir schlafen schon miteinander."

„Genau das ist der Grund, warum du nicht hier sein solltest. Seit deiner Rückkehr nach Chicago machst du mir alles kaputt, was ich mir mühsam aufgebaut habe!"

„Verdammt, ich hab's satt, Theater zu spielen. Jedes Mal, wenn ich dich sehe, soll ich vorgeben, ich würde dich nicht begehren. Ich schaffe es nicht mehr."

Mühsam schluckte Zienna. Das hätte er nicht aussprechen dürfen. Weil ihr sofort heiß wurde. Aber sie erwiderte tapfer: „Du bist hier nicht willkommen."

Er trat einen Schritt vor und zwang sie damit, zurückzuweichen. „Bist du sicher?"

„Ja." Viel zu schwach klang dieses Wort. In dieser Situation wollte sie nicht sein, wollte Wendells Annäherungsversuche nicht ständig abwehren müssen. Würde sie ihn nicht so unwiderstehlich finden, wäre alles viel einfacher …

„Willst du mich nicht bei dir haben?"

Obwohl es eine Frage war, verriet sein Tonfall, dass er

die Antwort kannte. Die Antwort, die Zienna nicht leugnen konnte.

Er machte noch einen Schritt in ihre Richtung, sie trat noch einen Schritt zurück. Dann schloss er die Tür hinter sich, das Klicken schien Ziennas Schicksal zu besiegeln.

Bei Wendells nächstem Schritt bewegte sie sich nicht mehr. Stattdessen erlaubte sie ihm, sie um die Taille zu fassen. Erlaubte ihm, ihren Körper an seine harte Brust zu ziehen. Erlaubte ihm, einen zarten Kuss auf ihren Mund zu hauchen.

„Du solltest nicht – Wendell …“

„Was sollte ich nicht?“ Seine Hand glitt zu ihrem Nacken – so sanft und doch besitzergreifend. „Du hast nicht gesagt, ich soll aufhören.“

Dazu *wollte* sie ihn auffordern. Wegen der Selbstgefälligkeit, die sie in seiner Berührung spürte. Weil er anscheinend wusste, dass sie ihm nicht widerstehen konnte.

Behutsam streiften seine Lippen wieder ihren Mund und entzündeten ein Feuer in ihr. Mit seiner Zungenspitze zeichnete er die Konturen ihrer Unterlippe nach, bevor er zärtlich hineinbiss.

Als Zienna ein leises Seufzen nicht unterdrücken konnte, presste er sie noch fester an sich, küsste sie hungrig … und sie war verloren.

Er strich über ihren Rücken, nach oben zu den Schultern, schob ihr dann eine Haarsträhne aus dem Gesicht.

Dann zog er eine Spur von heißen Küssen über ihr Kinn, am Hals hinab, zur Vertiefung zwischen ihren Brüsten. Ein Schauer lief durch Ziennas Körper. Sie war feucht.

„Wäre ich Nicholas, hätte ich dich niemals ohne mich nach Hause fahren lassen. Nicht nach einem solchen Abend. Und nachdem du so traumhaft ausgesehen hast. Nein, zum Teufel!“ Er berührte die Stelle, die er soeben geküsst hatte, und schob seine Hand in ihren Morgenmantel. „Das war sein Fehler.“

„Warum?" Ziennas Stimme war ein heiseres Stöhnen. Aber ein Teil ihres Verstandes funktionierte immer noch, und sie versuchte, sich daran zu klammern. „Wieso tust du das? Um zu beweisen, dass du mich verführen kannst, wenn du es willst?"

Nun griff er nach dem Gürtel ihres Morgenmantels. Wie erstarrt stand sie da. Wenn er sie ausziehen wollte, wäre sie unfähig, ihn daran zu hindern.

Doch er verknotete den Gürtel, der sich gelockert hatte, nur etwas fester, seine Hände sanken hinab. Sobald er Zienna nicht mehr berührte, begann sie seltsamerweise zu frösteln.

„Gar nichts möchte ich beweisen, Zee. Hier geht's nicht um eine schnelle Nummer in deinem Bett." Er hielt ihr eine Hand hin. „Komm, setzen wir uns. Reden wir."

Zienna wollte seine Hand ignorieren, wollte nicht reden. Wenn sie mit Wendell eine Grenze überschritt, sollte er sie einfach nehmen, wie er es so oft getan hatte.

Nachdem sie einige Sekunden lang gezögert hatte, ergriff sie seine Hand. Er führte sie so selbstverständlich ins Wohnzimmer, als wäre er dort zu Hause, drückte sie aufs Sofa und setzte sich zu ihr.

Eine Zeit lang schauten sie sich einfach nur an. Keiner brachte ein Wort hervor. Schließlich senkte Zienna ihren Blick, und Wendell brach das Schweigen.

„Ich möchte wissen, wie du das beurteilst, was ich dir im Café erzählt habe. Über Pam und mich. Ob das okay für dich ist."

Ungläubig starrte sie ihn an und spürte, wie ihre Energie zurückkehrte. Und ihr Zorn. „Meinst du das ernst? Du willst mich ficken, aber nur, wenn ich dir vorher für all deine Missetaten die Absolution erteile?"

„Ja – in gewisser Weise. Es ist mir wichtig, dass du mir verzeihen kannst."

„Brauchst du das für dein Ego? Geht's dem nicht ohnehin

schon großartig?“ Zienna zog den Morgenmantel enger um ihren Körper. „Zweifellos hat dir meine Reaktion auf deine Anmache soeben bewiesen, wie sehr du mich immer noch reizt. Obwohl ich so was nicht empfinden dürfte. Aber vergeben und vergessen? Zur Hölle mit dir, Wendell! Warum solltest du *alles* kriegen, was du willst?“

„Dich zu verletzen – das hat auch mir wehgetan.“ Er besaß doch tatsächlich die Frechheit, zerknirscht zu seufzen.

„Erspar mir den Blödsinn.“ Entschieden schüttelte Zienna den Kopf. „Warum sagst du nicht einfach, du willst mit mir ins Bett? Das könnte ich immerhin respektieren.“

„Ich habe dir von Pam erzählt. Und von Jeremiah.“

„Um bei den Fakten zu bleiben – *Nicholas* hat mir von Pam erzählt. Danach musstest du deine Lügen notgedrungen korrigieren.“

„Ja, ich weiß. Aber dann habe ich dich lückenlos informiert. Das hatte ich schon vorher geplant.“

„Und du meinst, das würde alles ändern?“ Sie wollte sich nicht daran erinnern, wie schmerzlich er sie verletzt hatte.

„Nein, doch ich hatte gehofft, du würdest mich nicht mehr so anstarren“, erwiderte er leise. „So wie jetzt.“

Sie verspürte Zorn und Trauer, Lust und Sehnsucht – alles gleichzeitig. „Da erwartest du zu viel“, sagte sie nach einer kurzen Pause.

„Weil du Nicholas liebst?“

„Weil du mein Herz gebrochen hast!“ Zienna sprang auf und begann umherzuwandern. Warum hatte sie ihn überhaupt hier hereingelassen? Warum bot sie ihm eine Gelegenheit, sein Verhalten zu rechtfertigen? Sie wandte sich in seine Richtung, vermied aber einen Blickkontakt. „Ich will, dass du verschwindest.“

Wendell stand nun ebenfalls auf, ging zu ihr und umfasste ihre Schultern. „Schau mich an“, befahl er. Unwillkürlich gehorchte sie. „Während der ganzen Zeit in Texas habe ich dich nie vergessen. Niemals. Und dann verlor ich meinen Sohn …“

Abrupt verstummte er und atmete tief durch. Seine Trauer wirkte fast greifbar. Nie zuvor hatte Zienna ihn so verwundbar gesehen. Stets war er selbstbewusst und sexy gewesen, hatte genau gewusst, was er tun musste, um zu bekommen, was er wollte. Bis er einen Schicksalsschlag erlitten hatte, der jeden Mann in die Knie zwingen würde.

„Der Verlust meines Sohnes änderte alles, Zee, von einem Tag auf den anderen lernte ich eine wichtige Lektion – das Leben ist kurz. Viel zu kurz, um auf irgendwas zu verzichten, nach dem man sich so inständig sehnt. Ich weiß, du bist mit Nicholas zusammen. Aber – ich bitte dich, gib mir eine neue Chance.“

Obwohl ihr Herz raste, zwang sie sich zur Ruhe. „Ganz egal, wie du die Situation jetzt hinstellst, damals war ich die *andere* Frau. Nie hast du deiner Familie oder deinen Freunden von mir erzählt. Ich war dein schmutziges Geheimnis, unser Verhältnis nicht real, im Gegensatz zu meiner Beziehung mit Nicholas.“

Das wollte Wendell offenbar nicht akzeptieren, denn er schüttelte den Kopf. „*Liebst* du Nicholas? Ist es das?“

„Ja.“ Inzwischen hatte sie ihre innere Kraft zurückgewonnen. Um ihre Entscheidung zu bekräftigen, nickte sie mehrmals. „Sosehr ich den Tod deines Sohnes und deine Trennung von Pam auch bedaure – jetzt musst du gehen.“

„Also gut.“ Langsam zog er sich zurück und wandte sich zur Tür. Ohne einen Blick zurückzuwerfen, verließ er das Apartment.

Zienna stieß den Atem aus, den sie unbewusst angehalten hatte. Reglos stand sie im Wohnzimmer und versuchte einzuschätzen, was soeben geschehen war.

Und plötzlich flog die Wohnungstür wieder auf, Wendell stürmte herein. Wie ein Raubtier fiel er über Zienna her, riss sie an sich, presste seine samtweichen Lippen auf ihre und küsste sie – wild, hemmungslos.

Diesmal gab es keine Worte. Keine Fragen. Keine Diskussion, ob es richtig oder falsch war, was sie taten. Wendell hob Zienna einfach hoch, und sie schlang ihre Beine um seine Hüften. Eilig trug er sie zum Schlafzimmer.

Mit einem langen Schritt überquerte er die Schwelle. Nicht allzu sanft ließ er Zienna aufs Bett fallen.

Den Kuss hatte er nicht unterbrochen. Nun schob er ihren Morgenmantel auseinander und entblößte ihre Brüste. Erst jetzt löste er seinen Mund von ihrem, seine Lippen suchten einen Nippel. Begierig saugte er daran, und Zienna stöhnte.

Während er die eine Brustwarze stimulierte, kniff er in die andere, bis sie eine harte Spitze bildete, zu der er seine Zunge wandern ließ. Er leckte, saugte und biss in ihre Nippel.

Zienna rang nach Luft.

„Oh Gott, ich habe dich so sehr vermisst", stieß Wendell heiser hervor, presste ihre Brüste zusammen und nahm die zwei Spitzen zugleich in den Mund.

Einem Orgasmus nahe, schrie Zienna halb erstickt auf.

„Daran erinnere ich mich." Wendell küsste die Unterseite ihrer Brüste. „Oh Baby, so gut erinnere ich mich daran."

Seine Hände massierten ihre Nippel, seine Zungenspitze fand die Vertiefung zwischen ihren Brüsten, zog eine Feuerspur zu ihrem Nabel hinab und kreiste aufreizend darin. Ehe er mit seinem Mund noch tiefer hinabglitt, hielt er ihre Hüften fest. Dann küsste er ihre harte Lustperle durch den zarten Stoff ihres Tangas hindurch, und die Hitze seiner Lippen jagte einen wilden Schauer durch Ziennas ganzen Körper.

Nun hob Wendell den Kopf, richtete sich auf und zog den Tanga über ihre Schenkel nach unten. Dabei nahm er sich genug Zeit, um ihren Anblick zu genießen. Er streifte den zarten Stoff von Ziennas Zehen und küsste die Innenseite eines Fußknöchels. Langsam bewegte er seine Lippen nach oben, küsste die erhitzte Haut bis zum Schenkel hinauf.

Zienna konnte kaum atmen.

Ungeduldig spreizte Wendell ihre Beine weit auseinander und legte seinen Oberkörper zwischen ihre Schenkel. In dieser Position war sie ihm völlig ausgeliefert, das Licht, das durch die offene Wohnzimmertür hereindrang, gestattete keine Geheimnisse. Er berührte Zienna nicht, schaute sie einfach nur an, als würde er ein Kunstwerk bewundern.

„So sehr habe ich diesen Anblick vermisst, wie du nackt und willig vor mir liegst. Oh, du bist so nass!"

Sie beobachtete, wie heiße Lust seine Augen verdunkelte. Allein schon die Art, wie er sie anschaute, erregte sie so sehr, dass sie zu kommen glaubte.

Zärtlich begann er sie zu streicheln, zitternd rang sie nach Luft. Dann näherte er seinen Mund ihrer Klit.

Und – oh, die Magie dieser Berührung! Die Augen geschlossen, warf Zienna ihren Kopf in den Nacken und seufzte wohlig, während Wendell mit seiner Zunge all die richtigen Stellen fand und mit seinen Fingern tief in ihre feuchte Mitte eintauchte.

Um den Reiz noch zu erhöhen, presste sie Wendells Kopf zwischen ihre Schenkel. Nun wurde seine Stimulation sanfter, immer langsamer bewegte er seine Zunge.

Und da kam Zienna. Gigantisch. Überwältigend. Erst nachdem jede einzelne Welle ihres Höhepunkts verebbt war, beendete er das berauschende Vorspiel.

Dann stand er auf und begann, sich auszuziehen.

Heftig hob und senkte sich ihre Brust, als sie sah, wie sein Hemd und seine Hose zu Boden fielen.

Nun war es geschehen, zusammen mit Wendell hatte sie die Grenze überschritten, mit einem der süßesten Orgasmen ihres Lebens.

Für Schuldgefühle war es zu spät.

Er ließ die Boxershorts fallen. Sofort weckte der Anblick seiner massiven Erektion ein neues Verlangen in ihr. Zienna setzte sich auf, hielt ihm die Arme entgegen.

Gehorsam trat er zu ihr, und sie berührte seinen Schwanz, schaute ihn einfach nur an, so wie er vorhin ihre Muschi. Sie streichelte ihn, küsste die samtige Spitze.

Wendell nahm ihr Gesicht in beide Hände, neigte sich hinab und küsste sie. Ganz tief schob er seine Zunge in ihren Mund.

„Leg dich hin, Zee-Zee", bat er und benutzte den Kosenamen, den er ihr damals gegeben hatte. „Zeig mir noch einmal deine süße Pussy, zeig mir, dass du bereit für mich bist."

„Das bin ich." Sie streckte sich ihm entgegen. Jetzt müsste sie ihn abweisen und betonen, sie wären schon zu weit gegangen.

Das tat sie nicht.

Weil sie in diesem Moment nichts sehnlicher wünschte, als ihn in sich zu spüren.

Die ganze restliche Nacht lang.

Wendell riss Zienna in seine Arme und streckte sich auf dem Rücken aus und half ihr, ihn zu besteigen. Während sie sich über ihm positionierte, saugte er an einer ihrer Brustwarzen. Mühelos drang er in sie ein.

Von schierer Ekstase erfüllt, schrie Zienna auf, Wendells Stöhnen mischte sich mit ihrem eigenen. Er umklammerte ihre Hüften, schnell und hart stieß er zu. Um ihn möglichst tief in sich aufzunehmen, kam sie ihm entgegen.

Bald fanden sie einen gemeinsamen Rhythmus. Den Kopf in den Nacken gelegt, stöhnte Zienna.

Wendell reizte ihre Nippel. „Schau mich an, Zee-Zee, schau mich an."

Da neigte sie sich nach vorn und las in seinem Gesicht ein maßloses Glück, das ihre eigenen Gefühle widerspiegelte.

„Ja, Baby", keuchte er und schob seine Finger in ihren Mund. „Oh ja. Genau diesen Glanz in deinen Augen will ich sehen."

Während Zienna an seinen Fingern saugte, beschleunigte er sein Tempo. *Danach* hatte sie sich vier Jahre lang gesehnt, *das* war es, was sie so schmerzlich vermisst hatte.

Wendell umfasste ihren Nacken, zog ihren Kopf zu sich hinab und küsste sie. In ihrem Mund bewegte sich seine Zunge so dynamisch und drängend wie sein Penis in ihrem Körper.

Ein immer süßerer Rausch, schwindelerregend …

„Ja, Zee-Zee", flüsterte Wendell an Ziennas Lippen, und sie kam wieder, von noch stärkeren Wogen erschüttert als beim ersten Mal.

Als sie wieder zu sich kam, hatte sie nur noch einen einzigen Gedanken: Wie, zum Teufel, konnte etwas falsch sein, was sich so gut anfühlte?

16. KAPITEL

Die Nacht war ein verwirrender Wirbelsturm gewesen, unerwartet und aufregend, und Zienna hatte sich völlig in diesem Erlebnis verloren.

Aber jetzt, am Morgen – nur wenige Stunden nachdem Wendell ihre Stirn geküsst und erklärt hatte, er müsse gehen –, erwachte sie und konnte das alles kaum glauben.

Sie hatte mit Wendell geschlafen, sie hatte ihn wieder in ihr Bett gelassen. Unfassbar, es war tatsächlich passiert.

Noch schlimmer, sie fühlte sich großartig. In ihrem ganzen Körper spürte sie immer noch ein wunderbares Prickeln. Wendell hatte ihr genau den Sex gegeben, den sie brauchte. Den sie sich nach der erfolgreichen Restauranteröffnung am letzten Abend von Nicholas gewünscht hatte.

Stattdessen hatte Nicholas sie rasend vor Eifersucht abgewiesen. Und sie hatte genau das getan, was er befürchtete – sie war mit seinem besten Freund ins Bett gegangen.

Bewegungslos blieb sie liegen und starrte zur Zimmerdecke. Der Tag brach an, der Raum begann sich mit Licht zu füllen. Ein neuer Tag. Und sie hatte keine Ahnung, was sie tun sollte.

Einerseits genoss sie die Erinnerung an die sinnliche Nacht, andererseits verachtete und hasste sie sich selbst.

Die meisten Menschen bevorzugten simple Richtlinien. Gut oder Böse. Schwarz oder Weiß. Doch so einfach war das Leben nicht. Das verstand Zienna an diesem Morgen besser denn je. Sie war keine Betrügerin, ganz sicher nicht die Frau, die trotz einer festen Beziehung Affären mit anderen Männern suchte. Aber letzte Nacht hatte sie hemmungslos ihren sexuellen Trieben nachgegeben.

„Oh Gott, Nicholas", flüsterte sie aufgewühlt. Wie würde sie ihm gegenübertreten?

Sie war wütend auf ihn, weil er sie am vorigen Tag so behandelt hatte, als wäre sie ihm bereits untreu geworden. Obwohl sie Wendells Avancen entschieden zurückgewiesen hatte! Nun könnte sie die Ausrede benutzen, die sie von anderen Frauen in ähnlichen Situationen gehört hatte. *Wenn er glaubt, ich betrüge ihn, warum sollte ich's nicht tun?* Nur allzu leicht wäre es, die Schuld auf Nicholas' Wutanfall zu schieben. Doch es würde der Wahrheit widersprechen.

Nein. Für die Nacht mit Wendell war Zienna selbst verantwortlich. Er hatte geplant, sie zu verführen. Aber letzten Endes hatte sie sich verführen lassen.

Hatte Nicholas gewusst, sie würde seinem Freund nicht widerstehen können? Lag es an der Art, wie sie Wendell angeschaut hatte? War es deshalb offensichtlich gewesen, dass sie erneut mit ihm im Bett landen würde?

Die Augen geschlossen, erinnerte sich Zienna, wie sie ihn durch das Guckloch ihrer Wohnungstür gesehen hatte. Sie dachte an ihr Erschrecken – an ihre Erregung, an sein Geständnis, er habe es satt, Theater zu spielen. Hatte er damit nicht nur sich selbst, sondern auch *sie* gemeint?

War es nicht eigentlich schon im Moment des Wiedersehens nach all den Jahren klar gewesen, dass sie wieder im Bett landen würden?

Was Alexis sagen würde, wusste Zienna. Wie schwer es sei, einen Mann zu vergessen, der es einem richtig gut besorgt hatte.

Das konnte Zienna nicht bestreiten. Unzählige Male hatte sie mit Nicholas geschlafen. Nie hatte sie eine so überwältigende Lust wie mit Wendell verspürt. Nicht einmal bei der einzigen Begegnung mit dem „Sexmonster“.

Und doch … Eine ernsthafte Beziehung verband sie mit Nicholas. Wieso war sie ihren niederen Instinkten zum Opfer gefallen?

Stöhnend drehte sie sich im Bett zur Seite und schaute auf die Uhr. Kurz vor sieben. Sie richtete sich auf und griff zum Telefon, um Alexis zu simsen, was passiert war. Außerdem wollte sie nachsehen, ob Wendell ihr eine Nachricht geschickt hatte. Bevor er letzte Nacht gegangen war, hatten sie ihre Nummern ausgetauscht.

Das Display zeigte ihr drei versäumte Anrufe und fünf neue SMS. Zwei von Alexis. Drei von Nicholas. Wie ihr die Anrufliste verriet, hatte Nicholas außerdem dreimal versucht, sie telefonisch zu erreichen.

Sie war enttäuscht und spürte ein seltsames flaues Gefühl im Magen. Was keinen Sinn ergab. Erst vor Kurzem hatte Wendell ihr Bett verlassen. Also durfte sie nicht erwarten, schon jetzt von ihm zu hören.

Aber eine Sekunde später registrierte ihr Gehirn, was ihr Herz bereits wusste. Sie *wollte* von Wendell hören. Oder eine SMS von ihm lesen. Irgendwas, das ihr bewies, dass er nach der heißen Leidenschaft an sie dachte.

Sie war mit ihm ins Bett gefallen. Und obwohl es nur aus reiner Lust hätte geschehen sollen, hatte ihr Herz bereits einen weiten Weg in die Vergangenheit zurückgelegt. Was Wendell jetzt zu ihr sagte, hätte sie früher sehr gern gehört. Und es fiel ihr schwer, nur für Sex zu halten, was letzte Nacht zwischen ihnen geschehen war.

Könnte es etwa mehr sein?

„Sei nicht so blöd!", ermahnte sie sich laut. War sie wirklich so verrückt? Verliebte sie sich schon wieder in Wendell? Unmöglich! Diesen schweren Fehler hatte sie damals gemacht und bitter dafür gebüßt. Nein, was passiert war, musste sie als unverbindlichen Sex betrachten. Sex, den sie genossen hatte. Mehr nicht.

Nicholas' wegen … Oh Gott, Nicholas!

Nachdem sie tief Luft geholt hatte, öffnete sie seine SMS.

Ich war ein Volltrottel, tut mir leid. Bitte, verzeih mir.

Du hast allen Grund, mich zu hassen. Ruf mich bitte trotzdem an.

Zienna, millionenmal, es tut mir wahnsinnig leid. Ich war nicht ganz bei Sinnen. Ruf mich morgen früh an, ich muss wissen, ob zwischen uns alles okay ist. Ich liebe dich.

Ich liebe dich – diese Worte gaben ihr den Rest. Natürlich konnte sie Nicholas nicht anrufen und ihm versichern, zwischen ihnen sei alles *okay*. Nicht nach der heißen Nacht mit Wendell.

Seufzend sank Zienna ins Kissen zurück, blieb noch eine Weile liegen und überlegte, was sie tun sollte. Oder was sie sich wünschte.

„Du willst Wendell nicht", sagte sie sich in strengem Ton. Zweifellos sollte sie seine Nummer löschen. Wenn er sie jetzt anrief – was würde denn dabei herauskommen? Würden sie sich heimlich treffen und verbotenen Sex zelebrieren, ohne irgendwelche Versprechungen? Nein, es war besser, den Kontakt abzubrechen. Und viel besser, wenn sie es bei dieser einen Nacht bewenden ließen.

Sie hatte die berauschenden Intimitäten gebraucht. Warum, wusste nur der Himmel. Jedenfalls war es so gewesen. Nun hatte sie dieses Verlangen befriedigt und konnte sich auf ihre Zukunft mit Nicholas konzentrieren.

Das fand ihr Verstand großartig. Trotzdem fühlte sie sich unsicher. Nur Alexis würde ihr helfen. Sie griff wieder zum Handy und tippte eine SMS.

Oh Gott, letzte Nacht war Wendell bei mir.
Bin total verwirrt.
Muss mit dir reden!

Danach legte sie sich wieder zurück, noch nicht bereit aufzustehen. Wenige Minuten später klingelte das Handy. Hastig nahm sie es vom Nachttisch, checkte das Display und erwartete, den Namen ihrer Freundin zu lesen. Stattdessen rief Nicholas an.

Sie überließ den Anruf der Mailbox.

Während Zienna sich auf die Arbeit vorbereitete, rief Nicholas noch zweimal an. Beide Male meldete sie sich nicht. Sie hatte keine Ahnung, was sie ihm sagen sollte, und sie brauchte etwas mehr Zeit, um wieder klar zu denken.

Um halb acht telefonierte sie mit Alexis und erklärte, sie würde vor der Arbeit zu ihr fahren. Als sie erwähnte, es ginge um Wendell, und keine Einzelheiten hinzufügte, drängte die Freundin sie zur Eile. Dann rief Zienna im Reha-Center an und hinterließ eine Nachricht auf dem Anrufbeantworter, sie würde sich verspäten.

Normalerweise tat sie das nicht. Aber da sie ihren ersten Patienten erst um halb elf erwartete, hatte sie ein bisschen Spielraum. Das Personal wusste Bescheid über die Einweihung des Restaurants und nahm sicher an, sie wäre spät ins Bett gekommen und vielleicht verkatert. Mit Margaret würde es hoffentlich keinen Ärger geben.

Zienna rannte aus ihrem Apartment und traf um acht Uhr fünfundvierzig bei ihrer Freundin ein. Glücklicherweise musste Alexis, die Empfangsdame in einer Veterinärklinik war, erst um zehn zur Arbeit.

Ungeduldig hämmerte sie gegen die Wohnungstür, die Alexis, nur mit einer Bluse und einem Slip bekleidet, sofort öffnete. „Komm rein, und erzähl mir, was Wendell gesagt hat."

Zienna lief wortlos in den Loft, und Alexis schloss die Tür hinter ihr.

„Spann mich nicht auf die Folter …" Als sie sich umdrehte,

runzelte sie verblüfft die Stirn. „Oh mein Gott, er war nicht bei dir, um zu reden?"

Statt zu antworten, stöhnte Zienna.

„Komm mit ins Schlafzimmer, ich muss meine Jeans anziehen."

Aber Zienna folgte Alexis nicht, sie streckte sich im Wohnzimmer auf dem Sofa aus und verschränkte die Hände unter dem Kopf. Was letzte Nacht geschehen war, war kein Traum.

„Zee?", rief Alexis. Ein paar Sekunden später kam sie ins Wohnzimmer und knöpfte ihre Jeans zu. „Was hast du getan, Zee?"

„Das weiß ich nicht", murmelte Zienna.

„Setz dich hin", befahl Alexis. „Ich muss dein Gesicht sehen."

Langsam gehorchte Zienna, und die Freundin musterte sie.

Dann blinzelte Alexis. „Oh mein Gott, es ist passiert!"

„Dazu hast du mir geraten."

„Ich?" Alexis' Augen verengten sich.

„Erinnerst du dich nicht? Du hast gesagt, ich müsste mit Wendell und Nicholas experimentieren."

„Ob ich mich so ausgedrückt habe, weiß ich nicht mehr, aber – okay. Also warst du mit Wendell im Bett? Ist es das, was du mir sagen willst?"

Zienna biss auf ihre Unterlippe. „Ja, das ist es."

„Oh mein Gott!", rief Alexis, diesmal noch lauter. Dann presste sie eine Hand auf den Mund und starrte ihre Freundin halb ehrfürchtig, halb verwirrt an.

„Und? Bin ich jetzt ein Flittchen?"

„Erzähl mir, wie's war!", quietschte Alexis und setzte sich neben Zienna aufs Sofa. „So heiß wie damals? Noch besser?"

„Tu nicht so, als hätte ich was Großartiges erlebt!"

„Etwa nicht?“ Alexis hob eine Braue.

Die Lider gesenkt, dachte Zienna an Wendells Lippen auf allen erogenen Zonen ihres Körpers, an die überwältigende Ekstase, die sie ihm verdankt hatte. „*Doch*, verdammt. Besser als früher.“

„Und wie kam es dazu? Wir haben die Party zusammen verlassen, sind zu deinem Apartment gefahren, und du wolltest sofort ins Bett gehen.“

„Genau das tat ich auch. Etwa eine halbe Stunde nachdem du weg warst, klopfte es an meiner Tür. Ich dachte, du wärst zurückgekommen, weil du nach mir sehen wolltest. Oder vielleicht würde sogar Nicholas mich besuchen … Aber es war Wendell.“ Mit klopfendem Herzen erinnerte Zienna sich an jenen Moment, an ihre plötzliche Erregung, vermischt mit ihrer Unsicherheit.

„Und?“, fragte Alexis. „Du hast ihm doch gesagt, du wärst nicht interessiert. Erst gestern, bei der Eröffnungsfeier.“

„Genau. Deshalb finde ich es umso erstaunlicher, was passiert ist.“ Zienna beugte sich vor und schlug die Hände vors Gesicht. „Natürlich war ich sauer auf Nicholas. Nicht nur, weil er mir vorgeworfen hatte, ich sei den ganzen Abend scharf auf Wendell gewesen. Aber er nahm mich kaum wahr. Obwohl ich nur für ihn dieses sexy Outfit angezogen und auf seine bewundernden Blicke gehofft hatte. Dann war Wendell da. *Der* hat mich zweifellos bemerkt. Ich wollte mich wirklich nicht mit ihm einlassen. Aber ich sah ihm an, wie gut ich ihm in meinem Kleid gefiel. Wie begehrenswert er mich fand, und da fühlte ich mich – besser. Und als er später zu mir kam, konnte ich seinen Küssen nicht widerstehen. Schon gar nicht, als er sagte, ich hätte auf der Eröffnungsparty traumhaft ausgesehen – und Nicholas hätte mir nicht erlauben dürfen, ohne ihn heimzufahren. Immer wilder küsste Wendell mich – und ich tat nichts, um ihn daran zu hindern.“

Bei dieser Erinnerung stieg ihr brennende Schamesröte ins Gesicht, die Gewissensqualen wuchsen.

„Was stimmt denn nicht mit mir?“, fragte sie und schaute auf.

„Mit dir ist alles okay.“ Beruhigend tätschelte Alexis das Knie ihrer Freundin. „Du bist ein Mensch, du bist eine Frau. Und ganz egal, wie nett Nicholas sein mag – er frustriert dich ebenso, wie's mir mit Elliott passiert ist. Wir beide sind uns ähnlicher, als du's vielleicht zugeben möchtest. Wir stehen nicht auf nette Typen.“

Entschieden schüttelte Zienna den Kopf. „Unsinn, ich liebe Nicholas, mehr brauche ich nicht.“ Oder doch? Lag Alexis mit ihrer Einschätzung richtig? „Ich bin glücklich mit Nicholas. Aber aus irgendeinem vermaledeiten Grund fühle ich mich sexuell zu Wendell hingezogen. Nach wie vor.“

„Wenn du es dir auch nicht eingestehen willst – wenn ich so einen scharfen Exfreund hätte … Verdammt, zu dem würde ich immer wieder zurücklaufen. Als ich zum ersten Mal mit Brock gevögelt habe, glaubte ich, in mir wäre endlich irgendwas erwacht. Jemanden zu finden, mit dem man sexuell total übereinstimmt, das kommt nur selten vor. Und sobald man es einmal erlebt hat, will man es immer wieder.“

Nachdenklich hörte Zienna zu und bezweifelte, dass dies auch für sie galt. Mit Nicholas hatte sie großartigen Sex genossen. Welche Rolle spielte es schon, wenn Wendell im Bett etwas besser war? Sicher wurde sie nicht *nur* von ihrer Libido motiviert.

Oder?

Nein, da musste es noch mehr geben. Und nach einem langen Schweigen verstand sie endlich, worum es ging.

„Aaah, jetzt weiß ich, worauf es ankommt“, verkündete sie, maßlos erleichtert, nachdem sie diese bedeutsame Erkenntnis gewonnen hatte. „Es hängt mit der Art zusammen, wie Wendell verschwunden ist. Mit ungeklärten Gefühlen. Zumindest auf meiner Seite. Er hat sich gar nicht richtig verabschiedet und nur gesagt, er müsse gehen. Sonst nichts. Das hat mich tief enttäuscht. Wie verrückt ich nach ihm war, weißt du ja."

„Nach seinem Schwanz", ergänzte Alexis und kicherte – vermutlich um die Stimmung etwas aufzulockern.

Zienna warf ihr einen missbilligenden Blick zu. „Was ich damit sagen will – die letzte Nacht war der letzte Akt unseres Dramas."

„Wenn du's so nennen willst …"

Ärgerlich runzelte Zienna die Stirn. „Also meinst du, nur der Sexualtrieb wäre wichtig, nicht der seelische Einklang zwischen einem Mann und einer Frau? Haben sich deine Ansichten über die Liebe nach deiner Trennung von Elliott plötzlich geändert?"

Alexis senkte die Wimpern. Als sie wieder aufblickte, sah Zienna einen dunklen Schatten in den Augen ihrer Freundin.

„Das habe ich dir noch nicht erzählt, Zee. An dem Abend, als ich Brock kennengelernt habe …"

„Ja?"

„Bevor ich mit dir ausgegangen bin, habe ich mit Elliott telefoniert. Da gestand er mir, dass er mich schon seit Monaten vor der Trennung betrogen hatte. Er glaubte, ich hätte es irgendwie herausgefunden und deshalb Schluss gemacht."

„Was?", rief Zienna konsterniert.

„Ja. Mein netter, guter Typ. Obwohl ich geschworen hätte, er würde mir stets die Treue halten. Er behauptete, wegen dieser Liaison wäre ihm klar geworden, dass er nur mich wollte – ein schwacher Trost …"

Beinahe brach Alexis' Stimme. Es war offensichtlich, wie nahe ihr Elliotts Affäre immer noch ging, obwohl sie schon lange kein Paar mehr waren.

Nun verstand Zienna, wieso ihre Freundin sich an jenem Samstagabend im Club so betrunken hatte. „Warum hast du mir das nicht früher erzählt?", flüsterte sie erschüttert.

„Keine Ahnung. Ich war schockiert. Gedemütigt ... Damals konnte ich nicht damit umgehen. Da wusste ich nur eins – ich musste ausgehen und jemand anderen kennenlernen."

„Alex ..."

„Nein, schau mich nicht so an. Ich finde Elliotts Geständnis okay. Dadurch wurde ich gezwungen, ernsthaft nachzudenken. Ich ging aus, traf Brock, und da merkte ich es: Sex kann eine stärkere Antriebskraft haben als Liebe. Alles, was jetzt mit dir und mir geschieht ... Ja, ich weiß, ich wiederhole mich wie eine angeknackste Schallplatte. Jedenfalls weiß ich, wir Frauen wollen uns ebenso wenig mit unbefriedigendem Sex begnügen wie die Männer. Gewiss, er ist nicht das Einzige. Aber er bedeutet sehr, sehr viel."

Unschlüssig zuckte Zienna die Achseln. Auf dem College und im Lauf ihrer physiotherapeutischen Arbeit hatte sie mit zahlreichen Männern diskutiert und gegen deren Ansicht protestiert, Sex wäre die wichtigste Komponente einer Beziehung. Nun wusste sie nicht, ob sie Alexis zustimmen sollte.

„Es geschah nicht nur aus Lust, dass ich mit Wendell ins Bett gehüpft bin. Es lag auch an meiner Wut auf Nicholas. Ich ärgerte mich über seine ungerechtfertigte Eifersucht, denn ich hatte geglaubt, solche Probleme hätten wir schon am Anfang unserer Beziehung gelöst. Ganz zu schweigen von meiner Enttäuschung über sein Desinteresse gestern Abend. Nur einen einzigen Blick, der mir bestätigt hätte, wie hinreißend ich aussah."

„Den hat Wendell dir mehrmals zugeworfen."

„Ja." Seufzend schüttelte Zienna den Kopf. „Blöd, nicht wahr? Alles, was wir uns wünschen, ist ein guter Kerl. Zumindest reden wir uns das ein. Wir sehnen uns nach einem netten, liebevollen, einfühlsamen Mann. Dann kriegen wir einen und fangen an, seine Defizite zu suchen."

„Oder er bumst heimlich eine andere", betonte Alexis.

„Oh Gott, Alex, ich weiß nicht, was ich sagen soll …"

„Vergiss es. Wäre der Sex mit Elliott so gewesen, wie ich es wollte, hätte ich ihm nicht den Laufpass gegeben und nie von seiner Affäre erfahren. Und wenn du mit Nicholas den Sex hättest, an den du Tag und Nacht denkst, würdest du seine Fehler oder Schwächen gar nicht bemerken. Sag mir doch, ich würde mich irren! Erst nachdem Wendell verschwunden ist, hast du angefangen, das ganze Drumherum zu checken. Dass du seine Familie und seine Freunde nicht kennst, dass ihr mehr Zeit im Schlafzimmer als außerhalb verbracht habt und …"

„Schon gut, ich hab's kapiert", unterbrach Zienna ihre Freundin, weil sie nicht widersprechen konnte. Aber war sie so naiv gewesen, Lust mit Liebe zu verwechseln? Eigentlich hatte sie stets angenommen, sie wäre intelligenter.

„Nun?" Belustigt zog Alexis die Brauen hoch. „Wirst du Wendell wiedersehen?"

„Soeben hast du mich daran erinnert, dass ich mir vor vier Jahren was vorgemacht habe."

„Inzwischen hat sich einiges geändert."

„Wieso? Nur weil wir miteinander geschlafen haben?"

„Nein, weil er dir von Pam und seinem Sohn erzählt hat. Glaub mir, Zee, wenn er nichts für dich empfinden würde, hätte er sich nach dieser langen Zeit wohl kaum an dich herangemacht."

Sie hilft mir nicht, dachte Zienna. Kein bisschen. Herausfordernd fragte sie: „Müsstest du mich nicht vor einem Wiedersehen mit Wendell warnen?"

„Nur wenn du ihn nicht mehr treffen *willst*."

Auf der Fahrt zu Alexis hatte Zienna entschieden, das Kapitel Wendell wäre endgültig beendet. Aber jetzt … Empfand er wirklich etwas für sie? Und wenn ja – spielte es eine Rolle? „Was ich will, weiß ich nicht. Verdammt, warum sagst du nicht einfach, ich soll ihm aus dem Weg gehen?"

Lässig winkte Alexis ab. „Das steht mir nicht zu. Würde ich dir dazu raten, wäre ich eine schreckliche Heuchlerin – im Hinblick auf alles, was gerade in meinem eigenen Leben passiert. Nein, ich finde, du musst selber rausfinden, was du willst. Gerade jetzt ist es wichtiger denn je. Nicholas hat zweifellos ein gewisses Potenzial. Aber Wendell vielleicht auch …"

„Mag sein. Oder vielleicht wollte ich ihm nur zeigen, was ihm entgangen ist, als er mich verlassen hat. Wovor er weggelaufen ist." Ziennas Perspektive wurde immer klarer. „Und das ist mir gelungen."

„Also wirst du ihn nicht wiedersehen?"

„Nein, ich glaube nicht."

Alexis stand auf. „So gern ich auch den ganzen Vormittag mit dir hier rumhängen würde – ich muss los."

Nach einem Blick zur Wanduhr stand Zienna ebenfalls auf. Schon zwanzig nach neun. „Klar. Ich bin ohnehin schon spät dran. Danke, dass du mir zugehört hast."

„War's tatsächlich so gut?", flüsterte ihre Freundin verschwörerisch. „Nach all den Jahren?"

„Himmlisch."

„Ja, natürlich." Alexis strahlte über das ganze Gesicht. „Ach, zum Teufel …"

„Was heißt das?"

„Nun – es wird dir schwerfallen, darauf zu verzichten, meinst du nicht auch?"

Daran wollte Zienna jetzt nicht denken. „Was soll ich mit Nicholas machen? Muss ich's ihm sagen?"

In einer solchen Situation war sie noch nie gewesen. Niemals hatte sie gedacht, sie könnte einen geliebten Mann betrügen. Einen so leichtfertigen Seitensprung hatte sie sich nie zugetraut. So ein Typ war sie nicht. Deshalb fand sie es umso schlimmer, dass es trotzdem passiert war.

„Bist du verrückt?“, japste Alexis. „Wann hast du jemals einen Kerl gesehen, der seine sexuellen Eskapaden gestanden hätte? Weder Elliott noch …“ Statt den Satz zu beenden, zuckte sie die Achseln. Aber sie erinnerte Zienna mit einem vielsagenden Blick an Wendells Verhalten vor vier Jahren.

„Ja, ich weiß, ich sollte Wendell hassen. Und – ich verstehe einfach nicht, wieso ich mich wieder mit ihm eingelassen habe.“

„Es hat dich gejuckt, und du musstest gekratzt werden“, erwiderte Alexis in beiläufigem Ton. „Und was du vorhin gesagt hast – Wendell sollte merken, was ihm entgeht … Ich glaube, da ist was dran. Erst sieht er, wie toll du aussiehst, weiß aber, dass du zu seinem Freund gehörst. Dann hat er wilden Sex mit dir, und da wird ihm klar, er hätte sich vor vier Jahren für dich entscheiden sollen, nicht für Pam. Das hast du letzte Nacht erreicht.“

„Genau!“, stimmte Zienna zu. „Aber – Nicholas …“

„Was er nicht weiß, macht ihn nicht heiß.“

Erneut sprach Alexis mit einer Nonchalance, die nicht zu ihr passte. Nachdem sie von Elliotts Untreue erfahren hatte, war sie anscheinend verbittert und zynisch geworden. Zienna hatte erwartet und gehofft, ihre Freundin und deren Ex würden wieder zueinanderfinden. Dazu würde es wohl kaum kommen.

„So viele Frauen hängen herum“, fuhr Alexis fort, „verzehren sich vor Sehnsucht nach ihren Kerlen und wünschen sich inständig, die wären ihnen treu. Während die Jungs losziehen und tun, was sie tun müssen. Übrigens bist du nicht mit Nicholas verheiratet. Sobald du ‚Ja, ich will‘ gesagt hast, ist es was anderes. Genau genommen bist du immer noch Single. Manchmal nimmt uns Menschen der Traum von dem

Richtigen oder der Richtigen gefangen, und wir lassen uns gedankenlos auf feste Beziehungen ein. Erst später merken wir, was uns dabei fehlt, und wollen etwas anderes. Nach meiner Meinung soll dir die Nacht mit Wendell zeigen, wie sehr du Nicholas wirklich liebst. Oder dass du und Nicholas eben doch nicht füreinander bestimmt seid."

17. KAPITEL

Am späten Nachmittag hatte Wendell noch immer nicht angerufen, und Ziennas Wut wuchs.

Nicht nur auf ihn war sie sauer, auch auf sich selber. Während der Arbeit hatte sie alle zehn Minuten ihr Handy gecheckt und auf einen Anruf oder eine SMS gehofft. Aber Wendell meldete sich nicht.

Offenbar hatte er sie nur ins Bett kriegen wollen. Mehr nicht. Und seine Bitte, sie möge ihm eine neue Chance geben – reiner Unsinn!

Auf dem Weg zum Parkplatz wünschte sie, er würde neben ihrem Auto stehen. So wie früher. Verdammt, sie musste mit ihm reden und wissen, was in seinem Kopf vorging – ob er zum Beispiel plante, Nicholas zu erzählen, was passiert war, oder ob er die Nacht mit ihr einfach vergessen wollte.

Sie setzte sich ans Steuer und knallte die Tür zu. Ganz klar – Wendells Schweigen verriet ihr deutlich genug, was in seinem Kopf vorging.

Oh Gott, wie dumm sie war! Wieso hatte sie sich wieder mit ihm eingelassen? Er musste nur auftauchen und sagen, er würde sie begehren, und schon war es um sie geschehen.

Du wolltest ihm zeigen, was er verpasst hat. Dass du die bessere Wahl warst als Pam.

Irgendwie klang das falsch. Ja, im Nachhinein konnte sie sich einreden, sie hätte ihm beweisen wollen, was ihm entgangen war. Und das hatte sie geschafft. Nur – in seinen Armen hatte sie nicht daran gedacht. Erst später. Und jener Beweis war wohl kaum ein Triumph, wenn Wendell sie schon wieder vergessen hatte. Jetzt fühlte sie sich nicht mehr wie eine Siegerin, sondern wie eine Idiotin.

Sie startete den Motor, dann dachte sie an Nicholas' SMS.

Er nahm die Schuld an dem Streit auf sich. Und er bat sie um Verzeihung.

Weil Zienna nicht sicher war, was sie ihm sagen sollte, hatte sie beschlossen, ihn erst nach der Arbeit von zu Hause aus anzurufen. Wenn sie ihm ihre Sünden gestand – hatte die Beziehung trotzdem eine Zukunft? Diese Frage lastete bleischwer auf ihrer Seele.

In ihrem Apartment streifte sie die High Heels von den Füßen, schloss die Tür und lehnte sich dagegen. Der Stress der letzten vierundzwanzig Stunden forderte seinen Tribut. Vielleicht würden ihr ein heißes Bad und ein gutes Buch helfen, bevor sie mit Nicholas telefonierte. Was sie ihm sagen würde, wusste sie noch immer nicht. Aber inzwischen neigte sie eher zur Ehrlichkeit.

Während sie die Wasserhähne ihres Jacuzzis aufdrehte, klopfte es an der Wohnungstür. Sofort begann es in ihrem Bauch zu prickeln.

Wendell?

Nur mit einem Hemd über ihrem BH und einem Slip bekleidet, lief sie zur Tür, spähte durch den Spion – und die freudige Erregung wurde von Angst verdrängt. Da draußen stand Nicholas.

Für ein paar Sekunden schloss sie die Augen, bevor sie die Tür öffnete. Es war unvermeidlich. Nicholas zu sehen, mit ihm zu reden. Und ihm den Seitensprung zu gestehen.

Er stürmte ins Apartment und riss sie in seine Arme. „Oh Baby, es tut mir leid – so leid."

Ganz fest drückte er sie an sich, als wollte er sie nie mehr loslassen, und schürte ihre Schuldgefühle. Wenn er sie auch schlecht behandelt hatte – ihre eigene Sünde war schlimmer.

„Nicholas – wir sollten reden."

Sie versuchte, sich von ihm zu lösen.

Aber er hielt sie fest. „Nein, es gibt nichts zu sagen." Er hob den Kopf, um sie anzuschauen. „Nur dass du mir verzeihst. Bitte, vergib mir, was für ein Trottel ich war. Wie konnte ich dir nur vorwerfen, du hättest mit Wendell geflirtet! Unfassbar! Ich weiß doch, dass das mit euch längst vorbei ist. Es tut mir so leid."

„Nicholas ..."

„Bitte!" In seiner Stimme schwang eine Verletzlichkeit mit, die Zienna zum ersten Mal hörte. „Sag mir einfach nur, du würdest mir verzeihen und wir könnten den dummen Streit vergessen. Noch keine vierundzwanzig Stunden ist es her. Allein schon der Gedanke, du willst mit mir Schluss machen, bringt mich fast um – so viel bedeutest du mir."

Da entschloss sie sich zur einzigen Reaktion, die ihr in diesem Moment möglich erschien. „Schon gut, denken wir nicht mehr daran."

„Oh Baby!" Erleichtert küsste er sie. „Ich liebe dich, Zee. Bitte, daran darfst du nie zweifeln. Egal, was ich sage oder tue – ich liebe dich."

Dann küsste er sie wieder, diesmal sehr lange und zärtlich, und sie spürte, wie er sich entspannte. Bald änderte sich der Kuss. Nicholas' Zunge umkreist ihre, immer fester presste er Zienna an sich.

„Oh ja, berühre mich, Zee. Ich bin schon ganz hart."

Etwas verblüfft, weil sich die Dinge so schnell entwickelten, griff sie nach unten und legte ihre Hand über seine Erektion.

Dabei drängte sich der Gedanke an Wendell auf, der erst vor etwa zwölf Stunden seine Hand in ihren Morgenmantel geschoben hatte. „Nicholas ..."

„Nein, nicht jetzt." Er küsste sie noch hungriger. „Keine Diskussion. Ich brauche dich, ich will dich nackt. Sofort."

„Aber – das Restaurant ..."

„So wichtig wie du ist es nicht. Sorry, dass du gestern Abend was anderes glauben musstest."

In aller Eile hob er sie hoch, so mühelos, als würde sie nur zehn Pfund wiegen, und trug sie ins Schafzimmer, wo er mit ihr aufs Bett sank. Durch ihr Shirt hindurch streichelte er ihren Busen. Seine Lippen streiften ihr Kinn, ihren Hals, dann riss er das Hemd auf und vergrub sein Gesicht zwischen ihren Brüsten.

„Du bist wunderschön", keuchte er und begann, mit ihren Nippeln zu spielen. „Verlass mich nicht. Niemals, Baby."

Noch während er sprach, ließ er seine Hand zwischen ihre Beine gleiten. Zienna vermochte kaum zu atmen. Jetzt konnte sie Wendell unmöglich erwähnen – nicht wenn Nicholas so etwas zu ihr sagte.

Als er sanft über ihre Perle rieb, seufzte sie lustvoll, obwohl es sich falsch anfühlte. An ihren Laken haftete immer noch Wendells Geruch ...

Nicholas berührte stöhnend ihre feuchte Mitte. Er öffnete ihre Schamlippen, drang tief in sie ein, erst mit einem, dann mit zwei Fingern. Da stieß Zienna ein leises Wimmern aus und bäumte sich auf.

Das genügte, um rasendes Verlangen in Nicholas zu entfesseln. Er zog ihr nicht einmal das Höschen aus, zerrte es einfach zur Seite und versenkte seinen Kopf zwischen ihren Schenkeln.

Mit seiner heißen, gnadenlosen Zunge begann er sie zu stimulieren. Sobald sich ihr Orgasmus ankündigte, umklammerte er ihre Hüften und leckte sie noch gieriger. Seine Finger beschleunigten ihren Rhythmus, bis sie ihre Schreie nicht mehr kontrollieren konnte.

Schließlich riss er ihr den Slip vom Leib und stieß so tief wie nur möglich in sie rein. Bei jedem kraftvollen Stoß gab er animalische Laute von sich.

Das war nicht Nicholas, sondern das Sexmonster.

Und er hatte sie besucht, um sie für sich zu beanspruchen.

So wie Wendell letzte Nacht.

Und obwohl Zienna den ungestümen Liebesakt genoss, war ihr eines bewusst: Zum ersten Mal in ihrem Leben hatte sie innerhalb von vierundzwanzig Stunden Sex mit zwei verschiedenen Männern gehabt.

„Hey." Als Zienna die Augen öffnete, drückte Nicholas einen Kuss auf ihre Stirn. „Guten Morgen."

„Wie spät ist es?"

„Kurz nach zehn?"

„Oh mein Gott! So lange habe ich geschlafen?"

Leicht verlegen grinste er. „Nun ja, es war eine sehr aufregende Nacht."

Das stimmte. Entschlossen und zielstrebig hatte er sie genommen, sowohl wild und hemmungslos als auch behutsam und liebevoll. Falls Zienna jemals an seiner Ausdauer und Virilität gezweifelt hatte, war ihre Skepsis restlos beseitigt worden.

„Nur gut, dass heute Samstag ist." Seufzend reckte sie sich. Beim besten Willen hätte sie es nicht geschafft, aufzustehen und zu arbeiten. Sie wusste nicht einmal, ob sie gehen konnte. Erst Wendell, dann Nicholas … Sie war völlig ausgelaugt und wund. Mindestens eine Woche lang würde sie keinen Sex mehr brauchen.

„Ich habe dir einen Cappuccino gebracht", sagte Nicholas und zeigte zum Nachttisch, auf dem eine Tasse stand. Erst jetzt merkte Zienna, dass er nicht unter der Decke, sondern darauf lag. „Was willst du frühstücken? Crêpes? Omelettes?"

„Im Moment weiß ich nur eins – ich will nirgendwohin gehen, ich muss mich erholen."

„Sorry", entschuldigte er sich und lachte leise. „Das Sexmonster ist ein bisschen außer Kontrolle geraten. Aber es war großartig, nicht wahr?"

„Es war … Wow! Deshalb muss ich ja im Bett bleiben."

Er küsste ihre Wange. „Was für ein Glück du hast! Dein Freund ist nämlich ein Spitzenkoch und kann in deiner Küche ein erstklassiges Frühstück machen.“

„Oh, ich glaube, mein Kühlschrank ist leer.“

„Stimmt, ich habe schon nachgeschaut. Sag mir, was du willst, und ich laufe los und besorge alles, was ich brauche.“

Gerührt streichelte Zienna seinen Arm. „Du bist so gut zu mir.“

„Das war ich wirklich nicht. Aber es wird sich ändern.“ Er griff nach ihrer Hand und küsste die Fingerknöchel. „Crêpes oder Omelettes?“

„Da ich selber halbwegs anständige Omelettes braten kann, hätte ich gern Crêpes. Mit Erdbeeren und Schlagsahne?“

„Kein Problem.“

Nicholas zog sich an und nahm Ziennas Schlüsselbund vom Toilettentisch.

Erst nachdem er gegangen war, setzte sie sich auf, nahm ihr Handy vom Nachttisch und drückte die Taste für das Display. Nach dem ersten Liebesakt mit Nicholas hatte sie verstohlen den Klingelton ausgeschaltet, für den Fall, dass Wendell anrufen würde.

Sie checkte die Anrufliste. Tatsächlich, Wendells Name erschien auf dem Display.

Nur ein einziges Mal hatte er angerufen und dann per SMS um ihren Rückruf gebeten. Ob er sie vermisste oder an sie dachte, hatte er nicht erwähnt.

Zienna drückte Alexis' gespeicherte Nummer. Nach dem vierten Läuten meldete sich die Voicemail. Sie hinterließ keine Nachricht. Später, wenn Nicholas zur Arbeit gefahren war, würde sie noch einmal versuchen, ihre Freundin telefonisch zu erreichen. Sie wollte ihr iPhone auf den Nachttisch zurücklegen. Doch dann beschloss sie spontan, Wendell eine SMS zu schicken.

Zwischen uns ist einiges außer Kontrolle geraten. Im Moment ist Nicholas bei mir. Bitte, ruf nicht an, und komm auch nicht hierher. Am besten vergessen wir, was passiert ist. Es hat Spaß gemacht, aber es wird sich nicht wiederholen.

Voller Genugtuung atmete sie auf und legte das Handy beiseite. Diesmal war *sie* es, die Schluss machte.

Kurz nach halb zwölf erklärte Nicholas, er würde nun zum Restaurant fahren. Er hatte ihr köstliche Crêpes mit einem Mix aus verschiedenen frischen Beeren und Schlagsahne serviert und sich entschuldigt, weil er arbeiten musste. An diesem Samstag wurde das *Reflections on the Bay* für die Allgemeinheit geöffnet, und das war ohne die Anwesenheit des Chefs unmöglich.

„An jedem anderen Tag würde ich den Job sausen lassen und bei dir bleiben", beteuerte er. „Ich bin ohnehin schon spät dran. Aber Wendell wird schon dort sein und die Stellung halten, bis ich komme."

„Ja, sicher." Zienna hoffte, ihr Lächeln würde natürlich und gelassen wirken.

„Vor ein Uhr erwarte ich keinen großen Ansturm."

„Tut mir leid, du hättest nicht deine Zeit mit meinem Frühstück verschwenden sollen."

„Du bist meine Nummer eins, alles andere ist zweitrangig." Auf dem Weg in den Flur drehte er sich zu Zienna um. „War es nett, im Bett zu frühstücken?"

„Himmlisch."

Da kam er zurück und ergriff ihre Hand. „So kann es immer sein. Morgens und abends würde ich dich mit meinen kulinarischen Künsten verwöhnen." Nach einer kleinen Pause fügte er hinzu: „Vielleicht ist es an der Zeit, und ich sollte in meinem Kleiderschrank Platz für deine Sachen machen."

Hoffnungsvoll schaute er sie an, und sie blinzelte erstaunt. „Als du letztes Mal bei mir übernachtet hast, lag ein Koffer mit Extrakleidung in deinem Auto. Mein Haus wäre groß genug für uns beide. Es wäre mir eine Freude, es mit dir zu teilen. Zwischen uns ist doch alles in Ordnung?"

„Oh ja." Wieder zwang sie sich zu einem Lächeln, völlig verwirrt von seinem unerwarteten Vorschlag.

„Ich sage nicht, dass du ganz zu mir ziehen sollst. Noch nicht jedenfalls. Vorher müsstest du dieses Apartment verkaufen. Aber warum solltest du keinen Schlüssel und Platz in meinem Schrank bekommen? Und im Bad deine Kosmetika hinstellen?"

„Das – das meinst du wirklich ernst?", stammelte Zienna.

„Natürlich. Ich will dich in meinem Leben haben. Immer." Nicholas hauchte einen Kuss auf ihre Lippen und streichelte ihre Wange. „Jetzt muss ich wirklich los. Ich liebe dich, Baby."

„Und ich dich."

Da strahlte er über das ganze Gesicht, als hätte er ein wunderbares Geschenk erhalten. Sie begleitete ihn zur Wohnungstür und beobachtete, wie er die Treppe hinabstieg. Weil Zienna im ersten Stockwerk wohnte, benutzte er den Lift fast nie.

Bevor er durch die Haustür verschwand, sagte er: „Später rufe ich dich an, Babe!"

Sie hob ihre Hand und winkte ihm. Dann kehrte sie in ihr Apartment zurück und schloss die Tür, lehnte sich dagegen und dachte nach.

Seit seinem überraschenden Vorschlag fühlte sie sich noch schuldiger, als es sein liebevolles Verhalten ohnehin schon bewirkt hatte. Plötzlich war er ein geradezu idealer Partner.

Sie ging ins Schlafzimmer und versuchte wieder, mit Alexis zu telefonieren. Doch die Freundin meldete sich noch immer nicht. An einem Samstag würde sie nicht vor mittags aus den Federn kriechen. Die Wochenenden waren ihr heilig, weil sie da ausschlafen konnte. Am Vortag hatte sie Zienna gesimst, sie würde wieder mit Brock ausgehen.

Und wenn sie die Nacht so wie Zienna verbracht hatte, würde sie zweifellos noch im Bett liegen. Wahrscheinlich total verkatert.

Zienna beschloss, sie zu besuchen. Nachdem sie geduscht und sich angezogen hatte, stieg sie in ihr Auto. Eine Meile von Alexis' Loft entfernt, hielt sie vor einem Coffee Shop. Sicher würde die Freundin eine Dosis Koffein genauso dringend brauchen wie sie selber. Der Cappuccino, den Nicholas am Morgen für sie zubereitet hatte, und der zweite beim Frühstück genügten nicht.

Als sie auf Alexis' Klingelknopf drückte, passierte nichts. Eine Minute verstrich. Glücklicherweise öffnete ein Mädchen im Jogging-Outfit die Tür, und Zienna konnte das Gebäude betreten.

In einer Hand das Tablett mit den Kaffeebechern, klopfte sie an die Wohnungstür. Die Sekunden tickten dahin. Entweder hatte Alexis nichts gehört, oder sie war nicht daheim.

Zienna klopfte wieder. Dann hämmerte sie gegen das Holz. Noch immer keine Alexis.

Seufzend stellte Zienna das Tablett auf den Boden des Hausflurs und nahm ihr iPhone aus der Schultertasche. Falls die Freundin woanders übernachtet hatte, war es sinnlos, noch länger hier herumzustehen. Alexis benahm sich wie eine Diva, wenn es um ihren Schlaf ging, und benutzte Ohrstöpsel, um allen Geräuschen zu entrinnen. Mit einer Augenmaske schützte sie sich vor zu hellem Licht. Aber ihr Handy lag stets neben dem Bett.

Dreimal läutete es, bevor eine groggy Stimme murmelte: „Ich hasse dich."

„Trotzdem stehe ich vor deiner Tür“, erwiderte Zienna honigsüß. „Mach auf.“ Sie drückte aufs Display und verstaute das iPhone wieder in ihrer Handtasche.

Eine Minute später öffnete Alexis in einem Morgenmantel die Tür.

„Ich habe Kaffee mitgebracht“, verkündete Zienna statt einer Begrüßung, schob sich an ihr vorbei in den Flur und schloss die Tür.

„Aber ich bin tot …“, murrte Alexis.

„Deshalb wirst du das da trinken.“ Zienna reichte ihr einen der Becher – Caramel Macchiato, Alex’ Lieblingssorte.

„Warum kann ich nicht in ein Loch kriechen und sterben?“, wimmerte Alexis und folgte ihr ins Wohnzimmer.

„Weil ich meine beste Freundin brauche.“

Alexis hob eine Braue und ließ sich aufs Sofa fallen. „War Wendell letzte Nacht wieder bei dir?“

„Nein. Nicholas.“

Da begannen Alexis’ eben noch trübe Augen zu funkeln. „Oh?“

„Und das Sexmonster kam zurück.“ Zienna sank neben ihr in die Polsterung. „Stundenlang war er unersättlich.“

„Was machst du dann hier, Mädchen? So, wie du dich gerade gesetzt hast, musst du ganz wund sein. Nach einer solchen Nacht hättest du daheimbleiben und deine kostbaren Teile mit einer lauwarmen Wärmflasche beruhigen sollen.“

Darauf ging Zienna nicht ein. „Er war – irgendwie anders. So intensiv. Er fürchtete, ich würde mich von ihm trennen. Und dieser wilde Sex – als wollte er mir die beste Nacht meines Lebens bieten, damit ich ihn nicht verlasse.“

„Klingt fantastisch.“

„Das war’s auch.“

„Und warum runzelst du die Stirn?“

Ja, warum? Zienna verdankte Nicholas unvergessliche

Stunden. Er hatte seine Leistungskraft im Schlafzimmer eindeutig bewiesen, und doch...

„Vielleicht weil ich dauernd an Wendell denken muss. Obwohl ich mir deswegen Vorwürfe mache. Ich meine – wieso kommt er ausgerechnet jetzt in mein Leben zurück? Wie kann ich immer noch etwas für ihn empfinden?"

Bevor Alexis antwortete, nippte sie an ihrem Kaffee. „Nun ja – du warst ziemlich verschossen in ihn."

Zienna nickte. Nach einer kurzen Pause seufzte sie. „Nicholas will mir einen Schlüssel für sein Haus geben. Und in seinem Kleiderschrank Platz für meine Sachen machen."

Beinahe verschluckte Alexis sich an ihrem Kaffee, musste husten und auf ihre Brust klopfen. „Im Ernst?"

„Eigentlich ist alles okay zwischen uns. Verdammt, vor Wendells Rückkehr hatte ich nicht die geringsten Zweifel."

„Und jetzt hat sich das geändert?"

„Jetzt – brauche ich einfach einen klaren Kopf. Ich entdecke einige Wesenszüge an Nicholas, die mir missfallen. Und offensichtlich wäre er stocksauer, wenn er von meinem Seitensprung mit Wendell erfahren würde. In so einer Situation soll ich entscheiden, ob unsere Beziehung reif fürs nächste Stadium wäre. Sicher ist das der ungünstigste Zeitpunkt."

„Du musst deinem Herzen folgen. Obwohl du gesagt hast, du willst Wendell nicht wiedersehen, gibt's da anscheinend ungelöste Probleme. Weil du immer noch was für ihn empfindest."

„Ach, ich fühle mich hin und her gerissen."

Plötzlich stöhnte Alexis. „Großer Gott, mein Schädel brummt."

„Gestern Abend hast du Brock getroffen", lenkte Zienna die Aufmerksamkeit von sich selbst ab. „Wie war's?"

„Sexuelles Nirwana. Stundenlang haben wir geredet." Alexis lächelte verlegen. „Fast die ganze Nacht."

„Ohne Pause?“

„Hier und da schon. Nur kurz…“

„Wie ist das möglich?“

„Nun, er hatte ein Hilfsmittel“, erklärte Alexis in schelmischem Ton. „Für uns beide…“

Die Augen zusammengekniffen, musterte Zienna ihre Freundin und erinnerte sich an jene Nacht im Club, wo Alexis so schnell betrunken gewesen war. „Bitte, sag nicht, was ich glaube!“

Vielleicht lag es am scharfen Klang ihrer Stimme, dass Alexis ihre spielerische Pose aufgab und in die Defensive ging. „Keine große Sache! Nur ein bisschen was, damit ich mich besser fühlte, weil ich dauernd über Elliott gequatscht hatte.“

„Was hast du geschluckt?“ Zienna begann sich zu ärgern. Wie konnte Alexis so dumm sein?

„Eine Pille.“

„Was für eine?“

„Ecstasy, hat Brock gesagt.“

„Alex!“, rief Zienna entsetzt.

„Klar, ich weiß …“

„Was hast du dir dabei gedacht?“, fauchte Zienna. „Ein Kerl, den du kaum kennst! Und du nimmst Drogen von ihm an! Um Himmels willen, du müsstest klüger sein.“

„Sorg dich nicht, ich bin klug genug.“

„Oh ja“, entgegnete Zienna sarkastisch. „Schon damals im Club hat er dir Ecstasy gegeben, nicht wahr?“ Ohne eine Antwort abzuwarten, betonte sie: „Kluge Leute nehmen keine Drogen von Typen, die sie eben erst getroffen haben. Noch besser, sie nehmen überhaupt keine Drogen. Wahrscheinlich musst du froh sein, dass du überhaupt noch lebst!“

„Solche Lektionen brauche ich nicht, Zee, ich bin nicht deine Schwester.“

Mit diesen Worten wurden Ziennas Argumente entkräftet. Sie behandelte Alexis nicht wie eine Schwester, oder? Natürlich nahm die Freundin keine Drogen. Zumindest hatte sie es bisher nicht getan.

Aber Zienna hatte einen Albtraum erleben müssen, über den sie nicht gern sprach. Ständig hatte ihre jüngere Schwester Tabitha nach dem nächsten Schuss Heroin gesucht, um den tragischen Verlust der Eltern zu ertragen. Doch es war unmöglich, vor einem solchen Schicksalsschlag wegzulaufen.

„Dass du dumm bist, sage ich ja gar nicht, Alex. Aber dein Verhalten war nicht besonders klug."

„Viele Leute schlucken Ecstasy", protestierte Alexis.

„Hör dir mal selber zu! Jetzt rechtfertigst du den Blödsinn, den du gemacht hast! Eine Pille von einem fremden Kerl in einem Club zu nehmen ..."

„Seither habe ich ihn ein paar Mal wiedergesehen. Und offensichtlich lebe ich noch. Also will er mir nichts antun. Eine Pille da, eine Pille dort ... Was ist schon dabei, solange es nicht zur Gewohnheit wird?"

„Unglaublich, was du da faselst!"

„Okay, okay", stieß Alexis gereizt hervor, „ich hab's kapiert."

„Ich weiß, du bist nicht meine Schwester", fuhr Zienna mit etwas sanfterer Stimme fort. „Aber um auf das Problem hinzuweisen – meine kleine Schwester wurde nicht als Junkie geboren. Leider konnte sie den Tod unserer Eltern nicht verkraften. Mit Alkohol fing sie an, ihre Gefühle zu betäuben. Dann ging sie zu Gras über und schließlich zu immer härterem Zeug. Den Rest der Geschichte kennst du."

Nach einer – offenbar unvermeidlichen – Überdosis Heroin hatte Tabitha in einer Klinik um ihr Leben gekämpft und anschließend einen Entzug gemacht. Doch sie war nicht von den Drogen losgekommen. Zienna versuchte, ihr mit drakonischen

Maßnahmen zu helfen. Das brachte Tabitha so sehr in Wut, dass sie Chicago verließ. Seither hatte Zienna nichts mehr von ihr gehört, nahm aber an – und hoffte inständig, ihre Schwester würde noch leben. Andernfalls wäre sie als nächste Angehörige von den Behörden informiert worden.

„Wirklich, ich kann selber auf mich aufpassen“, behauptete Alexis.

„Das weiß ich.“ Zienna erwähnte nicht, man könne sehr leicht vom gesunden Verstand in die Unzurechnungsfähigkeit schlittern. Wie Tabitha …

Nein, sie wollte nicht mehr an ihre Schwester denken. Besonders jetzt nicht, elf Tage vor dem zehnten Todestag ihrer Eltern. Mit jedem Jahr fiel es ihr schwerer, dieses bedrückende Datum zu bewältigen. Denn sie hatte nicht nur Vater und Mutter verloren, sondern auch ihre vier Jahre jüngere Schwester. Vor acht Jahren hatte Tabitha sie aus ihrem Leben verbannt.

Ob sie inzwischen gestorben war, wusste Zienna trotz aller Hoffnung nicht. Diese schmerzliche Ungewissheit meisterte sie nur, weil sie eine Mauer um ihr Herz errichtet hatte und einfach glaubte, es würde ihrer Schwester irgendwo gut gehen. Vielleicht mit einer eigenen Familie.

Zienna stand vom Sofa auf, ging zum Fenster und öffnete es.

Stöhnend blinzelte Alexis ins aggressive Sonnenlicht. „Willst du mich umbringen?“

„So ein schönes Wetter! Verdammt will ich sein, wenn wir den ganzen Tag hier herumhängen und Trübsal blasen!“ Zienna stemmte ihre Hände in die Hüften. „Unternehmen wir was. Irgendwas. Vergessen wir die Männer und alle Dramen. Wenigstens für ein paar Stunden. Wie wär’s mit einer Pediküre und – noch besser – mit einer Massage? Du musst es nur sagen, und ich rufe unser Lieblings-Spa an.“

Alexis’ Stirnfalten begannen sich zu glätten. „Pediküre? Massage? Spa?“

„Auf meine Rechnung. Wenn ich für heute Nachmittag einen Termin kriege."

„Also gut, ruf an. Wahnsinn, wie hartnäckig du bist!"

„Deshalb liebst du mich so sehr." Zienna lächelte zuckersüß und nahm ihr iPhone aus der Handtasche.

18. KAPITEL

Den ganzen Samstag hatte Wendell sich nicht gemeldet und Zienna damit in einen noch schlimmeren seelischen Konflikt gestürzt. Offenbar musste sie Alexis recht geben – sie empfand immer noch etwas für ihn.

„Jetzt ist es offiziell", flüsterte sie am Sonntagmorgen, als sie ihre wöchentliche Joggingtour um den See herum machte. „Du bist verrückt."

Gewiss, sie hatte Wendell gesimst, er solle vergessen, was passiert war. Doch das wollte sie eigentlich nicht. Wenn sie ihm wirklich etwas bedeutete – müsste er sich nicht trotz dieser SMS bei ihr melden? Würde er kampflos aufgeben?

Zienna nahm einen Schluck aus ihrer Wasserflasche. Dann wischte sie ihre Stirn ab. Es war ein schöner Tag, der Himmel klar, die Sonne strahlend hell, Anfang Mai noch nicht zu heiß. Könnte sie die blühenden Bäume ringsum bloß genießen, das Vogelgezwitscher, die traumhafte Aussicht auf den See mit den zahlreichen Segelbooten …

Er hat bekommen, was er wollte, sagte sie sich, während sie mit schnellen Schritten dem Weg nach Süden folgte. Wendell war ein Spieler. Und er hatte nur mit ihr gespielt. Punkt. Also gab es keinen stichhaltigen Grund, warum sie ihm eine Rückkehr in ihr Leben gestatten sollte.

Aber es war zweierlei, etwas zu erkennen – und es ihrem Herzen klarzumachen …

Zienna passte sich dem Rhythmus eines Mannes an, der vor ihr rannte und sie zu einem schnelleren Tempo herausforderte, als sie es gewöhnt war. Obwohl sie sich anstrengen musste, gelang es ihr, den Pfad bei der East Cedar Street in einer neuen Rekordzeit zu erreichen. Und dann traute sie ihren Augen kaum. Da vorn sah sie jemanden am Rand des Weges stehen und in ihre Richtung schauen.

Oh mein Gott – Wendell?

Sofort pochte ihr Herz auf Hochtouren.

Als sie sich dem Mann näherte, ging er ihr ein paar Schritte entgegen, und da gab es keinen Zweifel mehr – er *war* es.

Ihre Beine kamen aus dem Rhythmus, sie verlangsamte ihr Tempo. Dann verließ sie den Weg. Im Schatten einer Eiche starrte sie Wendell verwirrt an und rang nach Luft.

„Gerade wollte ich mit dir laufen“, erklärte er und lächelte unbefangen.

Zienna inspizierte sein enges schwarzes T-Shirt, die schwarzen Nylonshorts. Nike-Sneakers. Ja, eindeutig ein Jogging-Outfit.

„Versuchst – du mir – einzureden“, japste sie zwischen mühsamen Atemzügen, „ich – hätte dich rein zufällig hier getroffen?“

„Nein, verdammt, ich wusste, du würdest hier sein. Jeden Sonntagmorgen, kurz nach zehn. Bei schönem Wetter. Ich hatte gehofft, das wäre immer noch deine Route.“

Zienna schwieg. Also erinnerte er sich daran. Und wenn schon?

„Wenn du weiterläufst, komme ich mit. Noch zwei Kilometer, nicht wahr?“

„Was willst du, Wendell?“

„Ist das nicht offensichtlich? Ich bin hier, um dich zu sehen.“

„Aber ich habe gesagt, du sollst dich von mir fernhalten.“

„Genau das war meine Absicht.“

Wenn sie auch behauptet hatte, dies sei ihr Wunsch, taten ihr seine Worte weh. Noch ein Beweis für ihren Irrsinn. Sie straffte die Schultern. „Okay, dann sind wir uns ja einig.“

„Den Teufel sind wir! Ich muss dauernd an dich denken. Trotzdem wollte ich Nicholas’ wegen auf dich verzichten. Und dann erzählte er mir, du würdest bei ihm einziehen. Seither stelle ich mir nur noch vor, wie du in seinem Bett liegst …“

Zienna schnitt eine Grimasse. „Das hat er dir gesagt?"

„Stimmt es?" Wendells sah sie prüfend an.

„So wie es stimmt, dass wir eine Grenze überschritten haben. Es war ein Fehler und …"

„Tatsächlich?", unterbrach er sie herausfordernd.

„Ja", bestätigte sie nach einer kurzen Pause.

Er trat näher zu ihr. „Warum genügt es mir dann in diesem Moment, dich nur anzuschauen, und ich habe prompt einen Ständer?"

Verdammt … Seine Frage erregte sie gegen ihren Willen. Doch das ließ sie sich nicht anmerken. „Weil du Sex liebst."

„Den bekomme ich überall. Und ich hatte sehr viel Sex."

„Daran musst du mich nicht erinnern." Ihr wurde übel, wenn sie nur daran dachte.

„Worauf ich mit meinem Kommentar hinauswill – *du* bist es, die ich nicht aus dem Kopf kriege." Er strich über ihre Wange, und seine Fingerspitzen fühlten sich zarter auf ihrer Haut an, als sie es erwartet hatte. „Wie viele Leute uns sehen, ist mir einerlei. Wäre es nicht verboten, würde ich dich hier lieben, direkt unter diesem Baum."

Er strich über ihren Hals, und sie bekam sofort eine Gänsehaut. Oberhalb ihres Busenansatzes hielt er inne, und Zienna konnte kaum atmen. Mit ihrer anstrengenden Joggingtour hatte das nichts zu tun. Nur mit Wendell, mit seinen Worten, mit seiner Berührung, die eine gefährliche Hitze in ihr entfachte.

Und sie war genau der gleichen Meinung wie er. Wenn es kein Verstoß gegen das Gesetz wäre, würde sie sich sofort nackt ausziehen, zur Hölle mit den Zuschauern …

„So viele Frauen hatte ich", fügte er hinzu und streichelte wieder ihr Gesicht. „Aber du bist die Einzige, die ich nicht vergessen kann."

Was tat sie denn nur? Warum ließ sie zu, dass er sie so berührte, als wären sie ein Paar?

„Komm mit zu mir, Zee. Ich habe ein neues Haus, es wird dir gefallen." Jetzt wanderten seine Finger über die oberen Wölbungen ihrer vollen Brüste, die das Tanktop entblößte. „Sag nicht Nein. Bitte."

„Liegt es näher als meine Wohnung?", hörte sie sich fragen.

Wendell zeigte über seine Schulter. „An der East Cedar Street, im Gold Coast District. Zehn Minuten zu Fuß."

In seinem Haus. Besser als in ihrem Apartment. Falls Nicholas vorbeikommen würde.

„Du wohnst nicht weit von mir entfernt", sagte sie leise.

„Verstehst du jetzt, wie schwer es mir fällt, nicht dauernd an deine Tür zu klopfen?"

Zienna trat einen Schritt zurück. „Aber – mein Fahrrad … Das habe ich weiter unten am Weg abgestellt."

„Holen wir's."

Und während Wendell neben ihr dahinschlenderte, erkannte sie, dass sie nicht behaupten konnte, sie würde impulsiv handeln. Es war nicht so wie letztes Mal, als er zu ihr gekommen war, um sie zu verführen, und sie überrumpelt hatte.

Diesmal ging sie bereitwillig mit ihm, und sie wusste ganz genau, worauf sie sich einließ.

An diesem Nachmittag verbrachte Zienna wundervolle Stunden in Wendells Bett, und am Dienstag besuchte sie ihn wieder. Da Nicholas mit seinen beiden Restaurants beschäftigt war, konnten sie nur telefonieren.

Eigentlich hatte Nicholas geplant, er würde Zienna am Mittwoch nach der Arbeit besuchen. Aber kurz nach neun Uhr abends rief er an, um das Treffen abzusagen. „Sorry, Baby, ein Problem in der Küche, die Geschirrspülmaschine funktioniert nicht – ein Riesenchaos."

„Oh, wie ärgerlich."

„Heute schaff ich's nicht, ich kann unmöglich zu dir kommen. Aber am Freitag sehen wir uns ganz sicher, und dann verbringen wir das Wochenende bei mir."

„Großartig!", sagte Zienna, um einen fröhlichen Ton bemüht.

Nach dem Telefonat schickte sie Wendell eine SMS.

Heute Nacht können wir uns sehen. Wann?

Wenige Minuten später antwortete er.

Um Mitternacht bin ich daheim. Kein Höschen.

Fünf Minuten nach Mitternacht stand Zienna vor seinem Haus. Nur mit einer Boxershorts bekleidet, öffnete er ihr die Tür, umarmte und küsste sie. Seine Zunge spielte mit ihrer. Gleichzeitig schob er eine Hand unter ihren Rock und streichelte ihren nackten Po.

„Mmmm", murmelte er, „genauso mag ich es."

Immer drängender küsste er sie, seine Finger glitten zwischen ihre Schenkel, fanden den empfindsamsten Punkt und begannen ihn zu stimulieren.

„Schon jetzt bist du ganz nass", flüsterte er heiser. Seine Zähne streiften ihre Lippen. Dann saugte er an ihrer Zunge und steckte zwei Finger in ihre Muschi.

Einen Arm um ihre Taille geschlungen, hob er sie hoch, und Zienna legte die Beine um seine Hüften. Seine Finger bewegten sich in ihr, während er sie die Treppe hinauf zu einem kleineren Schlafzimmer trug. Jeden Raum müssten sie einweihen, hatte er erklärt und es ernst gemeint.

Nur eine Berührung, ein Blick – das genügte ihr, um in Stimmung zu kommen, sobald es um Wendell ging. Als er sie auf das Bett legte, waren ihre Sinne bereits völlig überreizt.

Er trennte sich nur von ihr, um aus seinen Shorts zu schlüpfen. Inzwischen zog Zienna die kleine Tasche, die ihr iPhone enthielt, über ihren Kopf und legte sie beiseite. Da fing das Handy an zu klingeln. Für ein paar Sekunden erstarrte sie. Wer mochte sie anrufen?

„Lass es läuten." Wendell stand nackt vor ihr, mit einer imposanten Erektion. Dann legte er sich zu ihr.

Noch dreimal klingelte es, während er ihren Hals liebkoste. Die Augen geschlossen, dachte sie, dass der Anruf vermutlich von Alex stammte, und überließ sich ihrem heißen Verlangen. Wendell ließ seine Hand unter ihre Bluse wandern und streichelte ihre Nippel. „Warum bist du nur so unwiderstehlich, Zee?"

„Ich glaube, es ist eher andersrum", seufzte sie und knöpfte ihre Bluse auf.

Langsam neigte er sich zu ihr hinab. „Ich kann mich einfach nicht von dir fernhalten. Unmöglich."

Sein Mund umschloss eine ihrer Brustwarzen, seine Finger suchten erneut das Zentrum ihrer Lust. Zitternd umklammerte sie mit ihren Schenkeln seine Hand.

„Oh ja, ich komme", stöhnte Zienna. „Jetzt gleich …"

Ein Telefon schrillte und riss sie aus ihrer Ekstase. Diesmal klang es anders. Es war Wendells Handy.

„Oh mein Gott", murmelte sie.

Ärgerlich nahm Wendell das Handy vom Nachttisch. „Scheiße, es ist Nicholas."

Zienna setzte sich erschrocken auf. Hatte Nicholas vorhin versucht, sie zu erreichen?"

„Melde dich nicht!", stieß sie hervor.

Wendell zögerte kurz. „Keine Bange", sagte er dann, „ich wimmle ihn ab."

Während sie zuhörte, wie er den Anruf beantwortete, verkrampfte sich ihr ganzer Körper, ihr Herz hämmerte schmerzhaft in ihrer Brust.

„Ungünstiger Zeitpunkt, alter Kumpel", begann er ohne Umschweife und schaute Zienna an. „Ja, ich habe eine Frau bei mir. Ob sie heiß ist?" Ausdrucksvoll schweifte sein Blick über ihren Körper. „Oh ja, sie qualmt geradezu."

Ihr stockte der Atem. Ein Telefongespräch zwischen ihrem Lebensgefährten und ihrem Liebhaber. Dabei ging es um *sie*. Und Nicholas ahnte nichts …

„Und sie hat was gegen mein Gerede mit dir, Mann", fuhr Wendell fort. „Morgen ruf ich dich an."

„Hat er Verdacht geschöpft?", fragte sie, als er den Apparat auf den Nachttisch zurücklegte.

„Nein", versicherte er und küsste ihren Hals. Dann näherte er seinen Mund wieder einem Nippel. „Ich habe nicht gelogen, du qualmst tatsächlich."

Hungrig strich er mit seiner Zunge über die erhärtete Spitze. Im selben Moment läutete Ziennas Handy erneut.

„Nicholas." Das wusste sie schon, bevor sie ihr iPhone zur Hand nahm. Tatsächlich, sein Name und sein Foto flimmerten auf dem Display. „Verdammt …" Wie sollte sie sich verhalten? Nur eins stand fest – Wendell musste aufhören, sie so maßlos zu reizen. Entschlossen schob sie ihn weg. „Was mache ich jetzt?"

„Melde dich. Sag ihm, du liegst im Bett. Genau genommen ist das ja auch die reine Wahrheit."

Zienna berührte das Display. „Hey", murmelte sie mit ihrer besten groggy Stimme, als wäre sie soeben erwacht, und heuchelte ein Gähnen.

„Baby, ich bin's."

„Mmmm … Hi."

„Für heute Nacht habe ich mein Bestes getan, um den Geschirrspüler halbwegs hinzukriegen. Und ich dachte, ich könnte zu dir kommen."

„Oh … Sorry, mein Süßer, ich bin eingeschlafen. Es ist schon ziemlich spät."

„Klar, ich weiß. Aber ich hatte gehofft, du wärst noch wach. Bereit für das Sexmonster."

„Tut mir so leid." Von Schuldgefühlen überwältigt, schloss Zienna sekundenlang die Augen. „Morgen. Okay?"

„Ja, natürlich. Ruh dich aus. Ich liebe dich."

„Und ich liebe dich, mein Schatz."

Zienna beendete das Gespräch und richtete sich im Bett auf, die Ellbogen auf den Knien.

„Peinlich, nicht wahr?", fragte Wendell trocken. Er saß neben ihr und berührte ihr Bein.

Aber sie stieg aus dem Bett, bevor er noch mehr unternehmen konnte. „Ich muss gehen."

„Wieso?"

Wortlos zerrte sie ihren Rock nach unten, den er zur Taille hochgeschoben hatte. Wendell stand auf und postierte sich vor ihr.

„Will Nicholas zu dir fahren?"

„Nein", murmelte sie und knöpfte ihre Bluse zu.

„Warum gehst du dann?"

„Stört dich das alles nicht? Überhaupt nicht?"

„Falls es dich interessiert, was mich stört – ich musste mir anhören, wie du Nicholas versichert hast, du würdest ihn lieben. Während du fast nackt in meinem Bett gelegen hast."

„Nackt in deinem Bett. Das fasst die Situation kurz und bündig zusammen, Wendell. Wir ziehen uns nackt aus und ficken. Warum tu ich das schon wieder?"

Nicholas' Stimme zu hören hatte wie ein Weckruf gewirkt. Jetzt konnte sie sich nicht mehr einreden, sie würde zusammen mit Wendell in einer Fantasiewelt existieren, wo es nur auf sie beide ankam. Und plötzlich fand sie Wendells Kaltschnäuzigkeit unerträglich.

Verdammt, Nicholas war sein bester Freund! Sie verließ das luxuriös eingerichtete Schlafzimmer, und Wendell folgte ihr splitternackt. „Lass den Unsinn, Zee, bleib hier."

„Damit du mich ohne Gewissensbisse vögeln kannst?" Sie stieg die Treppe hinab und zwang sich, nicht über die Schulter zu schauen. „Vielleicht fällt dir das leicht, so wie du's damals mit mir gemacht hast, als du mit Pam zusammen warst. Aber ich kriege es nicht hin."

„Sollen wir gemeinsam zu Nicholas gehen und ihm erklären, was los ist?"

„Nein!" Im Erdgeschoss angekommen, fuhr sie zu Wendell herum. „Untersteh dich, ihm irgendwas zu erzählen!" Unverwandt schaute sie ihm in die Augen, weil sie seinen faszinierenden Körper nicht sehen wollte, der ihr so viel Freude bereitet hatte. „Versprich es mir!"

Eindringlich erwiderte er ihren Blick. „Mit anderen Worten, du wirst es ihm verheimlichen. Und du nimmst mir immer noch übel, dass ich dir Pam verschwiegen habe."

„Das lässt sich nicht vergleichen."

„Ach, wirklich nicht?" Wendell hob die Brauen. „Und wieso nicht?"

„Weil – weil ...", stotterte Zienna, kaum fähig, klar zu denken. „Weil du mich verfolgt hast. Und du – du hast mir vorgegaukelt, diesmal wäre es anders. Aber es ist genauso wie damals. Wir schleichen verstohlen herum, haben Sex, aber keine richtige Beziehung."

„Soll ich dich in aller Öffentlichkeit ausführen? In schicke Lokale zum Dinner einladen? Das musst du mir nur sagen. Nur aus einem einzigen Grund verstecke ich mich mit dir – um deine Situation zu respektieren. Diesmal liegt die Entscheidung bei *dir*."

„So?", fauchte sie. „Dann lass mich in Ruhe!"

„Schau mich an, und wiederhole das!"

Mit einiger Mühe starrte sie wieder in seine Augen. „Es war eine wunderbare Zeit." Nun klang ihre Stimme etwas weicher. „Aber so darf es nicht weitergehen."

„Ganz meine Meinung.“ Auch Wendell sprach in sanfterem Ton und trat zu ihr. „Bringen wir es Nicholas bei. Möglichst schonend. Oder du machst Schluss mit ihm, wartest zwei Monate, und dann können wir offiziell zusammen sein.“

In Ziennas Magengrube entstand ein flaues Gefühl. Darüber würde sie nicht einmal nachdenken. Nicholas' Herz brechen, obwohl er es nicht verdiente? *Wendell* war es, der ihr wehgetan hatte. Sie wandte sich von ihm ab. „Zusammen? Für wie lange? Bis dich die nächste Frau aufgeilt?“

„Jesus, Zee, wenn du glaubst, es geht nur *darum* …“

Sie zuckte zusammen. Nein, das glaubte sie keineswegs. Nicht in ihrem Herzen. Aber sie hatte dennoch panische Angst, dass er seine Fehler der Vergangenheit wiederholte.

„Nein, Wendell, es ist unmöglich. Sorry, dass es so gelaufen ist. Aber ich kann Nicholas nicht wehtun. Und es ist sinnlos, wenn wir uns vormachen, zwischen uns wäre etwas Besonderes. Es war nur Sex, das wissen wir beide. Für mich ist das okay.“

„Offenbar verstehst du nichts von alldem, was ich gesagt habe.“

Zienna ging zur Haustür. „Bitte, ich habe dir erklärt, was ich will.“ Sie durfte sich nicht erlauben, seine Worte ernst zu nehmen – die Andeutung, sie würde mehr damit verbinden. Plötzlich erschien ihr das alles viel zu real. Und sie war wieder die einunddreißig Jahre alte Frau, verwirrt und am Boden zerstört von dem einzigen Mann, der die Macht besaß, sie zu verletzen. Wie konnte sie seinen Versprechungen trauen?

Nun war ihr Herz erneut angreifbar. Und sie musste sich vor der Gefahr schützen, außer Kontrolle zu geraten.

Wenn sie die Affäre fortsetzte, würde sie Nicholas zweifellos verlieren – einen Mann, der sie liebte und eine Zukunft mit ihr plante. Mit Wendell gab es keine Garantien. Und sie würde das, was sie hatte, nicht für ein *Vielleicht* aufs Spiel setzen. Sie legte ihre Hand auf den Türknauf.

„Zienna!"

Langsam und widerstrebend drehte sie sich zu Wendell um, und der Anblick seines Gesichts schnürte ihr die Kehle zu.

„Geh nicht!", flehte er.

Der Wendell, der nackt und verwundbar vor ihr stand, besaß die Macht, sie zu vernichten. Weil er anders war als beim ersten Mal. Diesem Wendell schien sie tatsächlich etwas zu bedeuten, und er fand all die richtigen Worte.

Aber wenn sie ihm glaubte und letzten Endes belogen wurde ... Sie stieß die Tür auf und rannte hinaus.

Und während sie zur Pforte des Anwesens lief, hörte sie ihn rufen: „Meinst du, mir gefällt diese Situation? Zum Teufel, ich hasse sie! Zum Glück gibt es eine Möglichkeit, das Problem zu lösen, und die werde ich nutzen!"

„Nein!" Erschrocken drehte sie sich um. „Tu es nicht! Wenn ich dir wirklich etwas bedeute ... Um Himmels willen, wenn Nicholas dir etwas bedeutet, sag ihm nichts! Wage es bloß nicht!"

Wendell stand in der offenen Haustür, ohne Rücksicht darauf, dass er nackt war. „Weißt du, an wen du mich jetzt erinnerst, Zee? An mich."

Mühsam schluckte sie, öffnete die Pforte und trat hindurch.

„Verstehst du jetzt, wie es ist, wenn man ein schlechtes Gewissen hat und die Gefühle eines Menschen schonen möchte? Und nun gebe ich dir einen Rat, Zee. Nimm dir ein Beispiel an mir. Dass ich meine Beziehung zu Pam aufrechterhalten habe, machte alles noch viel schlimmer. Wenn du mir versicherst, du würdest Nick wirklich lieben, lasse ich dich in Ruhe. Für immer."

„Großer Gott, da kommt jemand auf der Straße ... Geh schnell hinein!"

„Liebst du Nick?“

„Sag ihm nichts!“, wiederholte sie ihre Warnung. „Ich beschwöre dich, Wendell, sag ihm nichts! Wenn du es tust, rede ich nie wieder mit dir!“

Hastig stieg sie in ihr Auto, startete den Motor und fuhr davon. Doch sie konnte Wendells Worten nicht entfliehen.

Ebenso wenig konnte sie ihm widerstehen. Als er am späten Donnerstagabend vor ihrer Tür stand, war sie unfähig, ihn wegzuschicken. Nicht zuletzt, weil Nicholas trotz seines Versprechens erneut keine Zeit für sie gefunden hatte.

Nach einer heißen Liebesnacht redete sie beschwörend auf Wendell ein und verlangte, es müsse endgültig das letzte Mal gewesen sein. Resignierend und widerstrebend stimmte er zu.

19. KAPITEL

Während Nicholas am Samstag arbeitete, wollte Zienna sich zusammen mit Alexis eine Pediküre gönnen. Letzte Woche hatten sie so kurzfristig nur Massagen buchen können. Und so hatte Zienna für diesen Tag Termine im *Nail Spa* bestellt, das nicht weit von ihrem Apartment entfernt lag.

Da sie aus verschiedenen Richtungen kamen, trafen sie sich im Salon, wo rege Betriebsamkeit herrschte.

Im vorderen Raum ließen sich mehrere Frauen die Nägel machen. Dahinter waren alle Behandlungsräume für die Fußpflege besetzt. Zienna sah sich im Wartebereich um, wo ihre Freundin saß und in einem Magazin blätterte.

„Hey, Zee!" Grinsend sprang Alexis auf, und sie umarmten sich.

„Draußen sind fast fünfundzwanzig Grad. Warum trägst du einen Rollkragenpullover?"

„Ärmellos!", betonte Alexis. „Gefällt er dir nicht?"

„Doch, er sieht süß aus."

Das schwarze Top schmiegte sich an Alexis' Brüste. Dazu trug sie enge dunkle Jeans und schwarze Wegdes-Sandaletten. Sie ging zu ihrem Platz zurück, setzte sich und nahm ihre Handtasche von dem Stuhl, den sie offensichtlich für Zienna frei gehalten hatte. „Heute ist furchtbar viel los hier. Aber sie glauben, sie können unsere Ein-Uhr-Termine halbwegs berücksichtigen, mit geringer Verspätung."

„Dann haben wir genug Zeit, um zu quatschen." Zienna sank auf den Stuhl. „Oh, ich liebe diesen Salon – die Atmosphäre, die Düfte, das Ambiente. Einfach alles." Die Stühle in den Wartebereichen und die Behandlungssessel waren mit cremefarbenem Leder bezogen. Dazu bildete das dunkle Holz der Tische und Regale einen schönen Kontrast. Am besten gefielen ihr die Kristallleuchter. „Ganz zu schweigen von meinen Füßen, die sich wie brandneu anfühlen werden."

„Deshalb ist es hier immer rappelvoll", bemerkte Alexis. „Die verstehen was von ihrem Job. Und um diese Jahreszeit will jedes Mädchen hübsche Zehen haben."

Zienna griff nach einem Magazin mit dem Titelfoto zweier bekannter Musiker, die soeben eine neue Tour angekündigt hatten. Und da hörte sie jemanden sagen: „... in diesem Stadium unserer Beziehung? Was erwartet er von mir?"

Fasziniert lauschte Zienna, als die Freundin der Frau antwortete: „Er weiß, was du tun wirst. Nämlich gar nichts. Aber du solltest ihn in den Arsch treten."

Die erste Frau, die auf Alexis' anderer Seite saß, stieß einen höhnischen Laut hervor. „So meint er's nicht. Unmöglich. Vielleicht will er mich nur testen."

„Typisch – dauernd entschuldigst du ihn. Wenn du drei Jahre mit einem Kerl zusammen warst und er erklärt dir, er will eine offene Beziehung, macht er keine Witze."

Jetzt spitzte auch Alexis die Ohren. Das war der Reiz solcher Wartezimmer – ständig hörte man interessante Geschichten.

„Verzeihen Sie ..." Alexis beugte sich vor. „Sagten Sie soeben, Ihr Freund würde sich eine offene Beziehung wünschen?"

„Ja", bestätigte die Frau. „Aber das kann er nicht ernst meinen. Sicher will er nicht, dass ich andere Männer treffe, oder?"

Alexis schüttelte den Kopf. „Wohl kaum. Übrigens gebe ich Ihrer Freundin recht. Wenn er Ihnen so was erzählt, ist es kein Scherz."

„Und jetzt fragt sie sich, ob sie abwarten soll, wie sich die Dinge entwickeln." Die Freundin verdrehte die Augen. „Nach meiner Ansicht braucht er nur einen Vorwand für seine Seitensprünge."

„Was stimmt denn nicht mit den Männern?", seufzte die erste Frau und runzelte die Stirn. „Ich dachte, wir wären glücklich. Als er mich zum Dinner ausführte, glaubte ich, er würde mir einen Heiratsantrag machen. Stattdessen hat er mir *das* vorgeschlagen."

„Gehen Sie drauf ein", riet ihr Alexis. „Amüsieren Sie sich mit anderen Jungs. Warum sollen immer nur die Männer ihre Chancen nutzen?"

„Und ich sage, schicken Sie ihn zum Teufel", konterte Zienna. „Klar, es wird Ihnen schwerfallen. Aber da draußen gibt es genug Männer. Und Sie finden bestimmt einen, der sie glücklich macht. Zweifellos hat Ihre Freundin recht – der Typ will sich nur einen Freibrief verschaffen, damit er herumhuren kann. Und wir Frauen servieren den Kerlen solche Freibriefe auf Silbertabletts und lassen ihnen alles durchgehen. Wir nehmen ihre fadenscheinigen Ausreden hin, überhören die Widersprüche in ihren Storys, und was haben wir davon? Ein gebrochenes Herz!"

Bei diesen Worten dachte sie an Wendell, der vor vier Jahren auf ihrem Herzen herumgetrampelt hatte ... Und jetzt war sie diejenige, die einen guten, anständigen Mann nach Strich und Faden betrog!

„Aber ich liebe ihn", jammerte die unglückliche Frau. „Wie soll ich so was ertragen? Drei Jahre habe ich in unsere Beziehung investiert. Und wenn das auch berechnend klingt – er ist ein Arzt, hat einen fabelhaften Job, ein Traummann! Wenn ich ihn aufgebe, wird ihn eine andere sofort einfangen."

Ihre Freundin rollte wieder mit den Augen. „Was sie nicht erwähnt – er ist wirklich grandios im Bett. Deshalb lässt sie sich von ihm alles gefallen."

„Natürlich ist es verdammt schwer, auf guten Sex zu verzichten", sagte Alexis. „Nicht wahr, Zee?"

Zienna warf ihr einen vernichtenden Blick zu. Dann wandte sie sich wieder an die Frau, die im Mittelpunkt des Dilemmas stand. „Es gibt mehr im Leben als großartigen Sex. Glauben

Sie mir, seine Leistungen im Bett machen sein respektloses Verhalten nicht wett."

„Da gibt's jemanden, den sie ganz wahnsinnig interessiert", verkündete die Freundin der Frau. „Trotzdem will sie nicht mal mit ihm ausgehen. Verrückt!"

„Den müssen Sie treffen!", rief Alexis.

„Und ich finde, Sie sollten die Situation nicht noch komplizierter machen", widersprach Zienna.

In diesem Moment wurden die beiden Frauen von einer Angestellten des Salons aufgerufen und gingen zu den Pediküre-Sesseln.

„Was heißt das, Zee?", fragte Alexis. „Sie soll ‚die Situation nicht komplizierter machen'? Eigentlich dachte ich, in letzter Zeit würdest du gewisse Dinge etwas lässiger sehen."

„Das habe ich dir noch nicht erzählt." Zienna warf die Zeitschrift auf das Tischchen, das vor ihr stand. „Donnerstagnacht war Wendell wieder bei mir. Zum letzten Mal."

„Was? Warum?"

„Weil ich plötzlich erkannt habe, wie falsch mein Verhalten war."

„Du hast nur herauszufinden versucht, was du wirklich willst."

„Auf Nicholas' Kosten? Nein, das war nicht richtig."

„Und die Gefühle, die du immer noch für Wendell empfindest? Redest du dir jetzt einfach ein, die würden nicht existieren?"

„Das hängt mit einer anderen Erkenntnis zusammen. Ganz egal, was Wendell jetzt sagt – wie kann ich ihm trauen? Er hat mit meinen Gefühlen gespielt. Einmal ein Playboy, immer ein Playboy."

„Manche Menschen ändern sich, wenn sie älter und reifer werden", argumentierte Alexis.

Wie gern würde Zienna das glauben … Aber allein schon

der Gedanke, Wendell könnte es auch diesmal nicht ehrlich meinen, hatte sie am Mittwoch in die Flucht geschlagen. Bedauerlicherweise war sie dann am Donnerstag erneut schwach geworden.

„Nicholas rief mich am Mittwochabend an“, sagte sie mit gesenkter Stimme. „Während ich gerade mit Wendell – du weißt schon. Ich meldete mich nicht. Und gleich danach wählte er die Nummer in Wendells Haus. Irgendwie hatte ich plötzlich den Eindruck, er würde uns verdächtigen.“

„Warum? Du hast doch nicht auf seinen Anruf reagiert?“

„Ein paar Minuten später rief er mich ein zweites Mal auf meinem Handy an. Da musste ich mich wohl oder übel melden. Er wollte zu mir kommen. Also belog ich ihn und fühlte mich elend. Ich erklärte Wendell, so dürfe es nicht weitergehen. So ein Leben ist nichts für mich. Ständig Lügen und Heimlichtuereien ... Ein paar Tage lang hat es Spaß gemacht. Aber jetzt ist es vorbei.“

„Was hat Wendell geantwortet?“

„Dass wir Nicholas die Wahrheit sagen sollen.“

„Da siehst du's!“ Alexis tätschelte Ziennas Knie. „Offensichtlich bist du ihm wichtig. So etwas würde er nicht vorschlagen, wenn er nur mit dir vögeln wollte.“

Abwehrend hob Zienna eine Hand. „Nein, es ist vorbei. Endgültig. Für mich ist Nicholas der Richtige, ein guter, netter Mann. Und er liebt mich.“

„Nun, was ich von den guten Jungs halte, weißt du ja. Die können einen mit ihren schlechten Seiten überraschen.“

„Von einer einmaligen Affäre würde ich nicht auf einen Charakterfehler schließen“, wandte Zienna ein.

„Wie auch immer. Über Elliott will ich nicht reden.“

„Jedenfalls geht's mit Nicholas und mir voran. Dieses Wochenende verbringe ich bei ihm, und er hat mir sogar einen Schlüssel gegeben. Obwohl ich nicht ganz zu ihm ziehe, ist das ein großer Fortschritt, denn es zeigt mir, dass ich ihm vertrauen kann."

„Und wie war der Sex letzte Nacht?", erkundigte sich Alexis, als käme es nur darauf an.

„Gut. Es wird nicht immer welterschütternd sein. Aber so, wie ich's mag. Liebevoll und angenehm."

„Siehst du deshalb so glücklich und entspannt aus?", fragte Alexis trocken.

Zienna atmete tief durch, um ihren wachsenden Ärger zu bezähmen. „Anscheinend können wir uns nicht einigen."

„Wenn du meinst ..."

„Von einer Frau, die einen anständigen Typen abserviert und jetzt Drogen mit fremden Kerlen schluckt, brauche ich wirklich keine Lektionen", fauchte Zienna.

Auch Alexis warf ihr Magazin auf den Tisch und runzelte gekränkt die Stirn. Aber sie schwieg und marschierte aus dem Salon.

Eine Zeit lang blieb Zienna unbehaglich sitzen. Sie fand es schrecklich, dass sie in der Öffentlichkeit stritten. Dass sie überhaupt stritten. Schließlich stand sie auf, ohne irgendjemanden anzuschauen, und folgte ihrer Freundin nach draußen.

„Tut mir leid", sagte sie.

Die Arme gekreuzt, starrte Alexis die Straße an. Dann spähte sie über ihre Schulter. „Wirklich?"

„Ja", seufzte Zienna. „Es ist nur – ich hatte das Gefühl, du würdest mich verurteilen."

„Ich kümmere mich um dich. Weil ich dich kenne. Manchmal glaube ich, dich besser zu kennen als du dich selber."

„Aber *du* bist es, die mich mit Nicholas bekannt gemacht hat! Und jetzt drängst du mich dauernd, ich soll es mit Wendell treiben. Welchen Sinn ergibt das denn?"

Plötzlich drehte Alexis sich um und zog ihren Rollkragen nach unten. „Willst du wissen, warum ich so ein Top trage?

Deshalb! Weil der Sex mit Brock so verdammt heiß ist! Schau dir diesen Knutschfleck an!"

Das tat Zienna. Doch sie entdeckte noch etwas, das – wie Fingerabdrücke aussah? „Was ist das?", fragte sie besorgt.

„Ein Riesenknutschfleck."

„Und die anderen Spuren? Hat er dich so fest gewürgt?"

Alexis senkte die Wimpern und zerrte den Rollkragen hoch.

„Was machst du nur?", stöhnte Zienna. „Hast du ihm das tatsächlich erlaubt?"

„Es war wunderbar. Aufregend."

„Oh mein Gott!"

„Zum ersten Mal in meinem Leben fühlte ich mich lebendig."

Entgeistert starrte Zienna ihre Freundin an. „Du sagst, du kennst mich besser als ich mich selber. Nun, ich kenne *dich*. Und das bist nicht du, Alex. Erst nimmst du Drogen, und jetzt lässt du dir auch noch von einem Kerl wehtun …"

„Das ist mein neues Ich."

„Was?", flüsterte Zienna und schüttelte den Kopf.

„Schau mich nicht so an! Wie du gesagt hast – in manchen Dingen können wir uns nicht einigen."

Resignierend zuckte Zienna die Achseln. „Okay, du hast recht. Solange du weißt, was du tust …"

„Das weiß ich. Alles unter Kontrolle."

„Gut. Gehen wir wieder hinein zu unserer Pediküre?"

Ein paar Sekunden verstrichen. Dann wandte Alexis sich zur Tür. Zienna folgte ihr in den Salon und hoffte, sie würden sich bald wieder vertragen.

Nicht nur das bereitete ihr Kummer. Sie misstraute der Behauptung ihrer Freundin, sie hätte alles im Griff. Plötzlich hatte sie schreckliche Angst um Alexis.

Ganz eindeutig – Brock übte einen sehr gefährlichen Einfluss auf ihre beste Freundin aus.

Am Montag ging Zienna etwas früher zur Arbeit, um mit Donald zu telefonieren. Sie hatte mehrmals auf seinen Anrufbeantworter gesprochen, aber nichts von ihm gehört. Deshalb fürchtete sie, er würde seine Drohung wahr machen und vor Gericht gehen. Inzwischen hatte sie beschlossen, sie würde ihm die Kosten für die bisherige Therapie selber ersetzen, da Margaret nicht dazu bereit war.

Einen langwierigen, unangenehmen, teuren Prozess wollte Zienna vermeiden, selbst wenn sie vermutlich mit einem Freispruch rechnen konnte. In ihrem Büro holte sie Donalds Krankenblatt hervor, suchte seine Telefonnummer und rief ihn wieder einmal an.

Nach dem zweiten Läuten meldete er sich. „Hallo?“

„Hi, Donald.“ Ihr Puls raste. „Hier ist Zienna Thomas, Ihre Kinesiologin.“

„Ach ja.“

Das klang nicht unfreundlich und beruhigte ihre strapazierten Nerven ein wenig. „Was die beiden kostenlosen Behandlungen betrifft, die Ihnen angeboten wurden, habe ich nichts von Ihnen gehört. Ich wüsste gern, ob Sie damit einverstanden sind.“

Nun entstand eine Pause, und Zienna hielt die Luft an.

„Nein“, erwiderte Donald, „dieses Angebot möchte ich nicht akzeptieren.“

„Nein?“, wiederholte sie schweren Herzens.

„Nicht aus den Gründen, die Sie vermuten, Miss Thomas. Ich – ich habe mit den Übungen angefangen, die Sie mir vorgeschlagen haben. Und ich fühle mich besser.“

„Tatsächlich?“, fragte sie vorsichtig und wagte kaum, Hoffnung zu schöpfen.

„Ja, sogar viel besser.“

„Großartig!“ Zienna atmete maßlos erleichtert auf. Da ihr ein Prozess erspart blieb, fiel eine bleischwere Last von ihrer Seele. „Warum haben Sie mich nicht zurückgerufen?“

„Um ehrlich zu sein – weil ich mich geschämt habe. Bei unserer letzten Begegnung war ich so unhöflich zu Ihnen. Und deshalb – wollte ich die Sache einfach auf sich beruhen lassen."

„Ich habe verstanden, warum Sie wütend waren, Donald."

„Nett von Ihnen, das zu sagen. So freundlich waren Sie immer zu mir, und Sie haben meinen Wutausbruch sicher nicht verdient." Sein leiser Seufzer klang ziemlich zerknirscht. „Ständig hat meine Exfrau mir meinen Jähzorn vorgeworfen. Und ich glaube, ich muss ihr zustimmen."

Ja, sein unbeherrschtes Temperament hatte die Schmerzen zweifellos verstärkt. Doch das wollte Zienna nicht erwähnen. „Nun, es freut mich, dass es Ihnen besser geht, und ich würde gern wieder mit Ihnen arbeiten. Das Angebot der beiden kostenlosen Behandlungen gilt immer noch."

Donald zögerte wieder, bevor er antwortete: „Also gut, ich komme. Aber ich bezahle dafür, das ist nur recht und billig."

„Machen Sie sich darüber keine Gedanken." Offenbar hatte er seinen Zorn endgültig überwunden, schien nicht mehr emotional, sondern rational zu denken, und nur das zählte für Zienna. „Sie waren nicht ganz zufrieden, hatten Ihre Zweifel, und deshalb stehen Ihnen die zwei kostenlosen Termine zu. Danach werden wir weitersehen."

„Wenn Sie meinen ..."

„Oh ja, das ist nur fair."

„Also gut, Miss Thomas. Und – es tut mir wirklich leid, wie ich mich aufgeführt habe. Ich hoffe, Sie verzeihen mir."

„Natürlich. Wann wollen Sie kommen?"

Nach dem Telefonat mit Donald war Zienna in Hochstimmung. Bevor sie zu ihrem ersten Patienten ging, informierte sie Margaret über die guten Neuigkeiten.

Jesse, ein Pitcher vom Baseballteam *Chicago Cubs*, wirkte lustlos und entmutigt, während sie auf der Behandlungsliege die nötigen Übungen mit ihm durchführte. Das akzeptierte sie nicht, nach dem Gespräch mit Donald von neuer Begeisterung für ihren Job erfüllt. Nicht, dass die jemals ernsthaft ins Wanken geraten wäre.

Aber an diesem Tag fühlte sie sich besonders inspiriert und hoffte, ihr Optimismus würde auf den Patienten ansteckend wirken. „Ich weiß, es tut weh", begann sie. „Trotzdem müssen Sie die Übungen ertragen, wenn Sie Ihre Schulter wieder benutzen wollen."

„Welchen Sinn hat das?" Jesse starrte niedergeschlagen vor sich hin. Offenbar fehlte ihm die Energie, um für seine Genesung zu kämpfen. „Niemals werde ich gut genug sein, um wieder zu spielen."

Obwohl in seiner rechten Schulter eine Sehne gerissen war, hatte er die Schmerzen missachtet und weiterhin als Werfer fungiert. Deshalb hatte er sich die Schulter ausgekugelt, und wegen der Verletzung war die Saison für ihn gelaufen. Nach einer Operation – für Pitcher mit solchen Blessuren üblich – sollte ihn eine Physiotherapie kräftigen und seine Beweglichkeit wiederherstellen.

„Natürlich werden Sie spielen, dafür müssen Sie nur arbeiten", versicherte Zienna und lächelte aufmunternd. Wie wichtig es war, die Patienten entschieden und dennoch freundlich zu behandeln, wusste sie. Jesse gehörte zu den Männern, deren ganzes Leben sich nur um die Karriere drehte. Wenn er seine Verletzung nicht überwand, würde er auf seinen geliebten Baseball verzichten müssen und in tiefe Depressionen versinken.

Solche Fälle hatte Zienna schon oft beobachtet, aber während ihrer kinesiologischen Tätigkeit auch zielstrebige Entschlossenheit, die letzten Endes zum Erfolg führte. Insbesondere Mannschaftssportler kannten die Bedeutung der Entschlusskraft, denn sie mussten kämpfen, um ihren Platz im Team zu verteidigen.

Diese Fähigkeit steckte auch in Jesse, das spürte sie.

„Hat das KT-Tape die Schmerzen gelindert?“ Das elastische Kinesio-Tape, das sie an der Vorderseite seiner Schulter angebracht hatte, sollte nicht nur das Gelenk stützen, sondern auch die Schmerzen verringern.

„Ja, ich fühle mich etwas besser.“

„Großartig! Jetzt wiederholen wir die Übung, die wir letztes Mal gemacht haben.“

Jesse protestierte nicht. Trotz seiner offensichtlichen Resignation legte er sich auf die linke Seite, auf den Ellbogen gestützt.

„Gut.“ Zienna postierte seinen rechten Arm über der Hüfte. „Nun stützt Ihre Seite den Ellbogen.“ Sie reichte ihm eine ein Kilogramm schwere Hantel. „Bewegen Sie das Gewicht rhythmisch auf und ab, so wie letztes Mal. Ganz gemächlich … Ja, so ist es richtig. Das dürfte nicht wehtun, oder?“

„Kaum, es brennt nur ein bisschen.“

„Das ist der Muskel. Okay, fassen sie die Hantel jetzt auf der anderen Seite an. Bald werden Sie so gut wie neu sein, das verspreche ich Ihnen …“

In diesem Moment läutete das Telefon im Behandlungsraum.

„Trainieren Sie weiter, Jesse“, sagte sie, ging zum Apparat und nahm den Hörer ab. „Zienna Thomas.“

„Tut mir leid, dich zu stören, Zienna“, entschuldigte sich Jamie, „du musst dich um einen Notfall kümmern.“

„Was?“

„Der Patient, der vor zwei Wochen hier war, Wendell Creighton …“

Krampfhaft schluckte Zienna. „Ja?“

„Er wartet im Zimmer drei. Und er hat starke Schmerzen.“

„Sicher kann ihm jemand anderer helfen“, meinte Zienna völlig verstört.

„Nein, er hat ausdrücklich nach dir verlangt und gesagt, er müsste dich sofort sehen."

Oh Gott. „Also gut." Zienna legte auf und kehrte zu dem Baseballspieler zurück. „Bitte, trainieren Sie ein paar Minuten allein weiter, Jesse. Ein anderer Patient will mich sprechen. Gleich bin ich wieder bei Ihnen, okay?"

„Okay", ächzte der Athlet.

Fest entschlossen, Wendell ganz gehörig die Meinung zu geigen, eilte sie zum Behandlungsraum Nummer drei und öffnete die Tür. Er saß auf der Liege.

„Verdammt, Wendell", begann sie ohne Umschweife, „so kann es nicht weitergehen, du musst respektieren, dass ..."

Als sie sein schmerzverzerrtes Gesicht sah, verstummte sie. Mit seiner rechten Hand umklammerte er seinen linken Bizeps.

Sofort meldete sich ihr Gewissen. „Was ist geschehen?"

„Ich habe mich verletzt", würgte er stöhnend hervor.

„Wieder die Rotatorenmanschette?" Sie schloss die Tür und ging zu ihm.

„Ja, ich musste zu dir kommen ..." Er unterbrach sich, um tief Luft zu holen. „Weil nur du mir helfen kannst."

Also hatte er seine Rotatorenmanschette erneut verletzt. Gar nicht gut. Zienna berührte die Spitze des Oberarmknochens, und Wendell zuckte gequält zusammen. „Wann ist das passiert?"

„Gestern."

„Schon gestern?", rief sie erschrocken. „Und du hast dich nicht ärztlich behandeln lassen?"

Er schüttelte den Kopf.

„Wie kam es dazu?"

„Nicholas ..."

Bestürzt schnappte sie nach Luft. „Was?"

„Nicht was du glaubst! Gestern haben wir mit ein paar Kumpels Football gespielt. Nicholas rang mich nieder, und ich landete auf der falschen Seite. Ein Unfall."

Nicholas hatte ihr erzählt, er würde ein paar Freunde treffen, um Football zu spielen. Wendell hatte er nicht erwähnt. Und sie hatte nicht nach ihm gefragt.

Hatte er Wendell härter angegriffen, als es nötig gewesen wäre?

„Nicholas ...", begann sie zögernd. „Hat er etwas zu dir gesagt? Über mich?"

„Nein. Nichts."

Vielleicht litt sie einfach nur unter Verfolgungswahn.

Wendell presste gepeinigt die Lippen zusammen.

„Verdammt, anscheinend ist es ziemlich schlimm", meinte sie. „Kannst du die Schulter bewegen?"

„Kaum, es tut höllisch weh."

Eine Wiederholungsverletzung. Also war eine langwierige Therapie erforderlich, die Zienna nicht durchführen wollte.

„Wie du siehst, brauche ich dich, Babe."

„Nenn mich nicht so."

„Sorry."

„Du brauchst einen guten Therapeuten. Das muss nicht ich sein. Ich kann dir jemanden empfehlen." Mit schmalen Augen schaute sie ihn an. „Was ich gesagt habe, war ernst gemeint. Du und ich – wir können uns nicht mehr sehen."

„Aber ich kenne niemanden, der so viel von der Kinesiologie versteht wie du. Jemand anderen will ich nicht."

„Warst du inzwischen bei deinem Arzt?"

„Nein. Letzte Nacht war's nicht so schlimm. Ich dachte, ich würde mit den Schmerzen zurechtkommen. Erst heute Morgen wurde es unerträglich."

„Du hättest in ein Krankenhaus gehen sollen. Du brauchst eine sofortige ärztliche Behandlung, die ich dir nicht geben kann."

„Würdest du dich nicht um mich kümmern? Gib mir eine Spritze gegen die Schmerzen. Bitte, Zee, du siehst doch, wie ich leide."

Unschlüssig kräuselte sie die Lippen. „Zeig mir deine Schulter."

Wendell begann mit der gesunden Hand sein Hemd aufzuknöpfen. Mit ungeschickten Fingern kam er nur langsam voran. „Hilfst du mir?"

Wenn sie es auch vermeiden wollte, ihn zu berühren – sie war ein Profi. Und so öffnete sie vier Knöpfe, das genügte ihr, um das Hemd behutsam über Wendells Schulter hinabzuziehen. Dabei fiel ihr Blick auf das goldene Kreuz an seiner Halskette, und sie erinnerte sich an seinen schweren Verlust. An seine Beteuerung, der Tod seines Sohnes habe seine Perspektive geändert.

Während sie seine Haut berührte, spürte sie, dass er ihr Gesicht beobachtete. Davon ließ sie sich nicht beirren und untersuchte seine Schulter. „Geschwollen wie eine Grapefruit."

„Bitte, gib mir eine Spritze."

„Also gut", stimmte sie resignierend zu. Aber er musste sich trotzdem ärztlich versorgen lassen. „Wenn du versprichst, sofort von hier aus ins Krankenhaus zu gehen. Die Zerrung könnte schlimmer sein als beim ersten Mal. Möglicherweise musst du operiert werden."

„Schau mich an."

Zur Hölle mit ihm … Aber sie erfüllte seinen Wunsch und erwiderte seinen Blick.

„Ich will nicht von hier weggehen, Zee."

Fassungslos starrte sie ihn an, als wäre ihm plötzlich ein zweiter Kopf gewachsen. „Hast du nicht gehört, was ich gesagt habe? Du brauchst sofortige …"

„Das habe ich gehört. Und ich sage dir – im Moment sind mir meine Schmerzen egal. Ich bin lieber hier bei dir als anderswo. Selbst wenn ich niemals gesund werde."

„Sei nicht so dumm! Eine dauerhaft beschädigte Schulter bin ich nicht wert."

„Und wenn ich behaupte, das bist du doch?"

Zienna seufzte ärgerlich. „Was ich sagte, war wirklich ernst gemeint. Wir dürfen uns nicht mehr treffen."

„Daran wollte ich mich halten. Wie lange ist es her? Vier Tage? Vier Tage – und ich krieg's nicht hin. Es ist mir sogar gleichgültig, dass ich verletzt wurde. Denn das verschaffte mir einen Grund hierherzukommen. Zu dir."

„Hast du völlig den Verstand verloren?"

„Vielleicht ... Ich dachte früher, ich finde niemals eine Frau, an die ich mich binden würde. So viele kannte ich. Keine interessierte mich, bei keiner wollte ich bleiben. Bis ich dir begegnet bin."

„Hör auf."

„Und – ja, ich war damals auch mit einer anderen zusammen, weil ich glaubte, ich wäre ihr sehr viel schuldig."

„Hör auf, habe ich gesagt!"

„Ich versuchte, mit ihr zu leben, nur wegen unseres Kindes. Aber schon bevor Jeremiah starb, dachte ich die ganze Zeit an dich."

„Um Himmels willen, sei *still*!" Zienna zog das Hemd über seinen Arm nach oben und wandte sich ab.

„Weißt du, wie gern ich dich jetzt küssen würde?"

„Bitte, Wendell ..." Ihr Herz raste.

„Aber ich tue es nicht, weil ich deine Gefühle respektiere. Erst wenn für uns beide alles okay ist ..."

„Nein, unmöglich ..." Zienna ging zur Tür. „Jemand anderes wird dir die Spritze geben."

„Zee ..."

Doch sie hatte den Raum bereits verlassen.

20. KAPITEL

Nach Wendells Besuch ein Nervenbündel, konnte Zienna sich kaum auf ihre Arbeit konzentrieren. Schließlich erklärte sie Margaret, sie fühle sich nicht gut, was keine Lüge war. Sie fuhr früher nach Hause, trank eine Tasse Kamillentee und versuchte zu schlafen.

Am Mittwoch würde sich der Todestag ihrer Eltern zum zehnten Mal jähren. Sie fürchtete sich schon vor diesem bedrückenden Datum. Insbesondere weil es in ihrem eigenen Leben grade so große private Probleme gab.

Sie hatte gehofft, mit dreißig würde sie einen Mann zum Heiraten gefunden haben. Schon mit Anfang zwanzig hatten ihre Eltern geheiratet. Zwei Jahre später war Zienna geboren worden, nach weiteren vier Jahren Tabitha.

Bis zum letzten Atemzug hatten Mom und Dad sich geliebt. Dass sie zusammen gestorben waren, fand Zienna angemessen. Denn sie konnten nicht ohne einander. Ein solches Glück wünschte sie sich auch. Und sie war sicher gewesen, sie hätte es mit Nicholas gefunden.

Bis Wendell nach Chicago zurückgekehrt war.

Und verdammt – jetzt fand er genau die richtigen Worte. Er verhielt sich wie ein völlig veränderter Mann, war im Bett sogar besser denn je. Aber ihr Herz? Nein, ihr Herz würde es nicht überstehen, ihn noch einmal zu verlieren.

Und Nicholas? Sicher wäre er zutiefst verletzt, wenn sie ihn verlassen würde, so wie Wendell es vorgeschlagen hatte. Denn sie wusste jetzt, wie sehr Nicholas sie liebte.

Was für ein qualvolles Dilemma …

Nachdem sie eine Zeit lang darüber nachgedacht hatte, rief sie Nicholas an. „Hey, wie geht’s dir?“, fragte sie.

„Gerade habe ich an dich gedacht, Baby.“

„Sehr gut.“ Sie seufzte leise. „Sehen wir uns später? Ich brauche dich.“

„Natürlich, du hast ja den Schlüssel. Komm doch rüber! Ich habe einen langen Tag hinter mir. Um acht kann ich daheim sein."

„Bis dann. Ich liebe dich, Darling."

„Und ich dich."

In Nicholas' Schlafzimmer sank Zienna auf sein Bett und schaute sich einen Film an. Doch die Erschöpfung musste sie überwältigt haben, denn sie erwachte erst wieder, als sie seine Lippen auf ihrer Wange spürte.

„Hallo, du", murmelte sie und schlang die Arme um seinen Hals. „Wie schön, dass du da bist …"

Hingebungsvoll presste er seinen Mund auf ihren. Leider beendete er den Kuss etwas zu früh, und sie protestierte stöhnend.

„Einfach wundervoll, nach Hause zu kommen und dich hier anzutreffen", sagte er.

Sie richtete sich auf, und er setzte sich zu ihr. „Und mir gefällt's, in deinem Bett aufzuwachen", erwiderte sie, den Kopf an seine Schulter gelehnt.

„Hast du das Gemälde im Wohnzimmer gesehen?"

Zienna hob den Kopf. „Nein."

Grinsend stand er auf und zog sie vom Bett hoch. „Dass dir das entgehen würde, hätte ich nicht erwartet."

„Ich war müde."

„Komm mit!" Er führte sie ins Wohnzimmer, und sie blieben vor einem großen Bild an der Wand neben der Terrassentür stehen. „Was hältst du davon?"

Erstaunt starrte sie ein Gemälde an, das sie hinreißend gefunden hatte, als sie mit Nicholas vor ein paar Wochen in der Carl Hammer Gallery gewesen war. Es zeigte umhertollende Wildkatzen im Serengeti-Nationalpark, und es hatte sie interessiert, weil sie schon seit Langem von einer Safari in Afrika träumte. Hinter den Löwen standen Elefanten und Zebras bei einer Wasserstelle.

„Gefällt's dir?“, fragte Nicholas.

„Oh ja“, beteuerte sie gerührt. „Dieses Bild habe ich mir gewünscht. Und du hast es gekauft, obwohl du gar nicht so begeistert davon warst.“

„Schau mal runter.“

„Ein Läufer mit Zebramuster!“ Am Wochenende hatte der kleine Teppich noch nicht hier gelegen. „Seit wann …?“

„Heute Morgen ließ ich das Bild und den Teppich liefern. Da du jetzt öfter bei mir sein wirst, fand ich, es wäre an der Zeit, einiges zu ändern. Und so wollte ich die Alphamännchen-Höhle, wie du mein Haus immer genannt hast, etwas dekorativer gestalten.“ Nicholas zeigte in eine Ecke des Wohnzimmers, wo die große Holzskulptur einer Giraffe stand. „Erkennst du das Thema des Designs? Afrika. Wir holen die Safari einfach hierher.“

„Oh, wie schön.“ Zienna schlenderte zu der Holzfigur hinüber. Wie hatte sie das alles übersehen können, als sie hereingekommen war?

Er folgte ihr, legte einen Arm um ihre Taille und küsste ihre Schläfe. „Nun hast du einen Schlüssel. Aber das genügt mir nicht. Zieh ganz zu mir.“

„Was?“ Verwirrt wandte sie sich zu ihm.

„Das hast du doch gehört. Hier ist genug Platz für uns beide. Und ich vermisse die Atmosphäre, die nur eine Frau erzeugen kann. Ich habe schon mit einem Immobilienmakler telefoniert, der kümmert sich um den Verkauf deines Apartments, und er glaubt …“

„Moment mal.“ Zienna trat einen Schritt von ihm weg. „Du hast schon mit einem Makler geredet?“

„Ja, ein sehr netter, renommierter Mann. Sicher wird er den besten Preis für deine Eigentumswohnung rausholen. In dieser

Woche haben wir einen Termin bei ihm.“

Völlig verstört starrte sie ihn an. „Du machst einen Termin mit einem Immobilienmakler, der *mein* Apartment verkaufen soll, ohne das vorher mit mir zu besprechen?“

„Warum überrascht dich das? Ich habe dir einen Schlüssel zu meinem Haus gegeben, aber das war nur der erste Schritt. Das wusstest du doch.“

„Okay – ein Schritt. Kein Sprung vom Sears Tower innerhalb einer Woche.“

Nicholas musterte sie verständnislos. „Wo liegt das Problem?“

„Ganz einfach. So was will ich selber entscheiden. Seit Jahren sorge ich für mich selber.“

Seine Augen verdunkelten sich. „Ist das alles?“

„Verstehst du nicht, wieso mich das irritiert? Du triffst Entscheidungen über meinen Kopf hinweg!“ So begriffsstutzig konnte er doch gar nicht sein. Niemandem würde sie die Kontrolle über ihr Leben überlassen.

„Oder gibt es einen anderen Grund, warum dir das missfällt? Etwas, das du mir verheimlichst?“ Herausfordernd sah er sie mit hochgezogenen Augenbrauen an.

Ihr stockte der Atem. *Oh Gott, weiß er von Wendell und mir?* War diese ganze Aktion eine Art Test?

„Hör mal, Nicholas, ich will nichts überstürzen und keinen Fehler machen, nur darum geht's.“

„Also wäre es ein Fehler, wenn du zu mir ziehen würdest?“

„Das habe ich nicht gesagt. Aber es läuft gerade so gut mit uns beiden. Wenn wir überstürzt zusammenziehen, setzen wir uns nur unnötig unter Druck.“

Prüfend schaute er sie an. Ihr Argument schien ihn nicht zu überzeugen. „Hängt dein Zögern irgendwie mit Wendell zusammen?“

„Was?“

„Hat er sich an dich rangemacht?"

„Warum fragst du das?" Ziennas Puls raste.

„Hat er?"

„Er ist dein bester Freund."

„Das dachte ich zumindest immer." Nicholas schnitt eine Grimasse.

Um Himmels willen, hat er was herausgefunden?

„Nicholas, ich weiß nicht, was das soll."

„Für manche Leute gibt es keine Grenzen, zum Beispiel Freundschaft. Glaubst du, ich merke nicht, dass Wendell immer noch scharf auf dich ist?"

„Und deshalb hast du gestern eine neue Zerrung in seiner Rotatorenmanschette verursacht?"

Mit großen Augen starrte er sie an. Dann lächelte er süffisant. „Also doch. Er war bei dir."

„Weil ich ihn damals behandelt habe, um seine Schulter wieder in Topform zu bringen. Gestern hast du ihn so grob umgeworfen, dass er wieder genau dort verletzt wurde. Mit Absicht?" Ein hässlicher Verdacht stieg in ihr auf.

„Behauptet er das?"

„*Hast* du's absichtlich getan?"

„Nein." Wie seine Miene deutlich bekundete, hielt er diese Frage für eine Beleidigung. „Wir haben Football gespielt, und ich griff ihn an. So wie ich's immer mache. So wie er es auch immer mit mir macht. Das war keine Absicht, er ist einfach unglücklich gestürzt."

Schweigend musterte sie ihn und versuchte festzustellen, ob er die Wahrheit sagte. Seine Eifersucht konnte er nicht verhehlen. Wendell mochte sein Freund sein. Trotzdem war die Rivalität zwischen den beiden spürbar, was immer der Grund dafür sein mochte.

„Warum sollte ich ihn verletzen wollen?" Nicholas' Stimme klang fast *zu* harmlos.

Eine brisante Frage ... Umso heikler, weil er Zienna aufmerksam beobachtete, als wollte er ergründen, was sie in ihrer Seele verbarg.

„Da mache ich nicht mit", entgegnete sie und wich noch ein paar Schritte weiter zurück. „Ich werde nicht zulassen, dass Wendell bei jeder Gelegenheit eine Rolle in unserem Leben spielt. Mit deinem Misstrauen treibst du mich noch zum Wahnsinn."

„So was ist schon mal passiert."

„Ja, das hast du erwähnt. In eurer College-Zeit hat Wendell deine Freundin gefickt. Was hat das mit mir zu tun?"

„Ich kenne ihn. Und du kennst ihn nicht. Solche Spiele liebt er, und er genießt es in vollen Zügen, auf die Jagd zu gehen. Ich habe gesehen, wie die Frauen reihenweise auf ihn reinfielen und dachten, sie hätten eine Beziehung mit ihm, während er schon längst eine andere vögelte. So armselig ..."

„Warum erzählst du mir das?"

Nicholas trat näher zu ihr. „Wegen seiner besonderen Macht, die er auf Frauen ausübt. Jeder kann er weismachen, er sei total in sie verliebt. Allein in den letzten zwei Wochen hat er mit mindestens drei verschiedenen Frauen geschlafen."

Diese Worte wirkten wie ein Fausthieb in ihre Magengrube.

„Zwischen Wendell und mir ist nichts ..." Beinahe stotterte Zienna. Genau genommen stimmte diese Behauptung sogar. Zumindest seit Donnerstagnacht. „Wenn du das bezweifelst, sollte ich vielleicht gehen."

In diesem Moment hörte sie ihr Handy im Schlafzimmer klingeln. Dankbar für die Unterbrechung, rannte sie hinüber. Hinter sich hörte sie Nicholas' Schritte, schaute ihn aber nicht an. Den Rücken zu ihm gewandt, nahm sie das iPhone aus ihrer Handtasche. Als sie das Foto im Display sah, überschlugen sich ihre Gedanken.

Wendell.

„Meldest du dich nicht?“, fragte Nicholas.

Hastig lehnte sie den Anruf ab. „Nur Alexis, ich rufe sie später zurück.“

Sie wandte sich zu Nicholas. Dann läutete das iPhone In ihrer Hand erneut, und sie schaute auf das Display.

Wendell.

Wenn sie sich ein zweites Mal nicht meldete, würde Nicholas Verdacht schöpfen. Und so berührte sie das Display und hielt das Gerät ans Ohr. „Hey, Alex“, sagte sie und zwang sich zu einem fröhlichen Ton. „Was gibt's?“

„Bist du bei Nick?“, erriet Wendell.

„Ja, mir geht's gut. Ich bin bei Nicholas. Kann ich dich morgen anrufen?“

„Und wenn ich dir sage, dass ich gerade vor seinem Haus stand? Dass ich dich sehen wollte?“

„Wirklich?“ Ziennas Kehle verengte sich. „Machst du Witze?“

„Nein. Jetzt warte ich vor deinem Apartment. Kommst du nach Hause?“

„Heute nicht, ich bleibe bei Nicholas.“ Immer schneller pochte ihr Puls. Nicholas ließ sie nicht aus den Augen.

„Die ganze Nacht?“

„Ja.“

„Du bringst mich um. Weißt du das?“

„Wow! Hat er das tatsächlich behauptet?“

„Hör auf mit dem Scheiß, Zee! Sag's ihm! Oder ich komme rüber, und wir erklären es ihm gemeinsam.“

„Nein!“, protestierte sie mit scharfer Stimme. „Auf keinen Fall. Das tu ich nicht.“

„Hör mal – ich brauche dich. Ich war im Krankenhaus, meine Schulter ist im Eimer. Und – heute Nacht möchte ich einfach nur mit dir im Bett liegen.“

„Sicher kann dir jemand anderer helfen.“ Zienna sprach

nicht allzu schroff, damit Nicholas sich nicht wunderte, hoffte aber, Wendell würde verstehen, wie ernst sie es meinte.

„Verdammt, sonst gibt es niemanden. Bitte, Zee! Okay, du willst nicht, dass ich rüberkomme. Aber du kannst irgendeine Ausrede erfinden. Sag ihm, du müsstest gehen!"

Langsam kam Nicholas zu ihr. „Mach Alex endlich klar, du würdest später mit ihr telefonieren."

„Das besprechen wir morgen, Alex. Bye." Als Nicholas nach dem iPhone in ihrer Hand griff, beendete sie blitzschnell die Verbindung, fürchtete aber, er hätte Wendells Gesicht im Display gesehen.

Klopfenden Herzens hielt sie den Atem an. Nicholas warf das Handy aufs Bett und neigte sich zu ihr.

„Alex ärgert sich über Elliott", log sie. „Weil er sie wieder angerufen hat und alles mit ihr klären will."

„Auch *wir* müssen einiges klären", murmelte er an ihrem Hals, strich über ihren Bauch und die Brüste. Dann zog er ihr Hemd nach oben, schob den BH zur Seite und berührte ihre Nippel. Seine heißen Lippen glitten über ihre Haut. „Ist das nicht besser, als zu streiten?"

Erleichtert, weil er ihr Telefonat mit Wendell nicht bemerkt hatte, schloss sie die Augen. Ihr Herz begann wieder normal zu schlagen, und sie hoffte, Nicholas' Liebkosungen würden sie in Stimmung bringen. Aber wie sie nach einer Minute erkannte, reagierte sie nur mechanisch. Sie hob ihre Lider.

„Nicholas …"

Da presste er seinen Mund auf ihren und küsste sie mit einer Leidenschaft, die sie nicht erwartet hatte und die ihren Protest erstickte. Während er an ihrer Zunge saugte, griff er zwischen ihre Beine und massierte sie durch die Jeans hindurch.

Das konnte sie nicht – Sex mit zwei Männern … Vielleicht sollte sie ihre Untreue endlich beichten.

Sie löste ihre Lippen von seinen. „Bitte, Nicholas, ich … Können wir kurz reden?"

Doch er ignorierte die Frage, leckte ihren Hals ab und drängte sie zum Bett.

„Nicholas, ich meine es ernst …"

Als hätte sie nichts gesagt, schob er beide Hände unter ihr Hemd und kniff in ihre Brustwarzen.

„Nein", stieß sie hervor und versuchte ihn abzuwehren, „das fühlt sich nicht richtig an, weil wir gestritten haben …"

„Und jetzt versöhnen wir uns."

„Nicholas, ich *will*, dass du aufhörst!", betonte sie, falls er ihre Defensive für einen Teil des Vorspiels hielt.

Rücksichtlos zerrte er an ihrem Hemd, sodass die Knöpfe in alle Richtungen flogen, zog den BH hinab und nahm entschlossen eine Brustwarze in den Mund.

„Hör auf!", verlangte Zienna noch einmal.

Weil er das nicht beachtete, versuchte sie, seinen Kopf wegzustoßen, und hoffte, nun würde er endlich begreifen, was sie wollte.

Stattdessen grub er seine Zähne hungrig in den Nippel und bewirkte einen brennenden Schmerz.

„Nicholas!", schrie sie. Mit aller Kraft bekämpfte sie ihn, und schließlich gelang es ihr, sich zu befreien. „Um Himmels willen!!"

„War das zu heftig?", fragte er in unschuldigem Ton.

„Ich sagte doch, du sollst aufhören", beschwerte sie sich und streifte den BH über ihren Busen.

„Sorry, das habe ich nicht mitgekriegt …"

„Nicht?" Zienna verschränkte ihre Arme vor der Brust. „Wie oft muss man dir erklären, du sollst aufhören, bis du's merkst?"

„Heißt das etwa, ich hätte mich dir – aufgezwungen?", fragte er sichtlich erstaunt und verstört.

Bevor sie antwortete, dauerte es ein paar Sekunden. „Nein,

natürlich nicht." Sie nahm ihr iPhone vom Bett. „Aber du hast mir eindeutig nicht zugehört. Und das scheint sich zu einem Trend zu entwickeln."

„Wie bitte?"

„Jetzt will ich einfach nur nach Hause ..."

„Was, zur Hölle, ist denn los mit dir?"

Was mit ihr los war? Sie fühlte sich völlig verwirrt und überwältigt. In vielerlei Hinsicht veränderte er sich, keineswegs zu seinem Vorteil. Und in ihren Gedanken immer noch bei Wendell, wusste sie, dass sie unmöglich mit Nicholas ins Bett gehen konnte.

„Heute Abend verstehen wir uns nicht, Nicholas. Jedenfalls kommt es mir so vor, und deshalb ist es sicher am besten, wenn ich jetzt heimfahre."

„Tut mir leid, ich habe dir nicht zugehört."

„Vergiss es." Zienna trat zu ihm. „Nun werde ich mich um Alex kümmern. Mal sehen, ob sie okay ist."

Nur eine halbe Lüge. Sie wollte Alex tatsächlich besuchen, aber um Wendell auszuweichen, der vermutlich immer noch vor ihrem Apartment wartete. Und sie musste der Freundin ihr Herz ausschütten, sich alles von der Seele reden.

Nicholas starrte sie an. Offenbar überzeugten ihn ihre Worte nicht.

„Morgen rufe ich dich an", fügte sie hinzu.

Zögernd legte er seine Hände auf ihre Schultern. „Ja, klar."

Obwohl seine Stimme erstaunlich sanft klang, spürte sie seinen Ärger. Weil sie keinen neuen Streit anzetteln wollte, stellte sie sich auf die Zehenspitzen und küsste ihn auf die Wange.

„Tu, was du für richtig hältst", sagte er, „das ist dein gutes Recht."

Wortlos verließ sie das Schlafzimmer. Sobald sie durch die Tür gegangen war, drehte sie sich um. „Morgen telefonieren wir, okay?"

Reglos stand Nicholas immer noch an derselben Stelle. „Okay."

Zienna durchquerte das Wohnzimmer und den Flur. Während sie ihre ruinierte Bluse vor der Brust zusammenhielt und die Haustür öffnete, hörte sie ein Krachen und zuckte zusammen. Erschrocken spähte sie über ihre Schulter. Sie sah Nicholas nicht.

Aber sie wusste, was geschehen war.

Soeben hatte er irgendetwas gegen die Schlafzimmerwand geschleudert.

21. KAPITEL

Als Zienna im Auto saß, rief sie Alex nicht an, weil sie sich nicht sicher war, ob Alex ein Date oder Besuch hatte.

Selbst wenn sie Alexis nicht antreffen und umsonst zum West Loop fahren würde – das wäre ihr egal. Diese Zeit, allein in ihrem Wagen, brauchte sie, um nachzudenken.

Nicholas hatte sie brutal in die Brust gebissen. Nachdem er rücksichtslos versucht hatte, sie ins Bett zu kriegen.

Was sie wollte, schien keine Rolle für ihn zu spielen. Sonst hätte er auch nie einen Immobilienmakler kontaktiert, der ihr Apartment verkaufen sollte, ohne das mit ihr zu besprechen. Welcher Teufel ihn ritt, verstand sie nicht. Nur eins wusste sie – das alles gefiel ihr gar nicht.

Ein paar Minuten vor neun erreichte sie Alexis' Loft und fand einen freien Parkplatz. Nachdem sie das Auto abgeschlossen hatte, schaute sie zu den Fenstern hinauf und sah Licht brennen. Sie überquerte die Straße und drückte auf den Klingelknopf.

Fast sofort ertönte Alexis' Stimme. Anscheinend stand sie neben der Sprechanlage. „Heute Abend nicht, Brock, das habe ich dir schon gesagt."

„Ich bin's", erklärte Zienna.

„Oh", murmelte Alexis nach einem kurzen Schweigen.

„Ich weiß, seit wir bei der Pediküre waren, haben wir nicht richtig geredet." Nur ein paar unpersönliche SMS hatten sie ausgetauscht, im Stil von: *Hey, gibt's was Neues?* Zienna hatte ein gemeinsames Dinner vorgeschlagen, aber keine Antwort erhalten. Deshalb vermutete sie, die Freundin wäre ihr immer noch böse. „Aber jetzt brauche ich dich. Bitte, lass mich rein."

Wenig später hörte sie den Summer, betrat die Halle und stieg die Treppe hinauf.

Die Tür zum Loft war angelehnt. Zienna stieß sie auf und wich entsetzt zurück.

„Oh Gott, Alex!“, kreischte sie. „Was ist passiert?“

Alexis kniff die Augen zusammen. Über ihre Wange rollte eine Träne. „Sieht schlimm aus, nicht wahr? Als hätte mich jemand grün und blau geschlagen.“

„Genau so.“

Die linke Seite von Alexis’ Gesicht und die Lider waren geschwollen, sodass sich das Auge zu einem schmalen Schlitz verengt hatte. Über der Braue klebte verkrustetes Blut, die Haut schimmerte violett.

„Was ist geschehen?“ Schmerzhaft krampfte sich Ziennas Herz zusammen. „Wer hat dir das angetan?“

„Brock“, gestand Alexis verlegen. Dann wandte sie sich ab und ging ins Wohnzimmer.

„Warum?“ Zienna schloss die Tür des Lofts und folgte ihr.

Seufzend sank Alexis auf das Sofa und nahm einen Eisbeutel aus einer Schüssel, die sie auf den Couchtisch gestellt hatte. Zienna setzte sich zu ihr – unfähig zu begreifen, was ihrer Freundin zugestoßen war.

„Nicht mit Absicht.“ Alexis drückte den Eisbeutel auf ihr geschwollenes Auge. „Es ist einfach passiert, ein Missgeschick.“

„So was passiert nicht einfach. Er ist über dich hergefallen. Bitte, erzähl mir, dass du die Polizei informiert hast.“

Alexis schüttelte den Kopf.

„Um Gottes willen, Alex ...“ Ein paar Sekunden verstrichen. „Wieso hast du mich nicht angerufen?“

„Weil ich wusste, was du sagen würdest. Du magst ihn nicht. Irgendwie hattest du recht.“

Zienna ließ ihre Schultern hängen. „Mir kannst du alles anvertrauen. Tut mir leid, dass wir gestritten haben. Und du musst wissen – ich bin immer für dich da. Vor allem wenn du so was durchmachst. Hättest du mich angerufen, wäre ich sofort zu dir gekommen."

„Jetzt bist du ja da. Übrigens – warum?" Alexis ließ den Eisbeutel sinken.

„Das spielt im Moment wirklich keine Rolle." Vorsichtig berührte Zienna das verunstaltete Gesicht ihrer Freundin. „Wie fühlt sich das an?"

„Es tut weh."

„Wie es dazu kommen konnte, begreife ich nicht."

„Wir haben zu viel getrunken und – das wird dich ärgern – wieder diese Pillen geschluckt."

„Oh, natürlich." Stöhnend schüttelte Zienna den Kopf.

„Nein, du verstehst nicht … Es ist nicht so, wie du glaubst."

„Dann erklär's mir."

„Du hast die Würgemale an meinem Hals gesehen und sofort verdammt, was da geschehen ist. Wie du reagieren würdest, wusste ich. Deshalb habe ich es nicht schon früher erwähnt. Aber …" Alexis holte tief Luft. „Beim ersten Mal war Brock anders als meine bisherigen Typen. Ein bisschen grob. Nicht *zu* grob. Eine kleine Ohrfeige – oder er versohlte mir den Hintern und warf mich ziemlich unsanft aufs Bett. Okay, mal was Neues, dachte ich, probieren wir's aus. Und es war – viel aufregender als der Sex mit Elliott."

„Also tut er's absichtlich? Du lässt dich verprügeln und dein Gesicht so zurichten?" Fassungslos starrte Zienna ihre Freundin an. So durfte kein Mann mit einer Frau umgehen.

„Ich dachte, er würde mich nur ohrfeigen. Stattdessen schlug er mit der Faust zu."

„Du heilige Scheiße!"

„Ein Sexspielchen. Aber es ging zu weit."

„Allerdings, verdammt noch mal. Und ich wette, die Polizei würde das auch so sehen." Nun entdeckte Zienna frische rote Spuren an Alexis' Kehle. „Dreh dich zu mir. Zeig mir deinen Hals."

Widerstrebend gehorchte Alexis.

„Oh mein Gott!" Zienna presste eine Hand auf den Mund. Fast um den ganzen Hals ihrer Freundin zogen sich Fingerabdrücke. „Hat er dich schon wieder gewürgt?"

„Damit kann ich mich nicht an die Polizei wenden." Über Alexis' Wangen rannen neue Tränen. „Weil ich ihm nicht gesagt habe, er soll aufhören."

„Ganz egal, ob du's erlaubt hast oder nicht. Was Brock mit dir treibt, ist sicher strafbar."

„Er hatte diese Fantasie, er würde mich vergewaltigen", flüsterte Alexis kaum hörbar und wich Ziennas Blick aus.

„Und das hast du mit dir machen lassen?", fragte Zienna entgeistert. *Was geschieht bloß mit ihr? Liegt es an diesen verdammten Ecstasy-Pillen?* „Nach meiner Ansicht füllt er dich mit Drogen und Alkohol ab, damit du seinen brutalen Plänen zustimmst – damit er dich halb bewusstlos schlagen kann und keine Konsequenzen befürchten muss. Wenn du die Polizei nicht informierst, tu ich es!"

„Das verstehst du nicht." Jetzt schaute Alexis direkt in Ziennas Augen. „Ich habe ihn darum gebeten."

„Was?", rief Zienna. Beinahe fehlten ihr die Worte. „Du hast ihn – *gebeten*, dich zu würgen und in dein Gesicht zu boxen?"

„Nicht nur er – auch ich hatte die Vergewaltigungsfantasie. Weil ich dachte, das wäre besonders aufregend."

„Also erregt es dich, wenn du verprügelt wirst?", fragte Zienna bestürzt. *Das Ecstasy muss ihre Gehirnzellen beschädigt haben ...*

„Vielleicht – wollte ich mich einfach nur lebendig fühlen."

„Oh Alex ..." Was Zienna erriet, sprach sie nicht aus.

Ihre Freundin wollte sich nicht nur lebendig fühlen, sondern auch die schmerzhafte Trennung von Elliott vergessen. Wenn sie auch eine tapfere Miene zur Schau trug und vorgab, sie hätte den Kummer längst überwunden – das war reiner Unsinn.

„Tut mir so leid, was du durchmachst", beteuerte Zienna, umarmte sie und drückte sie fest an sich.

Schluchzend legte Alexis den Kopf an ihre Schulter. „Ich weiß, was du über mich denken musst."

„Was ich denke? Dass ich dich liebe. Und ich wünschte, ich könnte dich von deinen Schmerzen befreien. Was du dir antust, verstehe ich nicht ganz. Aber ich verurteile dich nicht. Bitte, glaub mir das."

Alexis richtete sich auf. „Morgen kann ich unmöglich zur Arbeit gehen. Nicht in diesem Zustand. Wahrscheinlich die ganze Woche nicht."

„Hör mal, du solltest dich untersuchen lassen. Sofort. Ich bringe dich ins Krankenhaus."

„Oh Gott, Zee, ich weiß nicht …"

„Ich möchte herausfinden, ob deine Verletzungen behandelt werden müssen. Klar, es fällt dir schwer. Aber es ist wirklich wichtig. Okay?"

Zitternd rang Alexis nach Atem. „Also gut."

Zienna fuhr mit Alexis zum *Rush University Medical Center* und blieb vier Stunden lang bei ihr. Zuerst warteten sie in der Notaufnahme. Es dauerte eine Weile, bis die Diagnose feststand.

Zur Erleichterung beider Frauen hatte Alexis keine bleibenden Schäden erlitten, und die Schmerzen würden nachlassen. Zienna hatte sich wegen des geschwollenen Auges um die Sehkraft ihrer Freundin besorgt. Aber so schlimm, wie es aussah, war es nicht. An der linken Braue musste eine Platzwunde genäht werden. Alexis bekam ein Medikament gegen die Schmerzen und ein Rezept für die nächsten Tage. Dann wurde sie entlassen.

Die Ärzte und Schwestern hatten gefragt, wie es zu den Verletzungen gekommen sei, und betont, solche Misshandlungen würden sie verpflichten, die Polizei zu verständigen.

„Da musste ich behaupten, ich hätte es gewollt", berichtete Alexis im Auto. „Ich erzählte, wir hätten zu viel Wein getrunken und die Situation wäre außer Kontrolle geraten. Natürlich waren sie misstrauisch, aber schließlich glaubten sie meine Story. Brock soll nicht verhaftet werden. Sonst würde die Polizei womöglich ein großes Aufhebens darum machen, und das wäre mir unangenehm. Mir genügt es, wenn ich ihn nie wiedersehe."

Zienna nickte, startete den Motor und fuhr los. „Gut." Was Alexis erlebt hatte, ließ sich nicht ungeschehen machen, und so war es nur sinnvoll, wenn sie nicht mehr zurück, sondern nach vorn blickte. „Aber wenn er dich belästigt oder zu drangsalieren versucht, *musst* du die Polizei rufen."

„Ja, das verspreche ich dir." Eine Zeit lang schwiegen sie, dann fragte Alexis: „Ist zwischen dir und Nicholas alles in Ordnung? Und was ist mit Wendell? Als du zu mir gekommen bist, hast du gesagt, du würdest mich brauchen. Darüber haben wir gar nicht geredet."

„Verglichen mit deinen Problemen ist es harmlos", erwiderte Zienna.

„Bitte, erzähl es mir. Damit ich an was anderes denken kann."

Zienna seufzte leise. „Um die Wahrheit zu gestehen … Was meine Beziehung zu Nicholas angeht, bin ich mir nicht mehr sicher. Er benimmt sich sehr seltsam."

„Was hat er getan?"

„Er erzählte mir, er habe einen Immobilienmakler angerufen, der mein Apartment verkaufen soll, und für diese Woche einen Termin bei ihm vereinbart. Ohne vorher mit mir darüber zu sprechen! Offenbar hat er entschieden, es wäre an der Zeit, dass ich zu ihm ziehe – egal, ob es mir passt oder nicht."

„Wow."

„Deshalb stritten wir. Dann fragte er, ob Wendell mich angebaggert habe. Auf diesem Thema ritt er endlos lange herum und betonte, sein Freund könne alle Frauen rumkriegen. Nicholas behauptete sogar, in den letzten zwei Wochen hätte Wendell mit mindestens drei verschiedenen geschlafen."

„Glaubst du das, Zee? Ich meine – nachdem es Wendell so wild mit dir getrieben hat, wo sollte er die Energie für andere Frauen hernehmen?"

„Mangelnde Potenz war niemals sein Problem ...", bemerkte Zienna. Allein schon der Gedanke, sie könnte nicht die Einzige in Wendells Bett gewesen sein, schnürte ihr die Kehle zu. So etwas wollte sie nicht vermuten – obwohl sie wusste, dass sie keine Treue von ihm erwarten durfte.

„Irgendwie klingt das so, als wäre Nicholas misstrauisch und würde versuchen, dir Wendell madig zu machen. Aber wer weiß ..."

„Nach dem Streit wollte er Sex, und ich weigerte mich. Aber er ließ nicht locker und bedrängte mich. Mehrmals sagte ich, er solle aufhören. Das ignorierte er, und schließlich biss er sogar in meine Brustwarze. Das tat verdammt weh. Beinahe glaube ich, er hat's getan, weil er sauer auf mich war und mich bestrafen wollte. Keine Ahnung ... Vielleicht dichte ich da zu viel hinein."

„Hmmm", murmelte Alexis nachdenklich. „Seine Eifersucht und sein dauerndes Gerede über Wendell ... Das beunruhigt mich."

„Meinst du, er weiß es?" Zienna warf ihrer Freundin einen kurzen Blick zu. „Hat er herausgefunden, was zwischen Wendell und mir passiert ist?"

„Wenn es so wäre – warum sollte Nicholas dann verlangen, dass du zu ihm ziehst? Ich nehme eher an, er fürchtet, du könntest dich wieder in Wendell verlieben. Um das zu verhindern, will er dich in sein Haus holen.“

„Mag sein. Jedenfalls fand ich’s schrecklich, wie er mich gebissen hat. Als wollte er mich dadurch zur Unterwerfung zwingen.“

„Oder reine Lust hat ihn übermannt. So was kommt vor.“

In diesem Moment erreichten sie das Loft, und Zienna antwortete nicht auf diese letzte Bemerkung. Sie parkte das Auto, dann begleitete sie ihre Freundin nach oben.

„Du musst nicht bei mir bleiben, Zee“, sagte Alexis vor ihrer Wohnungstür. „Morgen arbeitest du und …“

„Nein, ich melde mich krank“, fiel Zienna ihr ins Wort. „Diese Nacht lasse ich dich auf keinen Fall allein.“

„Das sollst du nicht für mich tun.“

„Willst du mich nicht bei dir haben?“

„Doch, es wäre wundervoll. Aber dass du meinetwegen krankfeierst …“

„Genau das habe ich vor. Und versuch bloß nicht, mich umzustimmen! Den Mittwoch nehme ich mir ohnehin frei, weil das der Todestag meiner Eltern ist. Also kann ich ebenso gut schon morgen fehlen.“

Lächelnd öffnete Alexis ihre Tür. „Wenn du drauf bestehst …“

„Oh ja.“

Arm in Arm betraten sie den Flur.

22. KAPITEL

Am nächsten Tag telefonierte Zienna mit Nicholas und erzählte ihm von Alexis' „Unfall".

Um das Vertrauen ihrer Freundin nicht zu missbrauchen, erklärte sie, Alex sei im Fitnesscenter von einer Hantel getroffen worden, die jemand geschwungen habe. Nicholas' Stimme klang freundlich und liebevoll. Zum Glück waren die Streitigkeiten beigelegt. Er zeigte sich besorgt um Alexis und schickte sogar Essen aus seinem Restaurant zum Loft, damit die beiden Freundinnen nicht kochen mussten. Zweimal rief er Zienna an, erkundigte sich nach dem Stand der Dinge und sandte ihr mehrere SMS.

Schließlich entschied sie, zwischen ihnen wäre alles in bester Ordnung, und führte sein erschreckendes Verhalten am Montag auf seinen Stress zurück. Oder auf seine Angst, sie zu verlieren. Wenn er auch nichts von ihrer Affäre mit Wendell wusste – womöglich ermahnte ihn ein sechster Sinn zur Vorsicht. Und durfte sie ihm sein Misstrauen verübeln?

Sie wusste ja, dass sie ihn betrogen hatte, und es fiel ihr schwer, seine zu Unrecht verdächtigte Freundin zu mimen. Nachdem sie mit Wendell Schluss gemacht hatte, neigte sie immer mehr dazu, Nicholas die Wahrheit zu gestehen – in der Hoffnung, er würde ihr verzeihen.

Am Mittwochmorgen fuhr sie nach Hause, von tiefer Trauer um ihre Eltern erfüllt, die sie vor zehn Jahren verloren hatte. Kurz vor halb zwölf rief sie Nicholas an, weil sie ihm mitteilen wollte, wann sie zum Friedhof fahren würde. Das hatte sie schon vor Wochen erwähnt. Er hatte ihr versichert, er würde sie begleiten. Um ihn daran zu erinnern, hatte sie ihm am letzten Abend eine SMS geschickt.

„Hey, Darling", begann sie, „ich möchte dir nur sagen, dass ich kurz nach zwei Uhr zum Friedhof fahre. Dann hast du den

Lunch-Trubel hinter dir und kannst vor der Ankunft deiner ersten Dinnergäste zurück sein."

„Oh Baby!", stöhnte Nicholas. „Tut mir furchtbar leid. Ich weiß, ich habe versprochen, ich würde dir an diesem schweren Tag beistehen. Aber im Moment ist es wirklich ungünstig. Mit meinen beiden Restaurants habe ich alle Hände voll zu tun. Heute erwarte ich einige Lieferungen. Und am Nachmittag halten die Besitzer des Eishockeyteams ‚Chicago Blackhawks' ein Meeting bei mir ab. Da darf ich nicht einfach verschwinden."

„Oh", antwortete sie tonlos, von bitterer Enttäuschung erfasst.

„Jetzt bist du mir böse."

„Nun …" Zienna zögerte. „Vor allem bin ich enttäuscht. Ich dachte … ich hatte gehofft, du würdest mit mir kommen. Aber schon gut – ich verstehe, dass du mit deinen Restaurants pausenlos beschäftigt bist."

„Ich wollte wirklich für dich da sein", beteuerte er. So, wie seine Stimme klang, schien er eine gewisse Reue zu empfinden. „Wenn es ein anderer Tag wäre …"

Würde es anders sein, wenn der Jahrestag morgen oder nächste Woche wäre?

„Alexis wird dich doch begleiten?", fragte er.

„Ja", log sie leise. Darum würde sie ihre Freundin nicht bitten, die sich immer noch von Brocks Attacke erholen musste. An diesem besonderen Tag hatte Zienna sich gewünscht, Nicholas wäre an ihrer Seite – der Mann, den sie liebte.

„Ständig hilfst du ihr. Also wird sie auch mal was für dich tun."

„Ja", wiederholte Zienna. Ließ er sie wegen des Streits am Montagabend im Stich? Ärgerte er sich immer noch über sie?

„Ruf mich nachher an, und erzähl mir, wie es war."

Was gab es da zu erzählen? Es würde sehr schlimm und

schmerzlich sein. Deshalb hätte sie seine emotionale Unterstützung gebraucht.

„Okay, bis dann, Nicholas. Jetzt muss ich losfahren und die Blumen für das Grab abholen."

„Tu mir einen Gefallen."

„Welchen?"

„Versprich mir, Alexis auf den Friedhof mitzunehmen. Für mich wäre es schrecklich, wenn du dort allein wärst."

Deshalb habe ich dich um deinen Beistand gebeten. Doch das sprach sie nicht aus und erwiderte stattdessen: „Natürlich."

Zienna rief Alexis nicht an, kaufte das Gesteck, das sie für ihre Eltern bestellt hatte, und fuhr allein zum Friedhof.

Zehn Jahre. Eine lange Zeit. Trotzdem hatte sie manchmal das Gefühl, es wäre erst gestern geschehen. Und vielleicht war es sogar besser, wenn sie allein, in stillem Gedenken, vor dem Grab stehen und mit ihren Eltern Zwiesprache halten würde.

Vor jenem schrecklichen Tag waren sie fünfundzwanzig Jahre lang verheiratet gewesen – und viel zu jung gestorben. Mit neunundvierzig. Dass sie gemeinsam den Tod gefunden hatten, war der einzige Lichtblick.

„Hey, Mom, hey, Dad", flüsterte Zienna und steckte das Metallgestell des Blumenarrangements möglichst tief in die Erde des Grabs, um es sicher zu verankern.

Dann trat sie zurück, betrachtete ihr Werk und lächelte schwach. Teure Blumen. Aber sie waren ihren Preis wert. Fast hundert weiße Rosen, in der Form eines Herzens gestaltet. Das passte zu Ziennas Gefühlen für ihre Eltern. Und zu der Liebe, die beide verbunden hatte.

Zufrieden setzte sie sich ins Gras vor dem Grab, im Schatten von Weidenzweigen. Nicht weit entfernt lag ein Teich. Der *Graceland*-Friedhof war schön und idyllisch, und die gepflegte Umgebung schenkte ihr trotz aller Trauer eine gewisse innere Ruhe.

„Wow“, murmelte sie. „Zehn Jahre ist es schon her. Kaum zu fassen. Vor zehn Jahren habt ihr mich verlassen.“ Seufzend schlang sie ihre Arme um die angezogenen Knie. „Ich kann gar nicht glauben, wie lange ich schon ohne euch lebe …“

Bis sie weitersprach, dauerte es eine Weile.

„Ich hätte euch wirklich noch gebraucht.“

Ja, sie brauchte jemanden, mit dem sie über das Leben und die Liebe reden konnte. Nicht nur Alexis. Dafür hätte sich Ziennas Schwester geeignet, wäre sie nicht verschwunden – selber unfähig, den schmerzlichen Verlust zu verkraften.

„So innig hat euch diese innige Liebe vereint. Sicher war nicht alles perfekt. Aber ihr habt für immer zueinander gehört.“ Nach einer kleinen Pause fuhr Zienna fort: „Von da oben aus habt ihr wahrscheinlich beobachtet, in was für eine unerträgliche Situation ich geraten bin. Zwei Männer. Vielleicht schämt ihr euch für mich. Aber ich hatte das nicht geplant. Keine Ahnung, warum ich das mache. Es ist schrecklich. Aber … Immer wollte ich Wendell. Immer. Irgendwas in meinem Innern sagte mir, er wäre genau der Richtige für mich. Doch dann brach er mir das Herz, und ich musste weiterleben. Dass ich eine Beziehung mit seinem Freund anfing, wusste ich nicht. Und Nicholas ist wundervoll, davon bin ich fest überzeugt – anständig, treu, tüchtig. Und er liebt mich.“

Seufzend zupfte sie ein paar Grashalme aus.

„Aber wenn er mich so lieben würde, wie er es behauptet – hätte er mich heute nicht zu euch begleiten müssen? An einem Tag, der so wichtig für mich ist? Während der Vorbereitungen für sein zweites Restaurant hab ich ihn unterstützt, so gut ich es vermochte. Um bei ihm zu sein, sagte ich sogar Termine im Reha-Center ab. Hätte er sein neues Lokal, nur für heute, nicht jemand anderem anvertrauen können?“

Bei dieser Frage wurde ihr bewusst, was sie in erster Linie störte. Nicht nur Nicholas' Weigerung, mit ihr den Friedhof zu besuchen, sondern die Opfer, die sie auf sich genommen hatte, um ihn bei der Verwirklichung seines Traums zu unterstützen. Warum vergalt er ihr das nicht? Wenn sie ihm etwas bedeutete – warum war er jetzt nicht bei ihr? Sie verlangte kein tagelanges Engagement, nur seine Nähe in ein paar schweren Stunden. Dass er sie umarmte, an seiner Schulter weinen ließ und ihr bewies, dass er für sie da war, sie nie mehr alleine lassen würde …

Stattdessen fühlte sie sich einsamer denn je.

Die Hände unter dem Kopf verschränkt, streckte sie sich im Gras aus. Und die Tränen begannen zu fließen. Als sie ihre Eltern verloren hatte, war sie noch sehr jung gewesen, kaum erwachsen, gewiss nicht bereit für die Verantwortung, das Begräbnis zu planen. So surreal erschien ihr das alles, so unfassbar der plötzliche Verlust. Tabitha, fast noch ein Kind, vom Seelenschmerz überwältigt, konnte ihr nicht helfen. Dankenswerterweise wurde Zienna von Tante Christine und Onkel Ned gerettet, der Schwester und dem Schwager ihrer Mutter, die aus Ohio nach Chicago kamen. Die beiden kümmerten sich um alle Arrangements. Und an jenem grauenhaften, regnerischen Tag hatten sie neben den verwaisten Schwestern gestanden, während die zwei Särge in die feuchte Erde hinabgesenkt wurden.

Die Augen geschlossen, weinte Zienna wie ein kleines Kind, erinnerte sich an alles, was ihr genommen worden war, und wünschte verzweifelt, sie könnte die Zeit zurückdrehen und jenen einen tragischen Moment auslöschen. Jahre hatte sie gebraucht, um zu begreifen, dass sie ihre Eltern niemals wiedersehen würde.

Und – ja, die Leute behaupteten, allmählich würde es leichter sein, besser zu ertragen. Für Zienna galt das keineswegs.

Wie konnte die Welt besser werden, wenn Mom und Dad nicht mehr lebten?

„Hey."

Sie hörte eine Stimme.

„Zee."

Beim Klang ihres Namens öffnete sie die Augen, schaute nach oben und blinzelte. Ein Traum?

Wendell?

Er kauerte sich neben ihr auf seine Fersen. „Hey", wiederholte er.

Keine Halluzination, er war tatsächlich hier.

Langsam setzte sie sich auf und starrte ihn verwirrt an. „Wendell … Was – ich verstehe nicht …"

„Ich war im Reha-Center. Obwohl mein Arzt meint, ich müsste wahrscheinlich operiert werden, hoffe ich, dass ich's mir ersparen kann. Darüber wollte ich mit dir reden. Aber Jamie erklärte mir, heute würdest du nicht arbeiten. Sie erzählte mir, du wärst auf dem Friedhof. Weil das der Todestag deiner Eltern sei. Da erinnerte ich mich sofort wieder daran. Um dich zu finden, habe ich eine ganze Weile gebraucht. Ziemlich groß, der *Graceland*-Friedhof."

„Das hat Jamie dir verraten?"

Er lächelte sanft. „Manchmal kann ich sehr überzeugend wirken."

Bei diesen Worten erinnerte sie sich an Nicholas' Bemerkung über die „besondere Macht", die Wendell auf Frauen ausübte.

Doch sie verdrängte den Gedanken und konzentrierte sich auf seine Anwesenheit. Er war hier. Nicholas nicht.

Vorsichtig wischte er mit der Kuppe seines rechten Daumens ihre Tränen von den Wangen, und sie musterte seinen linken Arm, der in einer Schlinge hing. „Wie geht's denn deiner Schulter?"

„Sie tut immer noch weh. Wenigstens kann ich sie bewegen. Die Schlinge verringert den Druck, damit ich's nicht schlimmer mache. Aber darum sorge ich mich jetzt nicht. Wie stehst du's durch?"

„Ein deprimierender Tag."

„Ja, das weiß ich", sagte er leise.

„Warum bist du hier?"

„Gewiss nicht, weil ich Sex will. Deinetwegen."

Trotz des Kummers schlug ihr Herz höher.

Er setzte sich neben Zienna und legte seinen gesunden Arm um ihre Taille. „Eine brauchbare Schulter habe ich noch. Falls du dich dran ausweinen willst – nur zu. Wie das ist, wenn man über den Verlust geliebter Menschen reden möchte, verstehe ich sehr gut. Erst vor etwa einem Jahr habe ich Jeremiah verloren. Und glaub mir, ich hasse die Leute, die einem auf den Rücken klopfen und behaupten, man werde schon drüber wegkommen."

„Oh Gott, das kann ich nachempfinden."

„Einen so niederschmetternden Schicksalsschlag überwindet man nie."

„Ganz sicher nicht. Für mich war es schrecklich, Mom und Dad auf einmal zu verlieren. Aber das ist wohl kaum mit dem Tod eines Kindes zu vergleichen."

Wendell nickte, schaute weg, und Zienna spürte, dass er mit seinen Emotionen kämpfte. Instinktiv schlang sie beide Arme um ihn und lehnte den Kopf an seine Schulter. Und so saßen sie beisammen, spendeten einander Trost und ließen sich trösten.

„An diesem Jahrestag fühlte ich mich immer einsam", vertraute sie ihm an. „Jetzt nicht mehr – weil du da bist."

„Wow. Nick ist sein Job tatsächlich wichtiger?" Wendell schüttelte den Kopf und wandte sich ihr wieder zu.

„Heute hat er sehr viel in seinem neuen Restaurant zu tun. Er sagte, er müsste dableiben."

„Ja, ich weiß, die Eishockey-VIPs." Er verdrehte die Augen. „Wenn er dich liebt, würde er einen solchen Tag mit dir verbringen. Verdammt, um die ‚Chicago Blackhawks' könnte sich auch wer anders kümmern, und Nick sollte hier bei dir sein."

Oh ja, dachte Zienna. Trotzdem war es Wendell, der neben ihr saß und sie im Arm hielt.

„Und deine Schwester?", fragte er. „Redet ihr wieder miteinander?"

Erstaunt hob sie die Brauen. „Daran erinnerst du dich?"

„Genauso, wie ich an den zehnten Todestag deiner Eltern in diesem Jahr gedacht habe. Ja, ich weiß noch, was du mir über deine Schwester erzählt hast, wie tief es dich kränkt, dass sie aus deinem Leben verschwunden ist. Wie könnte ich so etwas vergessen?"

In Ziennas Brust breitete sich eine eigenartige Wärme aus. Da saß sie vor dem Grab ihrer Eltern, die sich so sehr geliebt hatten. Und jetzt war Wendell an ihrer Seite und bewies ihr, wie viel sie ihm bedeutete. Ein Wink des Schicksals? Waren sie vielleicht doch füreinander bestimmt?

„Ist deine Schwester zu dir zurückgekommen?", fragte er.

„Nein, sie lebt immer noch in Kalifornien – oder wohin immer sie gezogen ist. Ich finde es einfacher, Tabitha aus meinen Gedanken zu verbannen, und ich möchte nicht über sie reden."

„Okay, das müssen wir nicht."

„Aber es war lieb von dir, nach ihr zu fragen", versicherte sie hastig.

„Es tat mir einfach nur leid, dass du sie ebenfalls verloren hast."

Hinter Ziennas Lidern brannten neue Tränen. Er verstand sie. Wirklich. Jetzt gab es keinen Zweifel mehr – ihre einstigen Gefühle für Wendell flammten wieder auf.

„Keine Ahnung, was Nick sich gedacht hat", fügte er hinzu. „Sobald ich herausgefunden hatte, wo du bist, bin ich sofort zum Friedhof gefahren. Vorher habe ich im Restaurant angerufen. Da erklärte mir ein Kellner, der Boss sei mit wichtigen Gästen beschäftigt. Deshalb wusste ich's, er konnte nicht mit dir zum Friedhof gefahren sein."

In seinen Augen las sie echte Zuneigung, diesmal keine Lust. „Ich will nicht an Nicholas denken."

„Erzähl mir was Nettes über deine Eltern", bat Wendell.

Sie überlegte, dann lächelte sie wehmütig. „Jeden Sonntagvormittag gingen wir nach der Kirche zum Brunch in ein Restaurant. Meine Mom war froh, weil sie sich nicht am Herd abrackern musste, und witzelte, der Sonntag wäre der einzige Tag, an dem sie Freigang aus dem Knast hätte. Wir amüsierten uns immer großartig. Mein Dad blödelte, was das Zeug hielt, und kitzelte meine Schwester und mich. So fröhlich waren wir, so übermütig ..."

Bei dieser Erinnerung lachte sie leise, und da merkte sie, dass Wendell genau das bezweckt hatte. Sie küsste ihn auf die Wange und schmiegte sich an ihn. Schweigend saßen sie sehr lange beisammen und hielten einander fest.

Und in Wendells Armen fand Zienna ein bisschen inneren Frieden – ausgerechnet an diesem besonderen Tag, der ihr in den letzten Jahren immer nur schmerzlichen Kummer bereitet hatte.

23. KAPITEL

Als Wendell vorschlug, er würde Zienna vom Friedhof aus zu ihrem Apartment folgen, protestierte sie nicht.

„Nicht um dich ins Bett zu kriegen", beteuerte er. „Aber heute darfst du nicht allein sein. Ich mache dir was zu essen und bleibe eine Weile bei dir."

Sie nickte. „Okay, das wäre wunderbar."

Obwohl sie ihm erklärt hatte, sie könnten sich nicht mehr sehen, empfand sie keine Schuldgefühle, weil sie den Abend mit ihm verbringen würde. An diesem Tag war er der Freund, den sie brauchte. Und Nicholas hatte sie vernachlässigt.

Sie fuhr vor ihm nach Hause und lenkte ihr Auto zum Stellplatz hinter der Zufahrt. Während Wendell eine freie Parklücke suchte, wartete Zienna auf dem Bürgersteig. Etwa dreißig Schritte vom Apartmentblock entfernt fand er einen Parkplatz, joggte zu ihr und legte einen Arm um ihre Taille.

Auf dem Weg in das Gebäude sprachen sie nicht. Zienna genoss es einfach nur, Wendells Nähe zu spüren.

„Sag mir, was du essen willst, und ich mach es dir", versprach er ihr auf der Treppe.

„Dass du ein Koch bist, wusste ich gar nicht."

„Kein Sternekoch wie Nick. Aber ich finde mich in einer Küche zurecht. Vergiss nicht, ich habe in Texas ein Restaurant betrieben."

„Ja, das stimmt." Als Nicholas davon erzählt hatte, war sie nicht interessiert gewesen. „Im Kühlschrank ist nicht viel", fügte sie hinzu, sperrte die Tür des Apartments auf und betrat den Flur. „Aber ich erwarte auch gar nicht, dass du für mich kochst. Bestellen wir was und …"

Mitten in der Bewegung erstarrte sie. Keine zehn Schritte entfernt, saß Nicholas auf dem Sofa.

„Oh mein Gott!" In Ziennas Kopf drehte sich alles.

„Nicholas, was – was machst du hier?“, stotterte sie schockiert und verlegen. „Wie bist du hereingekommen?“

Mit wutverzerrtem Gesicht starrte er sie an. „Sobald ich dir sage, ich könnte dich nicht zum Friedhof begleiten, rufst du Wendell an“, stieß er hervor, ohne ihre Frage zu beantworten. „Allzu lange wartest du nicht, um dich zu trösten.“

„So war es nicht …“

„Zee hat jemanden gebraucht“, erklärte Wendell. „Als ich herausfand, dass du nicht bei ihr warst, wollte ich ihr beistehen.“

„Wie verdammt nett von dir!“, stieß Nicholas hervor, sprang auf und schleuderte den Blumenstrauß, den er umklammert hatte, wütend zu Boden. „Natürlich hast du mir deinen tückischen Plan verschwiegen.“

Zienna zuckte zusammen. Dann legte sie ihre Handtasche und den Schlüsselbund auf das Wandtischchen im Flur und wandte sich zu Wendell um. „Bitte, geh.“

„Sicher nicht, wenn Nick so aussieht, als würde er jeden Moment die Nerven verlieren. Nun wär's vielleicht an der Zeit …“

„Nein!“ Flehend schaute sie Wendell an, um ihn an dem Geständnis zu hindern, das sie befürchtete. „Geh einfach.“ Sie schob ihn zur Tür hinaus. „*Geh!*“

„Nachdem du deinen Freund hierher mitgenommen hast – lass ihn doch dableiben!“, fauchte Nicholas.

Zienna schloss die Tür. Nur mühsam beherrscht, drehte sie sich zu ihm um. „Ich will wissen, wie du hereingekommen bist.“

„Gönnst du mir keinen Schlüssel zu deiner Wohnung? Obwohl du einen zu meinem Haus hast?“

„Also hast du meinen Schlüssel genommen und einen nachmachen lassen? Ohne mich zu fragen?“ Wahrscheinlich an dem Morgen, als er die Zutaten für ihr Frühstück besorgt hatte, die köstlichen Crêpes …

„Klar, nur *das* zählt für dich! Deine Affäre mit Wendell nicht!"

Vergeblich versuchte sie, sich mit einem tiefen Atemzug zu beruhigen. „Nicholas, ich habe keine …"

„Lüg nicht!" Seine Nasenflügel blähten sich. „Verdammt noch mal, lüg mich nicht an!"

Wie gelähmt stand sie da und schwieg.

„Oft genug haben mir die Mädchen von Wendells Potenz vorgeschwärmt. So schnell hat er einen stehen, stundenlang kann er's treiben." Langsam ging Nicholas zu Zienna. „Davon erzählten sie mir, wenn sie mich baten, ich soll ihretwegen mit ihm reden. Weil sie sich wunderten, warum er sie nicht mehr anrief. Sie verstanden nicht, dass Wendell immer nur von seinem Schwanz motiviert wird. Und der braucht an jedem Wochentag eine andere Muschi."

Fast schmerzhaft rauschte das Blut in Ziennas Ohren

„Fickst du deshalb mit ihm, Zee? Weil dir sein Schwanz besser gefällt als meiner?"

„Um Himmels willen, Nicholas! Er ging wegen seiner Schulter ins Reha-Center und erfuhr von Jamie, ich wäre auf dem Friedhof. Deshalb wollte er mir beistehen. Vermutlich weil er seinen Sohn verloren hat und nachvollziehen kann, wie schlimm dieser Tag für mich ist …"

Während sie sprach, wich sie seinem Blick aus.

„Oh, natürlich", säuselte er spöttisch, „nur *das* war's. Sonst ist nie was passiert. Und es hat gar nichts mit der Tatsache zu tun, dass du bei jeder Gelegenheit mit ihm ins Bett springst."

„Setzen wir uns, Nicholas?"

„Ah, jetzt weiß ich, woran es liegt!" Triumphierend schnippte er mit den Fingern. „Schon die ganze Zeit hätte ich Eiswürfel nehmen müssen. Eiswürfel auf deiner Klit, das macht dich doch total an!"

Durch Ziennas Körper rann ein kalter Schauer. Dann verkrampfte sich ihr Magen, und sie atmete kaum, während sie Nicholas anstarrte. Von wachsendem Grauen erfasst, sah sie seine herausfordernde Miene, die unverhohlene Selbstgefälligkeit.

Wieso wusste er …? Sicher hatte Wendell ihm nichts erzählt.

„Was ist los?", fragte er mir geheuchelter Unschuld. „Überrascht dich das?"

„Warum sagst du so etwas?", würgte sie hervor. *Er kann nichts wissen, es sei denn, Wendell hat ihm etwas verraten …*

War sie eine Schachfigur im perversen Spiel zweier Freunde? Wurde sie von beiden zum Narren gehalten?

Nun grinste Nicholas spöttisch. „Bestreitest du es?" Nach einer kurzen Pause zuckte er lässig die Achseln. „Nur zu deiner Information – Videoaufzeichnungen lügen nicht."

Zienna erstarrte. Hätte er sie geschlagen, wäre sie nicht entsetzter gewesen.

Oh Gott, nein.

„Dass da irgendwas lief, ahnte ich", fuhr Nicholas seelenruhig fort. „Eines Nachts folgte ich Wendell und sah ihn hierherkommen. Kurz nach Mitternacht. Vier Stunden lang wartete ich in meinem Auto, bis er wieder auftauchte. Erzähl mir besser nicht, ihr hättet zu so später Stunde Scrabble gespielt."

Heiliger Himmel …

„Und dann – der Abend, an dem ich dich anrief und erklärte, ich könnte nicht zu dir kommen. Da wusste ich es – ja, ich *wusste* einfach, du würdest sofort zu Wendell laufen. Ah, du erinnerst dich? Später rief ich dich noch mal an und sagte, ich würde dich doch noch besuchen. Da hast du mir den Scheiß vorgegaukelt, du hättest schon geschlafen. Aber ich war in deinem Apartment. Und du hast nicht in deinem Bett gelegen. Also gab es keinen Zweifel, du warst bei ihm."

Ziennas wurde beinahe ohnmächtig. Atemlos umklammerte sie die Lehne ihres Sofas.

„Am nächsten Tag installierte ich die Kamera in deinem Schlafzimmer. Du würdest staunen, wie winzig diese Dinger heutzutage sind, wie unauffällig.“

„Es tut mir leid“, flüsterte sie.

„Ah, es tut dir leid?“ Ungläubig runzelte er die Stirn.

„Ich – ich wollte es dir sagen. Am Montagabend in deinem Haus. Aber ich wusste nicht, wie.“

„Kann ich mir denken.“

„Dass es falsch war, wusste ich. Aber ich hatte es nicht geplant, das musst du mir glauben. Keine Ahnung, wie es dazu kam … Jedenfalls – manchmal hätte ich dich gebraucht, da warst du nicht für mich da. Und er *war* da …“

„Und das genügt dir, um mit ihm zu ficken? Weißt du nicht, wie verdammt hart ich für unsere gemeinsame Zukunft gearbeitet habe? Für das neue Restaurant bringe ich mich fast um. Und du gestehst mir nicht ein bisschen Bewegungsfreiheit zu? Du musst sofort jemand anderen fürs Bett haben?“

„So war's nicht.“ Tränen stiegen in ihre Augen.

„Um Gottes willen, Wendell ist mein bester Freund! Warum *er*?“

„Ich wollte dir nicht wehtun. So lange wie möglich habe ich ihn abgewehrt.“

„Bis er dir eine Pistole an den Kopf hielt und dich zum Vögeln zwang?“

Zitternd begann sie zu schluchzen, und es verging mindestens eine Minute, bis Nicholas wieder sprach.

Was er dann sagte, hatte Zienna nicht erwartet.

„So idiotisch es klingt – ich liebe dich immer noch.“

Durch einen Tränenschleier schaute sie ihn an und sah die Wut in seinen Augen erlöschen.

„Ja“, bestätigte er leise, „noch immer. Und es wird dir vielleicht schwerfallen, das zu glauben, aber ich verzeihe dir.“

„Wirklich?“, fragte sie skeptisch.

„So ist das mit der Liebe“, erklärte er und umarmte Zienna. „Man kann dem geliebten Menschen verzeihen, ganz egal, was er einem angetan hat.“

„Das verstehe ich nicht.“

„Heute war ich dir keine Hilfe. Das tut mir leid. Für dich war es ein wichtiger Tag – ein schmerzlicher Tag, und ich hätte dich auf den Friedhof begleiten sollen. Von morgens bis abends hätte ich bei dir sein müssen, wenn es dein Wunsch gewesen wäre. Stattdessen habe ich dich wegen meiner Arbeit vernachlässigt, und so bekenne ich mich schuldig, weil du dadurch empfänglich für Versuchungen warst. Wendell kannte deine Schwäche. Die nutzte er aus.“

Zu verstört, um zu etwas zu erwidern, presste Zienna die Lippen zusammen.

Nicholas drückte sie noch fester an sich und küsste ihre Schläfe. „Noch nie habe ich jemanden so geliebt wie dich. Bitte, verlass mich nicht.“

Ihr schwirrte der Kopf. Was sie da hörte, konnte sie nicht verarbeiten. Nach einer langen Pause warf sie ihm vor: „Du hast dir heimlich einen Nachschlüssel zu meinem Apartment beschafft. Und du bist hier eingedrungen und hast eine Videokamera versteckt.“ Allein schon diese Worte auszusprechen genügte ihr, um sich elend zu fühlen. „Warum du das getan hast, begreife ich nicht.“

Nicholas trat zurück, umfasste ihre Schultern und schaute ihr tief in die Augen. „Weil ich mich vergewissern musste. Der Verdacht trieb mich fast in den Wahnsinn. Natürlich war es nicht richtig, wie ich mich verhielt. Aber du hast mit meinem besten Freund geschlafen! Welche Sünde ist schlimmer?“ Vielsagend hob er die Brauen. „Jetzt gibt es keine Geheimnisse mehr, und wir können in die Zukunft blicken, das alles vergessen.“

Das klang viel zu simpel. Und es ging nicht nur um Ziennas Untreue.

„Am Montag warst du wütend auf mich, weil ich in deine Brust biss. Aber ich hatte gesehen, wie Wendell das mit dir machte. Und da gefiel es dir."

„Oh Gott!" Entrüstet riss sie sich von Nicholas los.

„Ich will dich einfach nur so befriedigen, wie du es magst."

„Verstehst du denn nicht, wie verletzt und missbraucht ich mir vorkomme?"

„Ich verbrenne das Video", bot er ihr hastig an. „Machen wir's zusammen."

„Damit werde ich nicht fertig. Unmöglich."

„Glaub mir, wir werden es überwinden."

„Geh, Nicholas." Jetzt musste sie sich hinlegen. Musste ihre Nerven beruhigen. Musste weinen.

„Erst werden wir die Probleme lösen", entschied er.

„Im Moment kann ich dich nicht einmal anschauen."

„Unsinn, Baby ...", begann er und streckte eine Hand nach ihr aus.

„Geh!", schrie sie. „Verschwinde aus meinem Apartment!"

Da flog die Wohnungstür auf, erschreckte alle beide, und Wendell stürmte herein.

„Wendell ..." Noch mehr Überraschungen ertrug Zienna nicht an diesem Abend. „Sagte ich nicht, du sollst gehen?"

„Das tat ich. Dann blieb ich draußen stehen, um festzustellen, ob hier alles in Ordnung ist." Sein Blick schweifte von ihr zu Nicholas und wieder zurück. „Bist du okay, Zee?"

„Ich will allein sein."

Erbost ging Nicholas auf Wendell zu. „Erst fickst du mein Mädchen, und jetzt störst du uns, während wir uns aussprechen?"

„Du musst ihr die ganze Wahrheit sagen", entgegnete Wendell. „Hast du das getan?"

In Nicholas Augen erschien ein Glitzern, das an Hass grenzte. „Allmählich verliere ich die Geduld mit dir."

Ziennas Herz begann zu rasen. Was geschah hier? In wachsender Angst beobachtete sie, wie Wendell sich zu seiner vollen Größe aufrichtete. Offenbar wollte er Nicholas bedeuteten, er würde nicht zurückstecken.

„Weiß sie alles, Nick?", fragte er in ernstem Ton.

„Ja, sie weiß alles, und ich weiß alles. Gerade versuchen wir damit klarzukommen. Und wenn du nicht sofort abhaust, zwinge ich dich verdammt noch mal dazu."

„Geh einfach, Wendell!", flehte Zienna.

Ungläubig wandte er sich zu ihr. „Heißt das – du entscheidest dich für ihn?"

„Mit dieser Frage rettest du die Situation nicht", konterte sie und verschränkte ihre Arme.

„Du musst die Wahrheit erfahren", meinte Wendell beschwörend. „Und zwar lückenlos. Nicht die beschönigte Version ..."

Plötzlich boxte Nicholas ihn in die Magengrube, und Wendell krümmte sich ächzend.

„Nicholas!", kreischte Zienna.

Nachdem Wendell erstaunlich schnell wieder zu Atem gekommen war, schwang er seinen gesunden Arm und versetzte seinem Gegner einen kraftvollen Kinnhaken. Ruckartig flog Nicholas' Kopf nach hinten.

„Hört auf!", schrie Zienna, sprang zwischen die beiden Männer und hoffte, sie zu besänftigen.

Aber Nicholas beachtete sie nicht. In seinem wilden Zorn schlug er erneut nach Wendell. Dabei traf er mit seinem Ellbogen Ziennas Wange.

Gepeinigt stieß sie einen Schrei aus. Die Augen voller Tränen, sank sie auf die Knie.

Sofort war Wendell an ihrer Seite. „Bist du verletzt, Zee?"

Nicholas packte ihn am Hemdkragen, zerrte ihn zurück und neigte sich zu ihr hinab. „Tut mir so leid, Baby", beteuerte er und wollte ihr auf die Beine helfen. „Alles in Ordnung?"

„Rührt mich nicht an!“, fauchte sie, schob seine Hand weg und stand aus eigener Kraft auf. „Alle beide nicht! Wie die letzten Idioten benehmt ihr euch!“ Vorsichtig strich sie über ihre misshandelte Wange, die verdammt wehtat.

„Sorry, Baby“, entschuldigte Nicholas sich zerknirscht. „Bist du okay? Du weißt, dass ich’s nicht absichtlich getan …“

„Wie ihr euch aufführt, ist *nicht* okay!“, unterbrach sie ihn und schreckte vor ihm zurück. „Nur eins weiß ich – hier geht’s um mich, ich bin die Ursache dieses Streits. Aber müsst ihr euch um mich prügeln?“

Wendell trat einen Schritt näher zu ihr. „Nein, daran bist du nicht schuld. Das ist es ja, was du erfahren musst. Du und ich – unsere neue Beziehung, das war kein Zufall.“

„Halt den Mund, Wendell!“, warnte ihn Nicholas.

Entschlossen drehte Wendell sich zu ihm um. „Das ist deine Chance für ein Geständnis, Kumpel. Oder *ich* erzähl es ihr.“

„Zur Hölle mir dir! Sie hat sich für *mich* entschieden!“

„Nick bat mich, mit dir zu flirten, Zee“, platzte Wendell heraus. „Weil er dich testen und rausfinden wollte, ob du ihm treu bist.“

Verwirrt hielt Zienna den Atem an und starrte in seine Augen. Ohne mit der Wimper zu zucken, erwiderte er ihren Blick.

„Was?“, wisperte sie. „Was sagst du da?“

„Er traute dir nicht. Deshalb forderte er mich auf, dich anzubaggern, um festzustellen, ob du darauf reagierst.“

Während ihre Verwirrung in nacktes Entsetzen umschlug, blickte Zienna zu Nicholas, der den Kopf schüttelte. Aber er schaute sie nicht an.

„Stimmt das?“, fragte sie ihn und presste eine Hand auf ihren Mund.

„Er lügt. Nachdem er dich gevögelt hat, ist er sauer, weil du mich vorziehst. Natürlich hat er diesen Blödsinn erfunden, um uns auseinanderzubringen.“

„Bitte, Zee!“, rief Wendell in flehendem Ton. „Wie weh ich dir tat, ist mir völlig klar. Vor vier Jahren habe ich dich sehr schlecht behandelt – und gewinne ja nichts, wenn ich dir jetzt so etwas verrate. Damit liefere ich dir nur einen weiteren Grund, mich zu verachten. Trotzdem musst du dir die Wahrheit anhören. Selbst wenn es bedeutet, dass ich dich für immer verliere.“

Zienna begann am ganzen Körper zu zittern. „Und was ist die Wahrheit? Warum hast du mich verführt? Wegen eines witzigen Gags, den sich zwei alte Kumpels ausgedacht haben?“ Oh Gott, sie fühlte sich wie die dümmste Gans auf der ganzen Welt. Was sie gerade gehört hatte, verletzte sie noch schmerzlicher als Wendells Verhalten vor vier Jahren.

„Für mich war es das nicht“, versicherte er. „Nicks Misstrauen war mir egal. Aber ich nutzte die Gelegenheit, um dir wieder näherzukommen. Gewiss, ich hätte dich einweihen müssen ...“

„Halt verdammt noch mal dein Schandmaul!“, brüllte Nicholas und stürzte sich erneut auf ihn. Diesmal setzte er die ganze Schwungkraft seines Körpers ein, sodass er Wendell gegen eine Wand rammte. Dabei warf er eine Stehlampe um. Dann knallte er die linke Schulter seines Widersachers gegen die Mauer. Einmal, zweimal.

Gepeinigt stöhnte Wendell auf.

Zienna rannte zu Nicholas und hämmerte mit beiden Fäusten auf seinen Rücken. „Lass ihn los! Du ruinierst seinen Arm!“

Nur widerwillig trat er zurück. Keuchend vor Schmerzen, rammte Wendell seinen rechten Ellbogen in Nicholas’ Gesicht.

„Hört sofort auf, alle beide!“, schluchzte Zienna. „Verdammt, hört endlich auf!“

Nachdem sie ihre Tränen weggewischt hatte, sah sie das Blut. Nicholas’ Blut, das aus seiner Nase rann.

„Seid ihr jetzt glücklich?“ Wütend schaute sie von einem zum anderen. „Habt ihr euch genug angetan? Nur wegen eures idiotischen Spiels, mit mir als Schachfigur …“

„Für mich warst du keine Schachfigur“, protestierte Wendell. Das Gesicht gequält verzerrt, umfasste er seine verletzte Schulter, während Nicholas sich die Nase zuhielt und versuchte, die Blutung zu stoppen.

Zienna empfand kein Mitleid. „Wenn ihr euch gegenseitig umbringen wollt – meinetwegen. Aber das werde ich mir nicht ansehen. Verschwindet, bevor ich zurückkomme. Oder ich rufe die Polizei.“

Sie fuhr herum und lief in den Flur, wo sie ihre Handtasche und den Schlüsselbund von dem kleinen Tisch nahm.

„Zee!“, rief Wendell ihr nach.

„Scher dich zum Teufel!“, schrie sie und stürmte hinaus.

24. KAPITEL

Mit bebenden Händen umklammerte Zienna das Lenkrad, während sie zu Alexis fuhr. Unaufhaltsam flossen die Tränen. Vor dem Apartmentgebäude angekommen, folgte sie einem Mann, der gerade die Tür aufgesperrt hatte, in die Halle. Er warf einen kurzen Blick über die Schulter und runzelte sichtlich erschrocken die Stirn.

„Alles okay?", fragte er,

Statt zu antworten, lief sie die Treppe zu Alexis' Loft hinauf und nahm immer zwei Stufen auf einmal.

„Ich bin's, Alex!" Atemlos klopfte sie an die Tür. Sicher würde ihre Freundin daheim sein. Seit Brock sie so übel zugerichtet hatte, zeigte sie sich noch nicht in der Öffentlichkeit. „Lass mich rein!"

Wenige Sekunden später schwang die Tür auf. Entsetzt griff sich Alexis an ihre Kehle. „Um Himmels willen, Zee, du blutest!"

Tatsächlich? Zienna schaute verstört nach unten und sah Blutflecken auf ihrem Hemd.

Sobald sie den Flur betrat, nahm Alexis sie in die Arme. Hemmungslos begann Zienna zu weinen.

In der nächsten halben Stunde schilderte sie die Ereignisse – erzählte von den Lügen und Täuschungsmanövern, vom Pakt zwischen den zwei Freunden, dem grausamen Treuetest. Auch die Kamera erwähnte sie, mit der Nicholas heimlich ihre sexuellen Aktivitäten mit Wendell aufgezeichnet hatte.

„So dumm war ich", schluchzte sie. „Ich habe Nicholas vertraut, ich habe Wendell vertraut. Und von beiden wurde ich schändlich hintergangen."

„Da." Alexis hielt die Teetasse hoch, die ihre Freundin noch nicht angerührt hatte. „Trink das."

Zienna ergriff die Tasse und nippte an dem Tee, der inzwischen lauwarm geworden war. Dabei spürte sie auf ihrer geschwollenen Oberlippe die Platzwunde, die von Nicholas' Ellbogen stammte. „Am liebsten würde ich in ein Loch kriechen und nie mehr rauskommen."

„Das meinst du nicht ernst, Zee."

„Doch. Ich fühle mich so gedemütigt."

„Klar, es ist wirklich schlimm. Also hat Wendell sich im Auftrag seines Kumpels an dich rangemacht. Was hat Nicholas dazu gesagt?"

„Wendell würde lügen und hätte das alles erfunden, um uns auseinanderzubringen. Nicht, dass es nötig gewesen wäre. Nicholas hat selber genug verbrochen. Nie wieder will ich mit ihm reden. Mein Gott, er hat Wendell und mich beim Sex beobachtet! Und dann hatte er auch noch den Nerv und verkündete, dank dieses Anschauungsunterrichts wüsste er jetzt besser, wie er mich befriedigen müsste. Wie krank ist denn das?"

„Fast unheimlich."

„Und Wendell ..." Schmerzhaft verengte sich Ziennas Brust, und sie kämpfte mit neuen Tränen. „Im Grunde *wusste* ich es ja – ich hätte ihm nicht schon wieder vertrauen dürfen."

„Da bin ich mir nicht so sicher", widersprach Alexis sanft. „Immerhin hat er dir von diesem perfiden Plan erzählt. Und betont, er hätte dich nicht Nicholas' wegen verführt."

„Wie soll ich denn rausfinden, was echt war und was nicht?"

Alexis zuckte die Achseln. „Was sagt dein Herz?"

Über diese Frage dachte Zienna eine Zeit lang nach, und sie erinnerte sich an Wendells Verhalten auf dem Friedhof. So fürsorglich und liebevoll hatte er sie getröstet. Das musste echt gewesen sein.

Trotzdem hatte er sie in gewisser Weise hintergangen. Bevor sie wissen würde, was sie glauben konnte, musste sie alle Fakten erfahren.

„Keine Ahnung", sagte sie schließlich. „Im Moment bin ich einfach nur verwirrt. Und gekränkt."

„Hey, das ist verständlich", meinte Alexis. „Vorerst musst du nichts entscheiden. Für dich war das ein schrecklicher Tag. Was offensichtlich ist – Nicholas' und Wendells Komplott ging nach hinten los, denn jetzt sind die beiden verfeindet, und jeder will dich haben."

„Niemals wollte ich ihre Freundschaft gefährden", seufzte Zienna, von neuem Kummer erfasst. „Alles ist außer Kontrolle geraten. Wenn ich mir vorstelle, ein *Mann* würde sich zwischen dich und mich drängen! Undenkbar …"

„Sie sind doch selber schuld! Und bald werden sich die Wogen glätten. Und bis dahin bleibst du einfach hier."

„Danke." Zienna rollte sich auf dem Sofa zusammen und schloss die Augen.

Anscheinend war sie eingeschlafen, denn sie wurde von leisen Stimmen geweckt und blinzelte ins Halbdunkel. Zunächst glaubte sie zu träumen.

Aber dann erkannte sie die Stimme ihrer Freundin. Alexis sprach mit einem Mann. Langsam setzte sie sich auf. Über ihrem Körper lag eine Decke, im Wohnzimmer brannte eine gedimmte Lampe.

Zienna stand auf und folgte dem Klang der Stimmen zu Alexis' Schlafzimmer.

Wenn Brock da drin war …

Kurz entschlossen stieß sie die Tür auf – und zuckte verblüfft zusammen.

Es war Elliott, der neben der Freundin auf dem Bett saß und lässig ihren Schenkel streichelte.

„Hi." Alexis wandte sich zu Zienna. „Haben wir dich geweckt?"

„*Elliott?*"

„Hey, Zee." Er hob eine Hand und winkte Zienna zu. „Wie ich höre, hast du einen schlimmen Tag hinter dir."

„Ich habe ihm vom zehnten Todestag deiner Eltern erzählt", erklärte Alexis und nickte kaum merklich. Da verstand Zienna, dass Elliott nichts von dem Drama um Wendell und Nicholas wusste.

„Tut mir wirklich leid", sagte er. „So ein Tag ist schwer zu verkraften."

„Oh ja", bestätigte Zienna und blieb im Halbdunkel vor der Schlafzimmertür stehen, damit Elliott die verletzte Oberlippe nicht bemerkte. „Freut mich, dich zu sehen."

„Alex und ich haben gerade geredet …"

„Mal sehen, ob wir einiges wieder hinkriegen", ergänzte Alexis.

Überrascht riss Zienna die Augen auf. „Oh. Wow." Weil sie als nervliches Wrack hier angekommen war, hatte ihre Freundin die Neuigkeit vermutlich nicht erwähnt. „Großartig."

„Willst du was essen?", fragte Alexis.

„Nein, danke, ich wollte dir nur sagen, dass ich jetzt gehe."

„Bist du sicher?"

„Mhm."

Alexis drückte Elliotts Hand, folgte Zienna ins Wohnzimmer und schloss die Tür hinter sich. „Seinetwegen musst du nicht verschwinden."

„Elliott …", wisperte Zienna. „Davon hast du mir gar nichts erzählt."

„Das konnte ich bisher nicht."

„Seid ihr wieder zusammen?"

Alexis entfernte sich von der Schlafzimmertür, damit Elliott nicht zuhörte. „Zumindest sieht es vielversprechend aus", antwortete sie lächelnd.

„Aber hast du nicht gesagt, er sei langweilig?", fragte Zienna.

„Manchmal wird die Aufregung im Bett weit überschätzt."

Alexis warf ihr einen bedeutsamen Blick zu. „Ehrlich gesagt, ich habe nie aufgehört, Elliott zu lieben. Ich dachte nur – ich würde mir etwas mehr wünschen."

„Wie wundervoll, ich freue mich für euch beide."

„Noch ist es nicht entschieden", wandte Alexis ein.

Vielleicht nicht. Aber in ihren Augen erschien wieder der einstige Glanz, und Zienna bezweifelte nicht, dass sich alle Probleme lösen ließen.

Offenbar hatte Alexis einige Zeit benötigt, um herauszufinden, was sie wollte.

„Immerhin versteht er, dass er mir das Herz gebrochen hat", fügte sie hinzu. „Und er weiß, was mit Brock passiert ist. Trotzdem liebt er mich."

„Das ist definitiv die beste Info, die ich den ganzen Tag gehört habe."

Alexis strahlte über das ganze Gesicht. „Aber du kannst wirklich hierbleiben, Elliott wird nicht bei mir übernachten."

„Schon gut, ich fahre nach Hause, und ihr könnt ungestört eure Versöhnung feiern." Zienna zwinkerte ihrer Freundin zu. „Sag Elliott, nächstes Mal unterhalte ich mich etwas länger mit ihm."

„Okay." Alexis umarmte sie. „Ruf an, wenn du mich brauchst."

„Ja, natürlich."

Als Zienna langsam in die Zufahrt ihres Apartmentgebäudes bog, sah sie einen schwarzen Infiniti SUV auf der Straße parken. Ihr stockte der Atem. Um sich zu vergewissern, schaute sie auf das Nummernschild.

Nicholas ...

Und er hatte einen Parkplatz gewählt, von dem aus er die Zufahrt im Auge behalten konnte. Damit er sah, wann sie zurückkommen würde.

Nun sprang er aus dem SUV, rannte zu ihrem Auto und klopfte an das Rückfenster.

Sollte sie einfach Gas geben? Stattdessen bremste sie. Er kam zur Fahrerseite und bedeutete ihr, das Fenster zu öffnen.

Nur zögernd erfüllte sie seinen Wunsch. „Du hättest nicht auf mich warten sollen, Nicholas."

„Möchtest du nicht mit mir reden und versuchen, die Dinge aus *meiner* Perspektive zu sehen?"

„Was ihr getan habt – du und Wendell ..." Kopfschüttelnd verstummte sie.

„Er versucht nur, Unheil zu stiften. Warum sollte ich ihn auffordern, mit dir zu flirten? Welchen Sinn hätte das? Um Himmels willen, wir sind nicht mehr auf dem College."

Unschlüssig starrte sie ihn an. Was sollte sie glauben? Dann hupte jemand hinter ihr und versuchte, an ihrem Hyundai vorbeizufahren.

„Lass mich einsteigen", drängte Nicholas.

Da ihr anscheinend nichts anderes übrig blieb, betätigte sie den Knopf, der alle Türen öffnete, und Nicholas sprang auf den Beifahrersitz. Noch bevor er die Tür richtig geschlossen hatte, fuhr sie weiter.

„In deinem Apartment wollte ich nicht warten", erklärte er. „Um deinen Wunsch zu respektieren."

Ohne zu antworten, steuerte sie das Auto zu ihrem Stellplatz.

Schweigend stiegen sie die Treppe hinauf. Erst in Ziennas Apartment begann Nicholas wieder zu sprechen. „Ich habe versucht, Ordnung zu machen."

„Das sehe ich."

Er hatte das Blut weggewischt, das auf den Boden getropft war, die zerbrochene Lampe und den zertrampelten Blumenstrauß weggeräumt. Doch es würde lange dauern, bis die hässliche Szene in Ziennas Erinnerung verblassen würde.

Erschrocken musterte Nicholas ihr Gesicht. „Oh Gott, deine Oberlippe, Zee ... Tut mir so leid."

„Mit gutem Grund", erwiderte sie, ging in ihr Wohnzimmer und ließ sich aufs Sofa fallen.

„Schon immer war meine Freundschaft mit Wendell kompliziert." Nicholas setzte sich ihr gegenüber in einen Lehnstuhl. „Während des Studiums hatten wir oft Dates mit denselben Mädchen. Jetzt rede ich nicht von meiner Freundin, die mich mit ihm betrog. Sondern von anderen, die uns nichts bedeuteten. Ab und zu schliefen wir gleichzeitig mit denselben Mädchen. Jugendlicher Leichtsinn ... In diesem Alter amüsiert man sich einfach und denkt nicht an die Konsequenzen."

„Keine Ahnung, worauf du hinauswillst."

„Wie Wendell tickt. Vielleicht glaubte er, was früher okay war, hätte sich nicht geändert."

Ziennas Augen verengten sich. „Behauptest du, Wendell sei nur einer alten Tradition gefolgt, als er mit mir schlief? Weil ihr euch früher Frauen geteilt habt?"

„Vielleicht, ich weiß es nicht. In den letzten Stunden habe ich versucht herauszufinden, warum er das gesagt hat."

„Dass du ihn gebeten hast, mit mir zu flirten?"

„Eine Lüge. Damit wollte er uns auseinanderbringen." Nicholas stand auf und setzte sich zu ihr. „Offenbar ist er immer noch scharf auf dich. Vor vier Jahren wart ihr zusammen. Und wahrscheinlich hielt er es für cool, wenn ihr da weitermachen könntet, wo ihr damals aufgehört habt."

„Dachte er, du würdest ihm deinen Segen geben?", fragte Zienna ungläubig.

„So verrückt es klingt, ja. Womöglich habe ich ihn sogar auf diese Idee gebracht."

Sekundenlang fehlten ihr die Worte. „Also – gibst du es zu?"

„Nun, bei der Eröffnungsfeier erwähnte ich, du würdest traumhaft aussehen. Da sagte er, ja, du seist immer noch verdammt sexy.“ Nicholas zuckte die Achseln. „Vermutlich hat er irgendwas falsch verstanden.“

Am liebsten hätte sie ihn geohrfeigt. „Um es anders auszudrücken – ich bin dein Eigentum, und du hast Wendell ‚aus Versehen‘ erlaubt, mich zu vernaschen?“

„Klar, ich hab’s verbockt. Wahrscheinlich habe ich irgendwas zu Wendell gesagt, das ihm irrtümlicherweise wie ein Freibrief vorgekommen ist. Außerdem hätte ich dir früher erzählen müssen, dass ich über eure Affäre Bescheid wusste. Leider habe ich mich etwas unvernünftig benommen.“

„Das ist die Untertreibung des Jahrhunderts.“

„Jedenfalls hast du’s mit Wendell getrieben, *bevor* du seine Beweggründe kanntest, und ich verzeihe dir. Und du willst mir den Laufpass geben, weil ich Fehler gemacht habe?“

Zienna schwieg verwirrt. War sie unfair?

„Überleg mal, Zee. Seit fast sechs Monaten haben wir eine feste Beziehung. Ich habe mit dir über eine gemeinsame Zukunft gesprochen. Und was hast du gemacht? Du bist mit meinem besten Freund ins Bett gehüpft.“

Bedrückt wich sie seinem Blick aus. „Ich habe nie behauptet, ich sei unschuldig.“

„So führst du dich aber auf.“ Nach einer kurzen Pause versicherte er: „Ich seh’s ein, ich habe mich nicht richtig verhalten. Und du? Glaubst du, dein Seitensprung würde mich kein bisschen verletzen?“

„Das habe ich nie gesagt.“

„War auch nicht nötig.“

Nun entstand ein noch längeres Schweigen, bis Zienna tief aufseufzte: „Ich bin völlig verwirrt, Nicholas. Wenn ich auch nicht Schluss machen möchte – heute habe ich eine Seite von dir kennengelernt, die mir gründlich missfällt. Diese Hinterhältigkeit, diese Heimlichtuerei …“

„Habe nur ich etwas verheimlicht?“, konterte er.

„Okay … Meinetwegen sind zwei Männer, die sich für beste Freunde gehalten haben, aufeinander losgegangen. Meinst du, das ist mir nicht bewusst? Natürlich war auch ich dafür verantwortlich. Und vielleicht klingt es naiv, aber ich wollte mich nie zwischen dich und Wendell drängen."

„Mit jemandem, der mich dermaßen verachtet und mit dir schläft, kann ich nicht befreundet bleiben. Sandra, meine Freundin auf dem College, hat mir nicht annähernd so viel bedeutet wie du. Deshalb war mir ihr Seitensprung mit Wendell nach einiger Zeit egal. Jetzt ist es was anderes. Das Ende dieser Freundschaft darfst du dir nicht vorwerfen. Daran ist er allein schuld. Ich habe dir von den Konkurrenzkämpfen zwischen Wendell und mir erzählt. Auf dem Footballplatz. Oder um Frauen. Es war dumm von mir."

„Vielleicht sollte ich mich von euch beiden fernhalten, damit ihr die Situation ungestört bereinigen könnt."

„Und ich dachte, du liebst mich", murmelte Nicholas niedergeschlagen.

Nun schaute Zienna ihn wieder an. „Das war, bevor du mich zum Siegespreis in deinem Wettkampf gegen Wendell degradiert hast."

„Also verzeihst du mir nicht. Obwohl ich dir deine Untreue vergebe."

„Ich – ich brauche einfach etwas Zeit. Die brauchst du genauso. Und was immer du auch versicherst – womöglich bedauerst du eines Tages, dass du dich wegen einer Frau mit Wendell entzweit hast. Ihr beide solltet über eure Freundschaft nachdenken. Und was uns beide angeht – vielleicht finden wir wieder einen Weg zueinander. Warten wir's ab. Uns allen wird eine Atempause guttun."

Zu ihrer Verblüffung brachte ihn dieser Vorschlag nicht in Rage. Er nickte lediglich resigniert.

Behutsam strich er ihr übers Haar. „Also gut. Was du sagst,

ergibt einen gewissen Sinn. Wendell und ich haben dich ziemlich erschreckt. Diese Prügelei war echt unnötig."

Zienna musterte seine Verletzungen und berührte vorsichtig seine geschwollene Wange. Über seinem Nasenrücken klebte ein kleines Pflaster. „Obwohl du es bestreitest – an den Ereignissen dieses Abends bin ich schuld, und ich fühle mich elend. Hätte ich nicht mit Wendell geschlafen, wäre es nicht passiert."

„Im Moment können wir nichts anderes tun, als einander zu verzeihen und an die Zukunft zu denken. Das Schlimmste liegt hinter uns."

25. KAPITEL

Während der nächsten Tage versuchte Zienna, das Geschehene zu verarbeiten und herauszufinden, was sie wollte. Von Wendell hörte sie nichts – was sie erleichterte und zugleich enttäuschte. So ist es vielleicht am besten, dachte sie, fürchtete jedoch, sein Schweigen könnte ein Indiz dafür sein, dass er wirklich nur mit ihr gespielt hatte.

Fast täglich telefonierte sie mit Nicholas, und er versprach ihr, er würde alles tun, um ihr Vertrauen zurückzugewinnen. Er forderte sie sogar auf, sie sollte das Schloss an ihrer Wohnungstür auswechseln lassen und ihm damit den Zugang zu ihrem Apartment verwehren. Bevor er an jenem verhängnisvollen Abend gegangen war, hatte er die versteckte Kamera entfernt. Seitdem fühlte Zienna sich ein bisschen besser.

Bei diesen Telefonaten erzählte er ihr, Wendell sei nicht zur Arbeit ins Restaurant zurückgekehrt und würde nicht auf seine Anrufe reagieren. „Das beweist vermutlich, dass er nur nach Chicago zurückgekommen ist, um Schwierigkeiten zu machen."

„Ja", stimmte sie zu, obwohl ihr das Herz wehtat. „Da hast du sicher recht."

Wie sehr sie erneut unter Wendells Verlust litt, gestand sie Nicholas nicht. Natürlich konnte sie ihm auch nicht anvertrauen, was ihr inzwischen bewusst geworden war – sie liebte Wendell heißer denn je.

Am vierten Tag nach dem hässlichen Zwischenfall nahm sie Nicholas' Einladung zum Dinner in seinem Haus an. So großzügig hatte er ihr verziehen. Musste sie nicht wenigstens versuchen, es ihm gleichzutun?

Auf der Fahrt zu seinem Haus rief sie Alexis an, informierte sie über den Stand der Dinge und ihre Absicht, Nicholas zu verzeihen.

„Bist du sicher, Zee?"

„Ja." Zienna schluckte. „Ganz sicher. Ich habe nachgedacht und mir meine Schuld eingestanden. Hätte ich mich nicht mit Wendell eingelassen, wäre das alles nicht passiert."

„Das stimmt wahrscheinlich. Aber viel interessanter als die Erkenntnis deiner Schuld ist die Frage, ob du wirklich mit Nicholas zusammenbleiben willst. Oder gehört dein Herz immer noch Wendell?"

„Da er sich nicht bei mir meldet, weiß ich schon mal, wie es in seinem Herzen aussieht."

„Versöhnst du dich mit Nicholas, weil es keine bessere Möglichkeit gibt?"

„Toll, Alex, besten Dank!"

„Ich will dich nicht nerven und bitte dich nur – denk darüber nach. Ich habe das Gefühl, du hast nie wirklich aufgehört, Wendell zu lieben. Und nach seiner Rückkehr hat er dein Herz mühelos wieder erobert."

„So einfach ist es nicht. Anscheinend ist er immer noch ein rücksichtsloser Playboy. Das darf ich nicht vergessen."

„Trotzdem habe ich dich nie glücklicher gesehen als während deiner Affären mit Wendell."

Zienna begann sich zu ärgern. Eigentlich hatte sie erwartet, die Freundin würde sie in ihrem Entschluss bestärken. „Elliott und du habt einander verziehen. Nun baut ihr eure neue Beziehung auf, du hast deinen ‚guten Kerl' zurückbekommen. Gerade du müsstest meine Entscheidung verstehen."

„Zwischen Elliott und mir ist die Liebe nie erloschen", betonte Alexis. „Gewiss, er hat mich betrogen. Und ich habe einiges ausprobiert. Dabei wurde mir klar, dass ich den Richtigen längst gefunden habe. Wenn du dein Herz fragst – glaubst du, es gehört Nicholas?"

„Warum bist du so skeptisch?"

„Weil ich glaube, dein Entschluss widerspricht deinen wahren Wünschen. Es ist nur eine Notlösung."

Zienna stöhnte frustriert. Natürlich wollte sie von ihrer besten Freundin ihre wahre Meinung hören. Aber was Alexis jetzt sagte, verkomplizierte die ohnehin schon schwierige Situation noch zusätzlich. Vor nicht allzu langer Zeit war Alex ganz begeistert von Nicholas gewesen.

„Das sehe ich anders", begann Zienna deshalb. „Nicholas ist so großzügig und verzeiht mir meine Untreue. Würde ich das nicht akzeptieren, wäre ich verrückt. Klar, ich könnte mir mehr Zeit nehmen und auf die Stimme meines Herzens hören. Aber weißt du was? Bisher hatte ich nur Probleme, wenn ich meinem Herzen gefolgt bin. Damit will ich nichts mehr zu tun haben. Nicholas ist ein guter Mann. Nur aus Liebe zu mir wurde er zu diesen extremen Maßnahmen getrieben. Und Wendell? Nun, der hat mir einfach nur seine Potenz bewiesen – seine Fähigkeit, mir immer neue sexuelle Höhepunkte zu bieten. Dadurch wurde ich von Nicholas abgelenkt. Und deshalb schäme ich mich."

„Meinst du das ernst?", fragte Alexis. „Bist du sicher?"

Plötzlich schwanden Ziennas letzte Zweifel. „Ja, völlig sicher. Ich habe den Richtigen gefunden. Davon bin ich fest überzeugt."

„Wenn das so ist – okay, dann will ich's auch glauben."

„Danke, Alex, das bedeutet mir sehr viel."

„Ich liebe dich, Zee."

„Und ich dich."

Zienna bog in die Zufahrt von Nicholas' großem Haus ein. Nachdem sie ihre Entscheidung getroffen hatte, fühlte sie sich viel besser.

Natürlich durfte sie nicht erwarten, sie könnte mit Nicholas da anfangen, wo sie aufgehört hatten, und alles würde sofort wieder wundervoll sein. Aber sie würden um ihre Beziehung kämpfen und alle Schwierigkeiten bald meistern.

Sie ging zur Tür und läutete. Ihren Schlüssel benutzte sie nicht, denn sie bevorzugte einen ganz neuen Anfang, nachdem sie reinen Tisch gemacht hatten. Vorerst durften sie sich nicht so verhalten, als wäre alles genauso wie früher.

Etwa eine Minute verstrich, nichts rührte sich. Zienna drückte noch einmal auf den Klingelknopf und klopfte gegen die Tür.

Hatte sie etwas gehört? Sie legte ihr Ohr an das Holz und lauschte. Da, schon wieder – ein dumpfer Krach.

„Nicholas?“, rief sie. „Bist du okay?“

Keine Antwort. Hastig zog sie ihren Schlüsselbund hervor und sperrte die Tür auf, betrat den Flur und sah sich um. Keine Spur von Nicholas.

Aber sie hörte ein lautes Stöhnen.

Sofort ließ sie ihre Tasche und den Schlüsselbund fallen, rannte zum Wohnzimmer, aus dem die Stimme gedrungen war. Zusammengekrümmt lag Nicholas in einer Blutlache auf dem Boden.

„Oh mein Gott, Nicholas!“ Erschrocken stürmte sie zu ihm.

Er versuchte sich auf den Rücken zu drehen, und da sah sie das Messer, das in seinem Bauch steckte.

„Oh Nicholas, Darling!“, schrie sie panisch. „Was ist passiert, wer hat das getan?“

Er bemühte sich, Ziennas Blick zu erwidern.

„Wendell“, würgte er zwischen gequälten Atemzügen hervor. „Wendell …“

Dann flatterten seine Lider, die Augen fielen ihm zu.

Seine Antwort jagte einen eisigen Schauer über ihren

Rücken. Wie paralysiert stand sie da, starrte Nicholas an, den Messergriff, das Blut.

Wendell?

Entschlossen riss sie sich zusammen. „Nicholas?“ Als er nicht reagierte, kniete sie neben ihm nieder und schlug auf sein Gesicht. „Wach auf, Darling, schlaf nicht ein! Ich rufe jetzt den Notarzt. Bleib bei mir, hörst du?“

Noch immer gab er keinen Laut von sich. Zienna kroch zum Telefon, das auf dem Couchtisch lag. Mit zitternden Fingern wählte sie die Nummer.

„911“, meldete sich eine Männerstimme. „Worum geht’s?“

„Mein Freund – wurde niedergestochen“, stammelte sie und brach in Tränen aus. Nachdem sie die grausige Situation in Worte gefasst hatte, erschien sie ihr viel realer.

„Ist er bei Bewusstsein, Ma’am?“

„Das war er ... Jetzt redet er nicht mehr. Da ist so viel Blut!“

„Die Adresse?“

„Neunundneunzig Kingsbury ...“, begann sie und merkte, dass sie ihre eigene Adresse angab. „Nein, sorry, Lincoln Park ...“ Atemlos nannte sie die richtige Anschrift. „Bitte, beeilen Sie sich!“, flehte sie, ließ das Telefon fallen und kehrte zu Nicholas zurück.

Verzweifelt starrte sie das Messer in seinem Bauch an, und es drängte sie, es herausziehen. Doch sie wusste, dann würde er womöglich verbluten.

„Alles wird gut, Darling“, versicherte sie, „der Krankenwagen ist unterwegs.“ Sie schmiegte sich vorsichtig an ihn, legte ihre Finger auf seine, warmes Blut rann über ihre Hand. Krampfhaft holte sie Luft.

Wie war das geschehen? Und warum? Das verstand sie nicht. Hatte Nicholas gemeint, er sei von Wendell so schwer verletzt worden? Oder hatte er einfach nur den Namen seines Freundes ausgesprochen?

Etwas so Entsetzliches konnte Wendell nicht getan haben. Das wollte sie nicht glauben.

Anderseits wusste sie, dass beide zur Gewalttätigkeit neigten. Und seit der Prügelei in Ziennas Apartment hatten sie sich nicht versöhnt.

Falls Nicholas tatsächlich meinte, was sie befürchtete, war die Situation bedrohlich eskaliert.

Und jetzt lag er reglos am Boden seines Wohnzimmers. Würde er verbluten?

„Halt durch, Darling, bitte, halt durch!"

Nach der rasenden Fahrt zum *Northwestern Memorial Hospital* begann die qualvolle Wartezeit, während Nicholas verarztet wurde. Zienna war mit ihren Nerven fast am Ende.

Fünfzehn Minuten nachdem sie sich in den Warteraum gesetzt hatte, kamen zwei Detectives zu ihr – ein Mann und eine Frau – und fragten sie, was geschehen sei.

„Das weiß ich nicht", erwiderte sie unglücklich. „Als ich ins Haus meines Freundes kam, lag er blutend am Boden, ein Messer im Bauch. Er war allein, sonst sah ich niemanden."

„Hat er etwas gesagt?", erkundigte sich die Polizistin.

Zienna zögerte kurz. *Wendell …* Dann schüttelte sie den Kopf. Bevor sie der Polizei diese Information lieferte, wollte sie sich vergewissern, dass Nicholas seinen ehemaligen Freund tatsächlich beschuldigte. „Zumindest sagte er nichts, was einen Sinn ergeben hätte."

Schließlich verschwanden die Beamten, und sie wartete erneut – auf die Diagnose der Ärzte und auf Alexis' Ankunft.

Sobald Nicholas in die Notaufnahme gebracht worden war, hatte Zienna bei Alexis angerufen. Endlich sah sie die Freundin ins Wartezimmer laufen. Von Gefühlen überwältigt, sprang sie auf und warf sich schluchzend in ihre Arme.

Alexis strich ihr besänftigend über das Haar. „Ganz sicher wird Nicholas gesund."

„Ach, ich weiß nicht, Alex, es sieht sehr gefährlich aus", seufzte Zienna und ließ sie los. „Die Notärzte nahmen an, das Messer hätte die Milz durchdrungen. Er hat innere Blutungen und ist immer noch im OP."

Alexis umfasste Ziennas Hände. „So schnell geben wir nicht auf, okay? Wir werden nicht glauben, das Schlimmste würde passieren."

Zitternd rang Zienna nach Atem. „Okay."

Die Freundin führte sie zu den Stühlen, und sie setzten sich.

„Was hast du vorhin am Telefon gesagt?", fragte Alexis mit gesenkter Stimme. „Möglicherweise hätte Wendell damit zu tun?"

Allein schon der Gedanke war für Zienna unerträglich. „Da bin ich mir nicht sicher", antwortete sie ebenso leise. „Ich fragte Nicholas, wer ihm das angetan habe, und er nannte Wendells Namen. Danach verlor er das Bewusstsein. Ob er meinte, was ich befürchte, weiß ich nicht. Vielleicht wollte er mich bitten, Wendell anzurufen und ihm zu erzählen, was passiert ist."

„Ja", entschied Alexis, „das muss es sein."

Nur kurzfristig ließ Zienna sich beruhigen, bevor neue Tränen ihren Blick trübten. „Aber der Kampf in meinem Apartment war so grässlich. Und als ich Nicholas fand, sah ich kein Chaos im Wohnzimmer, nichts war durchwühlt oder verwüstet worden. Also kann es kein Einbrecher gewesen sein, und Nicholas muss jemanden ins Haus gelassen haben, den er kennt."

Alexis drückte tröstend Ziennas Hand. „Darüber solltest du dir jetzt nicht den Kopf zerbrechen. Warten wir die Operation ab, dann werden wir erfahren, was geschehen ist."

Erst am nächsten Tag durfte Zienna zu Nicholas, und da bestätigten sich ihre schlimmsten Ahnungen.

„Wendell war es“, sagte Nicholas ohne die geringsten Zweifel in seiner Stimme oder in seinen Augen. „Er hat versucht, mich zu ermorden.“

26. KAPITEL

Während Nicholas die Ereignisse schilderte, saß Zienna neben seinem Bett im Krankenzimmer und knabberte an ihrer Unterlippe.

Wendell war zu ihm gekommen, um seine Gefühle für Zienna mit ihm zu erörtern. Schon nach kurzer Zeit hatten sie gestritten, dann waren sie handgreiflich geworden. In wildem Zorn hatte Wendell ein Messer aus der Küche geholt und Nicholas niedergestochen,

So unendlich schwer fiel es ihr, das zu glauben – das zu verstehen.

„Wie Kain und Abel", fügte Nicholas kaum hörbar hinzu, von der Operation geschwächt. „Die Eifersucht ist ein hässliches Gefühl, Zee, und sie kann einen Menschen zu unvorstellbaren Taten treiben."

„Tut mir so leid, Darling." Diese Worte wiederholte sie immer wieder wie ein Mantra, seit er erwacht war und um ihren Besuch gebeten hatte.

„Es ist nicht deine Schuld."

„Doch, Nicholas. Hätte ich mich nicht mit Wendell eingelassen, wäre das alles nicht passiert."

Erneut war sie Wendells Verführungskunst erlegen, hatte sich zwischen zwei Freunde gedrängt und eine Tragödie verursacht. Die Kehle wie zugeschnürt, vermochte sie kaum zu sprechen. „Du hättest sterben können ..."

„Einen Großteil meiner Milz haben die Ärzte gerettet, und ich lebe noch. Hey!" Er schlang seine Finger in ihre. „Jetzt ist alles wieder gut, Baby."

Zienna kämpfte mit den Tränen. So viele hatte sie schon vergossen. „Nein, ist es nicht! Gar nichts ist gut. Wie kann ich mir jemals verzeihen, was ich angerichtet habe?"

„Nun bist du hier, bei mir." Nicholas lächelte sanft. „Nur das zählt."

„Und ich werde dich auch nicht verlassen." Sie drückte seine Hand. „Das musst du mir glauben." Dieser Entschluss hatte bereits festgestanden, ehe sie am Vorabend zu seinem Haus gefahren war. Seit dem schrecklichen Zwischenfall fühlte sie sich noch zusätzlich darin bestärkt. „Was dir gestern zugestoßen ist, hat mir meinen schweren Fehler erst richtig bewusst gemacht – einen Fehler, den ich bitter bereue."

„Dann war die Lebensgefahr sogar was wert", meinte er, hob ihre Hand und rieb sie an seiner Wange. „Du gehörst zu mir, keine Verwirrung mehr, was Wendell angeht. Dafür lasse ich mich doch gern niederstechen."

„Sag das nicht!" Zienna wollte sich nicht vorstellen, bei der grausigen Tat wäre etwas Gutes herausgekommen.

Erkannte sie Wendells wahres Wesen erst jetzt? Hatte er sie die ganze Zeit getäuscht?

Rohe Gewalt? Ein Mordversuch? *Ihretwegen?* Unfassbar …

Plötzlich kehrten ihre Gedanken zu jenem Tag zurück, an dem er vor dem Reha-Center auf sie gewartet hatte. Sie hatte ihm von Donald erzählt, dem wütenden Patienten, und seiner Drohung, vor Gericht zu gehen.

Wenn du willst, verprügle ich ihn.

Bei diesem Angebot hatte Wendell gegrinst. War es wirklich nur ein Scherz gewesen? Besaß er üble Charakterzüge, von denen sie nichts geahnt hatte?

„Woran denkst du, Baby?", unterbrach Nicholas ihre Überlegungen,

„Oh … Nur dass ich so glücklich bin, weil du gesund wirst."

„Bleibst du heute Nacht bei mir? Du könntest hier schlafen, man würde ein Klappbett für dich aufstellen. Vorhin habe ich der Oberschwester erklärt, du wärst meine Verlobte und ich hätte dich gern in meiner Nähe."

Seine Verlobte … Das Wort bereitete ihr ein leichtes Unbehagen. Gewiss, sie hatte sich für eine Zukunft mit Nicholas entschieden. Trotzdem störte sie seine Neigung, alles kontrollieren zu wollen.

Natürlich fühlte sie sich *nicht* glücklich, nachdem Wendell ihn fast umgebracht hätte. *Kain und Abel.* Das hatte Nicholas gesagt. Rasende Eifersucht zwischen zwei Freunden, die so eng wie Brüder verbunden gewesen waren, hatte zu einem Mordanschlag geführt.

Die qualvollen Selbstvorwürfe lasteten immer noch auf ihrer Seele, obwohl Alexis ihr mehrmals versichert hatte, dafür gebe es keinen Grund. „Wenn sie so brutal übereinander hergefallen sind, kann die Freundschaft nicht so eng gewesen sein", hatte sie betont. „Offenbar war die Rivalität stärker. Früher oder später musste so was passieren."

Vielleicht stimmte das, denn Nicholas hatte mehrmals die zahlreichen Konkurrenzkämpfe erwähnt.

Wie auch immer – Zienna wollte das alles verstehen, und es drängte sie, die Wahrheit aus erster Hand zu erfahren, Wendell anzuschreien, eine Erklärung zu erzwingen. Nicht nur für seine Attacke auf Nicholas, auch für den Grund, warum er ihr erneut so wehgetan hatte.

Andererseits spürte sie, dass ein Gespräch mit ihm nichts Gutes bewirken würde. Zweifellos war es besser, Wendell endgültig zu vergessen.

„Ja, ich übernachte sehr gern bei dir." Lächelnd schaute sie in Nicholas' Augen. „Am besten hole ich vorher ein paar Sachen aus deinem Haus, die du vielleicht brauchst. Auch bei mir daheim müsste ich einiges erledigen. Dann komme ich sofort zurück."

Am späteren Vormittag erschien die Polizei im Krankenzimmer, um Nicholas zu vernehmen. Auch Zienna wurde wieder befragt.

Da Nicholas das Dreiecksverhältnis zwischen Wendell, Zienna und sich selbst erwähnte, wollten die Detectives Einzelheiten von ihr erfahren.

In welcher Beziehung stand sie zu Wendell? Hatte er Nicholas schon vorher attackiert? Was genau mochte an dem Abend der Messerattacke geschehen sein?

„Das weiß ich wirklich nicht", versicherte Zienna. „Als es passierte, war ich noch nicht im Haus. Tagelang hatte ich nichts von Wendell gehört, er rief nicht an, um Nicholas oder mich zu bedrohen. Ich kann Ihnen nur von dem Kampf der beiden erzählen, der eine knappe Woche vorher in meinem Apartment stattgefunden hat. Ja, sie gingen mit Fäusten aufeinander los. Aber ich konnte nicht ahnen, welches erschreckende Ausmaß der Streit annehmen würde."

Danach sprach die Polizistin, Detective D'Alessandro, unter vier Augen mit ihr, wobei die heikleren Fakten erörtert wurden. Zienna glaubte, dass Detective Ford hoffte, sie würde sich in der Gesellschaft einer Frau wohler fühlen und ihr etwas mehr über das komplexe Verhältnis mit zwei Männern anvertrauen.

Obwohl die Polizistin keinerlei Vorurteile erkennen ließ, war es Zienna furchtbar peinlich, über das Thema zu reden und ihre Untreue zu gestehen. Auf professioneller Ebene wollte die Polizistin sich einfach nur über Wendell informieren, auf persönlicher würde die Frau – die einen Ehering trug – die Zeugin zweifellos verachten.

Aber niemand konnte Ziennas Seelenqualen noch verstärken, sie fühlte sich ohnehin schon elend genug. Zwischen zwei Männern war sie hin- und hergerissen worden, und einer hatte den Preis für ihre Sünden beinahe mit seinem Leben bezahlt.

Mit Anfang dreißig hatte sie ein Dreiecksverhältnis riskiert. In diesem Alter waren ihre Eltern schon seit Jahren verheiratet gewesen. Und sie hatte sich immer nur gewünscht, was Mom und Dad vergönnt worden war. Eine Liebe fürs Leben. Diese Sehnsucht hatte zu einem Drama geführt. Aber jetzt wusste sie, was sie wollte. Eine Zukunft mit Nicholas.

Um ihm beizustehen, sagte sie bis zum übernächsten Tag alle ihre Termine im Reha-Center ab. Nachdem sie in seinem Haus einen kleinen Koffer gepackt hatte, war sie nach Hause gefahren, hatte geduscht und sich frische Kleidung angezogen. Dann warf sie ein paar Sachen, die sie für die Nacht benötigen würde, in eine Reisetasche.

Bevor sie ihr Apartment verlassen und zur Klinik zurückkehren konnte, klingelte ihr Handy. Zu ihrer maßlosen Verblüffung sah sie Wendells Foto und seinen Namen im Display. Prompt klopfte ihr Herz schneller.

Nach tagelangem Schweigen rief er sie ausgerechnet jetzt an? Sollte sie drangehen?

Das Klingeln verstummte, und sie stieß den Atem hervor, den sie unbewusst angehalten hatte. Hastig schlüpfte sie in ihre Schuhe.

Da läutete es wieder.

Diesmal dachte sie nicht nach, zauderte nicht. Sie drückte auf das Display und hielt den Apparat ans Ohr. „Hallo?"

„Zee."

Nur eine einzige Silbe, doch die Emotionen, die darin mitschwangen, ließen Zienna am ganzen Körper erbeben. Sorge und Kummer vermischten sich mit Erleichterung.

„Danke, dass du dich meldest", fuhr Wendell fort. „Du musst nicht mit mir reden, ich will dir nur etwas erklären. Was Nicholas behauptet, stimmt nicht. Natürlich habe ich nicht versucht, ihn umzubringen."

„Du solltest mich nicht anrufen."

„Hörst du mir zu, Zee? Ich habe ihn nicht niedergestochen. Am Sonntagabend bat er mich, ihn zu besuchen, damit wir reden könnten. Also fuhr ich zu ihm, wir sprachen uns aus, und ich dachte, wir hätten die Probleme gelöst. Heute Mittag bekam ich eine Vorladung von der Polizei. Dann ging ich ins Restaurant, und da erzählten mir die Mitarbeiter von Nicks Beschuldigung, ich hätte ein Messer in seinen Bauch gestoßen."

„Ich fand ihn im Wohnzimmer", erwiderte Zienna frostig. „In einer Blutlache."

„Keine Ahnung, wie es passiert ist. Nur eins weiß ich – ich war's nicht."

„Als ob du das zugeben würdest!", konterte sie verächtlich.

„Glaubst du wirklich, ich würde ihn ermorden wollen?", fragte er mit gepresster Stimme.

„Warst du inzwischen bei der Polizei?" Wie Zienna im Lauf des Tages erfahren hatte, war Wendell bisher nicht aufgespürt worden.

„Damit ich verhaftet werde?"

„Wenn du unschuldig bist, solltest du mit den Detectives reden, nicht mit mir. In deinem Haus haben sie dich nicht angetroffen."

„Nick klagt mich eines Mordversuchs an! Erst mal würden die mich einsperren und erst später Fragen stellen."

„Für solche Diskussionen fehlt mir die Zeit, Wendell. Mein Verlobter wäre fast gestorben!"

„Dein Verlobter ist ein Lügner!"

„Nein, *du* lügst!" Trotzdem glaubte sie nicht ganz, was sie da sagte. Weil er die Tat bestritt, schöpfte sie zaghafte Hoffnung. Sie konnte doch nicht mit einem bestialischen Verbrecher geschlafen und sich dermaßen in Wendell getäuscht haben, oder?

Aber – wie sollte sie die Fakten beurteilen? Nicholas befand sich schwer verletzt im Krankenhaus, und er war eindeutig klar im Kopf. Also durfte man wohl kaum annehmen, er hätte sich geirrt.

„Nicholas liegt nicht im Koma", erklärte sie, „und die Medikamente haben seinen Verstand kein bisschen beeinträchtigt. Wenn er von deiner Attacke redet, weiß er genau, was er sagt."

„Dann ist es noch schlimmer, als ich dachte."

„Warum?"

„Weil er absichtlich lügt, um mich hinter Gitter zu bringen."

Zienna rief Alexis an. In ihrer Verwirrung wusste sie sich nicht anders zu helfen, nachdem Wendell im Brustton der Überzeugung verkündet hatte, Nicholas sei ein Lügner.

Offensichtlich lag Nicholas im Krankenhaus, weil er niedergestochen worden war. Und womöglich wäre er an der schweren Milzverletzung gestorben, hätte Zienna ihn nicht rechtzeitig gefunden.

Mit eigenen Augen hatte sie den Hass und den Zorn zwischen den beiden einstigen Freunden beobachtet. Erwartete Wendell wirklich, sie würde ihm glauben, dass er unschuldig sei? Ihr Herz sagte ihr, zu so einer furchtbaren Tat sei er unfähig. Doch ihr Gehirn widersprach mit dem Argument, niemand sonst habe einen Grund, Nicholas mit einem Messer anzugreifen.

Da die Freundin sich nicht meldete, wählte Zienna die Handynummer ein zweites Mal, wieder ohne Erfolg. Dies war Alexis' erster Arbeitstag seit ihrem Aufenthalt in der Notaufnahme. Wahrscheinlich wollte sie deshalb keine privaten Anrufe entgegennehmen.

Und so kehrte Zienna ins *Northwestern Memorial Hospital* zurück. Bevor sie Nicholas aufsuchte, aß sie ein Sandwich in der Cafeteria. Sie wusste, sie würde eine Stärkung brauchen.

Sobald sie das Krankenzimmer betrat, streckte Nicholas ihr lächelnd eine Hand entgegen. „Ich bin so froh, dass du wieder da bist."

„Wie fühlst du dich?"

„Miserabel. Als wäre ein Laster über mich hinweggerollt." Er stöhnte schmerzlich. „Vorhin hörte ich, die Detectives hätten Wendell noch immer nicht erreicht. Wahrscheinlich ist er auf der Flucht. Bitte, sei vorsichtig!"

„Ja, natürlich."

„Wenn er Kontakt mit dir aufnimmt, darfst du ihm nicht trauen und musst sofort die Polizei verständigen. Für mich ist es sehr wichtig, dich in Sicherheit zu wissen."

Nur eine Sekunde lang zögerte sie, bevor sie nickte. „Okay."

„Wenn dir etwas zustieße – das würde ich nicht verkraften."

Weil er absichtlich lügt, um mich hinter Gitter zu bringen …

„Glaubst du etwa, Wendell würde mich verletzen?"

„Liege ich hier oder nicht? Niemals hätte ich vermutet, er würde versuchen mich zu töten. Und er ist stocksauer auf dich …"

Nicholas drückte ihre Hand. „Jedes Mal, wenn ich die Augen schließe, sehe ich ihn mit dem Messer auf mich zustürzen, den wilden Zorn in seinem Blick. Niemals hätte ich gedacht, er würde es tatsächlich tun, und ich sagte sogar: ‚He, Kumpel, was treibst du denn? Wir sind doch Freunde.' Aber es war sinnlos. Mit aller Kraft bohrte er die Klinge in meinen Bauch und schrie, ich müsse sterben."

Zitternd rang er nach Luft, kniff die Lider zusammen, und als er sie wieder hob, rannen Tränen über seine Wangen. „Bitte, Baby, lass dich nicht von ihm täuschen. Ruf die Polizei an, sobald er sich bei dir meldet. Versprich es mir! Erst wenn er im Gefängnis sitzt, werde ich mich nicht mehr um dich sorgen."

Zienna nickte und wischte seine Tränen weg. „Okay, Darling, ich hab's verstanden."

„Gut. Denn wenn dir etwas passiert, würde ich sterben."

„Das meinst du nicht ernst."

„Doch!“, beteuerte er. „Völlig ernst. Wenn Wendell dich mir wieder wegnimmt, will ich nicht weiterleben.“

Beruhigend lächelte sie ihn an und hoffte, es würde ihm entgehen, dass sie ihm das gewünschte Versprechen nicht gegeben hatte.

27. KAPITEL

„Was sagt dein Instinkt?“, fragte Alexis am nächsten Abend.

Die beiden Freundinnen saßen in der Cafeteria des Krankenhauses. An diesem Tag hatte Zienna einige Zeit daheim verbracht, weil Nicholas’ Eltern und seine Schwester aus Kansas City angereist waren. Die Ärzte hatten die Verwandten über die Situation informiert. Nach einer etwas peinlichen ersten Begegnung hatte Zienna sie mit dem Patienten allein gelassen – nicht allzu lange, denn Nicholas wollte sie stets an seiner Seite haben.

„Mein Instinkt?“ Durfte Zienna ihrem Instinkt trauen? „Nun, ich erwarte nicht, dass Wendell in alle Welt ‚Hey, klar, ich hab’s getan‘ hinausposaunen wird. Aber die Fakten lügen nicht. Nicholas wurde nach einer grausamen Attacke in die Klinik gebracht.“

„Aber Wendell behauptet steif und fest, er sei nicht der Täter.“

„Wie gesagt, ich erwarte kein Geständnis. Einen Mordversuch an seinem Freund wird er wohl kaum zugeben.“

Skeptisch schüttelte Alexis den Kopf. „Also, ich weiß nicht recht … Vielleicht leidet Nicholas an einem partiellen Gedächtnisverlust, und er erinnert sich an die Keilerei in deinem Apartment. Was in seinem Haus geschah, hat er womöglich vergessen.“

„Niemand würde das lieber glauben als ich“, seufzte Zienna. „Aber Nicholas war nicht verwirrt, und ich muss akzeptieren, was er sagt.“

„Weil du dich schuldig fühlst?“

„Wie bitte?“

„Nicholas wurde fast umgebracht. Seither bist du nur kurzfristig von seiner Seite gewichen. Du bist wieder seine treu sorgende Lebensgefährtin. Nun frage ich mich – warum bleibst du bei ihm? Weil du es willst? Oder weil dich dein Gewissen plagt?“

„Ich wollte immer bei ihm bleiben“, erwiderte Zienna irritiert. „Von Anfang an dachte ich, er wäre genau der Richtige für mich. Dann kam Wendell zurück und brachte mich durcheinander. Das weißt du, Alex. Oh, verdammt …“

„Noch was weiß ich. Während du wieder mit Wendell zusammen warst, hast du geradezu gestrahlt. Als würdest von innen her erleuchtet, von neuen Lebensgeistern erfüllt. Natürlich klingt das kitschig. Aber anders kann ich es nicht beschreiben.“

„Ja, ich habe eine aufregende Affäre genossen“, stimmte Zienna leise zu. „So wie du mit Brock. Und wohin hat es mich geführt? Zwischen zwei Männer, und einer wurde meinetwegen fast getötet.“

Alex warf ihr einen bedeutsamen Blick zu. „Nein, das lässt sich nicht vergleichen. Ich habe mit Elliott Schluss gemacht, weil ich geglaubt habe, ich würde was anderes brauchen. Und du bist zu Wendell gerannt, weil er der Mann war, den du immer wolltest. Deshalb vermute ich, du hast dich wegen deiner Schuldgefühle für Nicholas entschieden. Und aus diesem Grund solltest du keinesfalls bei ihm bleiben. Selbst wenn du nicht mit Wendell zusammen sein willst. Das ist die ehrli che Meinung deiner Freundin, die dich fast dein Leben lang kennt.“

„Vielleicht musste ich einfach nur zu schnell erwachsen werden. Ich bin über dreißig. Und mein Partner wurde wegen meiner Affare beinahe ermordet.“

„Vorhin hast du gesagt, du würdest Wendell gern für unschuldig halten. Besinnst du dich schon wieder anders?“

„Ich bin verwirrt!“, fauchte Zienna. „Gestehst du mir das bitte zu? Selbstverständlich will ich nicht glauben, Wendell wäre zu so einer schrecklichen Tat fähig. Aber was ich zu erklären versuche – ein solches Ereignis kann einen ganz plötzlich verändern. Vorher war ich mir Nicholas' wegen nicht ganz sicher. Jetzt bin ich es."

„Wirklich?", konterte Alexis.

„Ja. Und es missfällt mir, wenn du dich so aufführst, als würdest du mich besser kennen als ich mich selber."

Nun entstand eine kurze Pause, bevor Alexis sich verteidigte: „Hör mal, ich versuche dir nur einen Denkanstoß zu geben. Und ich will sicher keine Miesmacherin sein."

„Gut. Noch mehr Stress kann ich nämlich nicht gebrauchen. Zugegeben – ich fühle mich schuldig. Aber ich habe mich davon unabhängig für Nicholas entschieden."

„Wahrscheinlich bin ich nur so misstrauisch, weil ich dich lieber etwas glücklicher sehen würde."

„Erst gestern wurde Nicholas niedergestochen. Hätte ich ihn etwas später gefunden, wäre er gestorben. Nie im Leben hatte ich größere Angst. Verzeih mir, dass ich keine Champagnerkorken knallen lasse."

Alexis hob beide Hände, um ihre Kapitulation zu bekunden. „Tut mir leid. Ich weiß, ich mach dir alles noch schwerer. Aber ich werde dieses Gefühl nicht los, Nicholas könnte sich irren."

„Jetzt reicht's." Zienna schob ihren Stuhl zurück und stand auf.

„Okay, okay, ich halte den Mund."

„Nicholas' Eltern und seine Schwester haben gesagt, sie würden um halb acht gehen. Sicher fragt er sich schon, wo ich so lange bleibe." Ohne ihre Freundin anzuschauen, ohne sie zu umarmen, ergriff Zienna ihre Handtasche. „Bis später."

Als sie die Cafeteria verließ, warf sie keinen einzigen Blick zurück. Alexis' Skepsis war das Letzte, was sie jetzt brauchte.

Auf dem Weg zum Krankenzimmer beschloss Zienna, sie würde sich sofort auf das Klappbett neben Nicholas legen und die Augen schließen. Es war ein langer Tag gewesen, erfüllt von angespanntem Warten auf weitere Testresultate, die bestätigen sollten, dass der Genesungsprozess des Patienten ohne Komplikationen verlaufen würde.

Zwischendurch hatte Zienna viel zu oft Nicholas' schmerzverzerrtes Gesicht gesehen. Immer wieder ließ die Wirkung der Medikamente nach. Natürlich würde sie an seiner Seite bleiben. Wo sollte sie denn sonst sein?

Sie öffnete die Tür.

„... und wie oft soll ich's noch sagen?" Nicholas' Stimme klang ärgerlich. Dann verstummte er – offenbar weil er Zienna entdeckt hatte. Neben dem Bett saßen die Detectives D'Alessandro und Ford, die ebenfalls zur Tür schauten.

„Oh, verzeihen Sie", bat Zienna, „ich wollte nicht stören."

„Die Polizei hat noch ein paar Fragen", erklärte Nicholas. „Keine Ahnung, wie lange das dauern wird. Weißt du was? Warum fährst du heute Abend nicht nach Hause?"

Die Detectives hier? So spät am Abend? Das fand sie seltsam, doch sie fragte nur: „Soll ich wirklich schon gehen, Nicholas?"

„Jetzt ist es fast neun. Und du hast mir erzählt, du würdest morgen wieder arbeiteten. Ja, fahr heim, und schlaf dich aus."

„Haben Sie Wendell inzwischen gefunden?", wandte sie sich an die Polizisten.

„Darüber reden wir morgen", sagte Nicholas, bevor einer der beiden sprechen konnte. „Dann wirst du alles erfahren. Einverstanden?"

Etwas argwöhnisch musterte sie ihn. „Ja ..."

„Bevor du mich verlässt, kriege ich aber noch einen Kuss."

Zienna ging zum Bett, neigte sich hinab und hauchte einen schnellen Kuss auf Nicholas' Lippen. Vor den Cops war ihr das ein bisschen unangenehm. Hastig richtete sie sich wieder auf. „Und sonst? Alles in Ordnung?"

„Bestens, von den Schmerzen abgesehen. Aber wenn die Schwester mir die Medikamente gegeben hat, werde ich wie ein Stein schlafen. Heute musst du wirklich nicht hier übernachten."

Eigentlich hatte sie etwas anderes erwartet. „Wenn du dir sicher bist …"

„Das bin ich." Nicholas streichelte ihren Arm. „Morgen reden wir. Wenn ich früh genug aufwache, rufe ich dich an, okay?"

„Okay."

Sie nickte den beiden Detectives zu, verließ das Krankenzimmer und fragte sich erneut, warum sie wieder hier waren. Noch dazu um diese Zeit.

Beinahe hatte Zienna ihr Apartment erreicht, als ihr einfiel, dass sie noch einige Lebensmittel brauchte. Seit der Attacke auf Nicholas hatte sie sich keine Zeit genommen, um Brot, Eier, Milch und dergleichen zu besorgen. Also wendete sie ihren Wagen und fuhr zum Supermarkt.

In aller Eile erledigte sie ihre Einkäufe und verstaute sie gerade auf dem Rücksitz des Autos, als sie plötzlich eine blitzschnelle Bewegung am Rand ihres Blickfelds bemerkte. Zu verblüfft, um zu reagieren, blinzelte sie nur. Und ehe sie wusste, wie ihr geschah, presste sich eine Hand auf ihren Mund.

„Schrei nicht!", warnte eine Flüsterstimme. „Ganz ruhig."

Wendell!

Sofort rauschte das Blut auf Hochtouren durch Ziennas Adern. Sie stieß ihren Ellbogen nach hinten und versuchte, Wendells Bauch zu treffen – erfolgreich, aber wirkungslos, denn er lockerte seinen Griff kein bisschen,

„Hör auf, dich zu wehren, Zee, ich will dir nicht wehtun."

Doch sie achtete nicht auf seine Warnung. Mit aller Kraft stemmte sie sich gegen seine Brust. Zu ihrer Überraschung ließ er sie nach ein paar Sekunden los. Keuchend fuhr sie zu ihm herum.

„Wie gesagt, ich möchte dir nicht wehtun, Zee. Ich bin nur hier, um mit dir zu reden. Weil ich dir einiges begreiflich machen muss."

„Mein Gott, Wendell, hast du den Verstand verloren? Lauerst du mir auf?"

„Ich habe vor deinem Apartment auf dich gewartet. Als du dein Auto gewendet hast, bin ich dir gefolgt. Ich dachte, du würdest zur Klinik zurückfahren. Bevor du hineingegangen wärst, wollte ich mit dir sprechen."

„Und deshalb attackierst du mich auf dem Parkplatz?"

„Habe ich dich attackiert?"

„Oder bedrängt – was auch immer."

„Ich musste dich sehen. Denn ich wusste es – sobald du mich anschaust, würdest du nicht glauben, ich hätte Nick zu töten versucht."

„Da irrst du dich", entgegnete sie und wich vor ihm zurück.

„Ich habe ihn nicht niedergestochen. Ja, ich wollte dich. Aber nicht so – niemals auf diese Weise."

Mit großen Augen starrte Zienna ihn an. Sollte sie schreien? Um Hilfe rufen? Jemanden bitten, die Polizei zu verständigen?

Stattdessen beobachtete sie Wendell prüfend. „Warum erwartest du, dass ich dir glaube?"

„Weil es die Wahrheit ist. Und in deinem Herzen weißt du es – zu der Tat, die Nicholas mir anlastet, wäre ich unfähig."

„In meinem Herzen? Mein Herz ist ahnungslos, und ich habe nicht die leiseste Ahnung, wer du wirklich bist!" Voller Zorn hob sie ihre Stimme, ohne es zu beabsichtigen.

„Doch. Wer ich bin, weißt du ganz genau."

Vorsichtig trat er zu ihr, und diesmal wich sie nicht zurück. Aber wenn er ihr zu nahe kam, wenn er sie noch einmal anfasste, würde sie laut genug schreien, sodass ihr jemand zu Hilfe kam. Irgendwer auf diesem Parkplatz …

„Sieh mich an“, bat Wendell. „Schau mir in die Augen, und sag mir, ich würde lügen.“

Das tat sie nicht. Schweigend streckte sie eine Hand nach der Fahrertür ihres Autos aus. Jetzt musste sie weg von hier, sofort. Nur zu deutlich erinnerte sie sich an Nicholas’ Ermahnung, Wendell nicht zu trauen und die Polizei zu rufen, wenn er Kontakt mit ihr aufnahm.

Aber Wendell lehnte sich an den Wagenschlag und versperrte ihr den Weg. *„Schau mich an!“*

Nun sprach er noch eindringlicher, und endlich erfüllte sie seinen Wunsch.

„Wenn mich eine Schuld trifft, dann nur, dass ich dich zu einer Affäre verführt habe, während du in einer festen Beziehung mit meinem besten Freund warst. Ich war selbstsüchtig. Deshalb habe ich mich nach der Schlägerei in deinem Apartment nicht mehr bei dir gemeldet. Du hast gesagt, ich soll verschwinden. Das tat ich, und da merkte ich, was für ein Riesentrottel ich war. Ich dachte … Also, ich dachte, ich wäre es Nick schuldig, ihn mit dir klarkommen zu lassen. Wenn du dich für mich entscheiden würdest, wüsstest du ja, wo ich zu finden wäre. Leider habe ich nichts von dir gehört.

Er seufzte. „Und nachdem ich die Situation ohnehin schon genug verkompliziert hatte, unternahm ich nichts. Dann rief Nick mich an, lud mich für den Sonntagabend zu sich ein und erklärte, er wollte Frieden mit mir schließen. Da fuhr ich zu ihm. Offensichtlich hattest du dich für ihn entschieden. Ich liebte dich genug, um dich aufzugeben. Und ich liebte Nick genug, um mich mit ihm zu freuen.“

„So einfach hast du es dir gemacht“, spottete Zienna. „Genauso wie beim ersten Mal.“

„Verstehst du es nicht? Diesmal hat es mich fast umgebracht, auf dich zu verzichten. Denn jetzt *wusste* ich es. Dieses Mal war ich mir deinetwegen sicher." Wendell atmete tief durch. „Schon am ersten Abend, als ich dich wiedersah, zusammen mit meinem Freund – da erkannte ich, dass es der größte Fehler meines Lebens war, dich vor vier Jahren zu verlassen. Schon vorher hatte ich dauernd an dich denken müssen. Aber in jenem Moment stand es endgültig fest. Und seither versuche ich alles, um wiedergutzumachen, was ich damals verbockt hatte. Dann bat Nick mich, mit dir zu flirten und deine Treue zu testen. Obwohl ich ihn für verrückt hielt, sagte ich, das würde ich tun, kein Problem. Nur weil ich mir eine neue Chance bei dir erhoffte. Und keineswegs, um ihn über meinen Erfolg zu informieren. Weißt du, wie ich seine Frage, ob du mit mir flirten würdest, beantwortet habe? Du seist nicht interessiert. Ein Spiel, das er kontrollierte, wollte ich nicht spielen. Nur um dich ging es mir. Natürlich war das eine unerträgliche Situation … Trotzdem hätte ich nie versucht, Nick zu ermorden. Und er erzählt der Polizei, ich hätte es getan. Wozu ist er nur fähig?"

Zienna hatte genug gehört. „Behauptest du etwa ernsthaft, dass …?"

„Dass er mich absichtlich in Schwierigkeiten bringt? Ja, genau das. Anfangs dachte ich, er wäre verwirrt. Erst jetzt weiß ich, dass er bei klarem Verstand ist. Die ganze Zeit hielt er mich für eine Bedrohung. Immer. Er liebt dich, Zee, und er will dich nicht an mich verlieren. Also schmiedete er einen raffinierten Plan, damit ich für immer von der Bildfläche verschwinde."

„Bist du wahnsinnig?", stieß sie hervor.

„Eine Anklage wegen versuchten Mordes … Selbst wenn ich nicht im Knast lande – Nick wusste, du würdest nie mehr was mit mir zu tun haben wollen. Ich wette, jetzt hämmert er dir ständig all die grausigen Einzelheiten meines angeblichen Verbrechens ein, nicht wahr?"

Zienna versteifte sich. „Was du sagst, ergibt keinen Sinn."

„Erscheint es dir denn einleuchtend, dass ich in sein Haus ging, ein Messer aus der Küche holte und in seinen Bauch stach?"

„Du erzählst mir, am Sonntagabend hättest du Frieden mit Nicholas geschlossen. Wenn das stimmt, wenn du mich nicht mehr beansprucht und ihm überlassen hast – warum sollte er sich trotzdem bedroht fühlen und etwas so Ungeheuerliches erfinden, um dich außer Gefecht zu setzen?"

„Weil er bezweifelte, dass du bei ihm bleiben würdest, und er wollte auf Nummer sicher gehen."

Verächtlich schüttelte sie den Kopf. Doch sie wusste nicht, was sie denken sollte, war verwirrter denn je. Und jedes Argument, das Wendell vorbrachte, ließ ihr Herz jubeln – was ihr Angst einjagte.

Denn sie musste an Alexis' Frage denken. *Habe ich mich aus den richtigen Gründen für Nicholas entschieden? Oder wegen meiner Schuldgefühle?*

„Meine linke Schulter ist schwer beschädigt, erinnerst du dich?", fuhr Wendell fort. „Übrigens war das Nicks Werk. Glaubst du, bei einer Keilerei hätte ich ihn mit meinem geschwächten Arm niederstechen können? Ich bin Linkshänder."

Ziennas Gedanken überschlugen sich. An diesen Punkt hatte sie bisher nicht gedacht. Aber seine Erklärung war nicht von der Hand zu weisen.

Trotzdem entgegnete sie: „Vielleicht ist deine Schulter nicht so schwer verletzt, wie du es vorgibst."

„Für nächste Woche ist meine Operation geplant."

„Was keineswegs beweist … Wie soll ich denn wissen, ob du die Wahrheit sagst?"

„Ich liebe dich", beteuerte er leise und ernsthaft, mit einer sanften Stimme. „Darin liegt die ganze simple Wahrheit. Glaubst du, ich lüge?"

Schweigend starrte sie ins Leere. Sie konnte kaum atmen.

So lange hatte sie gehofft, Wendell würde diese drei bedeutungsvollen Wörter aussprechen.

„Ja, ich liebe dich", bekräftigte er. „Aber weil du mich abgewiesen hast, wollte ich dich zu nichts zwingen. Auch in diesem Moment würde ich dich in Ruhe lassen. Wenn ich den Ausdruck deines Gesichts nicht sehen würde. Genau das ist es, was Nick befürchtet hat. Glaubst du, er hat nicht bemerkt, was mir völlig klar war? Die ganze Zeit beobachtete er uns, er wusste, dass wir ihn betrogen haben. Was meinst du, welches Spiel er mit dir treibt? Findest du das normal? Oder überlegst du vielleicht, er könnte mich beschuldigen, weil es keine andere Möglichkeit gibt, uns auseinanderzubringen?"

„Hör auf, Wendell", flüsterte sie kraftlos. Mit allen Fasern ihres Seins *glaubte* sie ihm. Zumindest das wusste sie ohne jeden Zweifel.

Doch sie hatte seine Freundschaft mit Nicholas zerstört.

Und sie wollte verdammt sein, wenn sie Nicholas noch schmerzlicher verletzte.

„Ich höre nicht auf", erwiderte Wendell. „Erst wenn du es begriffen hast."

„Falls es stimmt, was du sagst …" Zienna zögerte beklommen. „Dann behauptest du gleichsam, Nicholas hätte das Messer selbst in seinen Bauch gestoßen."

„Offenbar hielt er das für nötig."

„Davon will ich nichts wissen!"

„Als ich auf dem College eine Affäre mit Sandra hatte, hinterlegte Nick einen Brief, in dem er seinen Selbstmord ankündigte, und verschwand für fünf Tage. Damit bestrafte er seine Freundin. Und mich."

Was er da erzählte, traf Zienna wie ein Hammerschlag in den Magen. Aber Sekunden später verwarf sie Wendells Anklagen gegen Nicholas. Das alles würde sie nicht ernst nehmen.

Und so platzte sie heraus: „Nicholas und ich sind verlobt."

„Was?"

Herausfordernd hob sie ihr Kinn, obwohl ihr Puls außer Kontrolle geriet. „Du hast richtig gehört."

„Niemals werde ich das akzeptieren." Wendell streckte eine Hand nach ihr aus. Sanft strich er über ihre Wange.

Hastig drehte Zienna den Kopf zur Seite und holte tief Luft. Weil seine Berührung noch immer etwas in ihr weckte. Etwas Unerklärliches.

„Sei vernünftig, Zee, du kannst Nicholas nicht heiraten."

Ihre Augen füllten sich mit Tränen. „Nun sollte ich die Polizei rufen. Aber ich tu's nicht. Geh einfach, und lass uns in Ruhe."

„Bitte, Zee, du *darfst* Nicholas nicht heiraten. Denk darüber nach. Wenn er imstande war, sich selbst so schwer zu verletzen, nur um mich loszuwerden – meinst du nicht, er könnte auch dir etwas antun?"

„Verschwinde!" Jetzt flossen die Tränen. „Sofort!"

Fragend schaute Wendell sie wieder an, und sie sah keinen Kampfgeist mehr in seinen Augen.

„Okay." Er nickte grimmig. „Übrigens habe ich mit der Polizei gesprochen. Ich werde nicht eingesperrt."

„Was?", wisperte sie verstört.

„Bevor ich dir das erzählte, wollte ich wissen, ob du mir glaubst."

Und dann wandte er sich ab und ging langsam davon. Sprachlos blieb sie zurück.

Wie weh es tat, ihn so zu sehen … so unglücklich, weil sie ihn abwies … Aber was erwartete er von ihr?

Aus irgendeinem Grund fühlte sie sich gezwungen, ihm nachzurufen: „Das ist der Weg des geringsten Widerstandes, Wendell! Ein sicherer Weg, dem ich folgen muss!"

Sie dachte an Alexis, die wieder mit Elliott vereint war. Weil die Aufregung mit Brock all die Qual nicht wert gewesen war.

Und das ist alles, was Wendell mir jemals geboten hat – Aufregung und Herzschmerz …

„Tu, was du tun musst!“, rief er über seine Schulter und blieb stehen. „Ich würde dir niemals in die Quere kommen, wenn du das tust, was du wirklich willst!“

„Danke“, erwiderte sie erleichtert.

Er kehrte nicht zu ihr zurück, sondern ging weiter. Sie stieg in ihr Auto.

Aber als sie den Motor startete, begann sie zu schluchzen. Aber nicht vor Erleichterung.

Sondern weil ihr Herz erneut gebrochen war.

28. KAPITEL

„Das verstehe ich nicht." Zienna musterte Nicholas mit schmalen Augen. „Wieso wird Wendell nicht verhaftet?"

„Wegen Mangel an Beweisen", antwortete er leicht irritiert. „Keine Fingerabdrücke auf dem Messergriff. Wahrscheinlich trug Wendell Handschuhe. Daran erinnere ich mich nicht. Verdammt, ich überstehe gerade erst ein gewaltiges Trauma."

„Aber du hast ihn gesehen. Und du weißt, dass er es war, der dich angegriffen hat."

„Mein Wort gegen seines – so was in der Art. Ohne ausreichendes Beweismaterial wird keine Anklage erhoben. Also kommt er wieder mal davon. Wie üblich. Der arrogante Kerl ist ein Sonntagskind, er kommt immer ungeschoren davon."

„Für mich ergibt das keinen Sinn, Nicholas. Du liegst im Krankenhaus und …"

„Glaubst du, *mir* gefällt das alles?", fiel er ihr erbost ins Wort. „Sicher nicht. Aber ich kann's nicht ändern."

Seit seiner Operation waren fünf Tage verstrichen. An diesem Vormittag wurde er entlassen. Viermal hatten die Detectives ihn vernommen. Auch an diesem Morgen waren sie im Krankenzimmer erschienen und hatten ihn gebeten, aufs Revier zu kommen.

„Was ich nicht begreife …" Seufzend schüttelte Zienna den Kopf. „Warum fragen die Cops dich dauernd nach der Attacke, wenn sie Wendell nicht festnehmen?"

„Soll ich raten?" Während er seinen kleinen Koffer packte, schaute er sie kurz an. „Wahrscheinlich halten sie mich für verwirrt und glauben, ich wüsste nicht, was wirklich passiert ist."

Sie hatte beschlossen, Wendells Beteuerungen zu vergessen. Aber am letzten Abend war Nicholas erneut von der Polizei verhört worden, und Zienna hatte an der Tür gelauscht.

Immer wieder stellten die beiden Detectives die gleichen Fragen – als ob sie erwarteten, er würde seine Antworten ändern.

Wo befand er sich zum Zeitpunkt des Angriffs? Lag er auf den Knien? Stand er? Trug Wendell Handschuhe? Stach er mit der rechten oder mit der linken Hand zu?

Verständlicherweise hatte Nicholas sich über das Verhör geärgert. Auch an diesem Morgen war er ziemlich schlecht gelaunt.

„Reg dich nicht auf, Darling", bat Zienna. „Wenn Wendell dir das angetan hat …"

„Wenn?", unterbrach er sie und warf ihr einen vernichtenden Blick zu. „Wie meinst du das?"

„Nun, ich meine, du weißt ja, dass er der Täter ist. Deshalb kann er der Polizei nicht mehr lange entkommen. Nur das habe ich gemeint."

„Hast du was von ihm gehört?", fauchte er.

Beunruhigt schaute sie in sein wutverzerrtes Gesicht und schluckte. „Nein … Wieso fragst du mich danach?"

„Oh, das ist zum Schreien!"

„Warum?"

„Wie oft hast du mich belogen, wenn ich wissen wollte, ob Wendell dir über den Weg gelaufen ist?"

„Das war *vor* dem Anschlag. Um Himmels willen, ich habe mich für dich entschieden und mit ihm Schluss gemacht. Also wirklich, wie kannst du glauben, ich würde ihn sehen oder auch nur mit ihm telefonieren, nachdem er über dich hergefallen ist?"

Diesen Worten folgte ein langes Schweigen. Dann seufzte Nicholas tief auf. „Der ganze Stress macht mir wirklich zu schaffen, das ist alles. Wärst *du* niedergestochen und wie eine Leiche liegen gelassen worden, wüsstest du, wie ich mich fühle."

Wieder einmal meldete sich ihr schlechtes Gewissen. Sie ging zu ihm und schlang ihre Arme um seine Taille. „Vielleicht haben die Detectives gar nicht so unrecht. Als du niedergestreckt wurdest, könntest du vorübergehend das Gedächtnis verloren haben. Die schreckliche Situation hat dich durcheinandergebracht, und du wurdest von jemand anderem angegriffen."

Abrupt riss er sich los und starrte angewidert auf Zienna hinab. „Wenn du mir nicht glaubst, musst du sofort gehen."

„Nicholas …"

„Raus!"

„Was?"

Zu Ziennas Entsetzen legte er eine Hand um ihren Hals. Viel zu fest. „Ich sagte, wenn du mir nicht glaubst, musst du verschwinden", erklärte er in gefährlich leisem, drohendem Ton. Die Lippen an ihrem Ohr, murmelte er: „Jetzt habe ich mir genug von dir gefallen lassen. Nur deinetwegen bin ich hier. Ist das klar, verdammt noch mal? Es ist einzig und allein deine Schuld!"

Atemlos zerrte sie an seinen Fingern. „Nicholas!"

„Schmeckt Wendells Schwanz in deinem Mund besser als meiner?" Seine Stimme klang so beiläufig, als würde er ein Kind fragen, ob es einen Lolli wollte.

„Hör auf", würgte Zienna hervor.

Nicholas stieß sie brutal weg. Dabei drückte er kraftvoll auf ihren Kehlkopf. Keuchend schnappte sie nach Luft. In ihren Augen brannten Tränen. Während sie nach Fassung rang, berührte sie ihren misshandelten Hals.

„Okay", sagte Nicholas nach einer Weile, „packen wir die restlichen Sachen ein."

Immer noch hustend, starrte sie ihn an. Zum ersten Mal erkannte sie ihn nicht wieder.

Sie sah ein Ungeheuer.

„Tut mir leid", entschuldigte er sich mit sanfterer Stimme und kehrte zu seinem Koffer zurück. „Dieser Stress ..."

„In all den Jahren, die meine Eltern zusammen waren", begann Zienna langsam, „konnte ich kein einziges Mal beobachten, dass mein Vater die Hand gegen meine Mutter erhoben hätte."

„Ich sagte doch, es tut mir leid. Das wird nicht mehr passieren."

„Was meine Eltern verbunden hat, wollte ich auch ...", fuhr sie zögernd fort. „Und ich dachte, mit dir hätte ich es gefunden."

„Das hast du ja auch."

„Weil du fast gestorben wärst, habe ich deine negativen Seiten verdrängt. Zum Beispiel warst du nicht für mich da, als mich der Patient im Reha-Center schikaniert hat."

„Worauf willst du hinaus?"

„Für mich ist das ein schrecklicher Tag gewesen. Ich brauchte eine Schulter zum Ausweinen. Aber du warst nicht verfügbar. Auch nicht am Todestag meiner Eltern."

„Darüber haben wir bereits diskutiert. Ich verstehe, dass du dich vernachlässigt fühlen musstest, und ich habe dir versprochen, ich würde mich ändern."

„Ohne mich zu fragen, hast du einen Immobilienmakler angerufen und ihm mein Apartment zum Verkauf angeboten! Nie hat mein Dad meine Mom kontrolliert. Niemals! Was schlimmer ist, weiß ich nicht – das oder deine Videoaufnahmen von meinem Sex mit Wendell."

„Spielst du wieder mal die Karte der Märtyrerin aus?"

„Das alles wollte ich vergessen, weil ich glaubte, ich wäre für den Mordanschlag auf dich verantwortlich." In ihrer Fantasie hörte sie Alexis' Stimme. *Warum bleibst du bei ihm? Weil du es willst? Oder weil dich dein Gewissen plagt?* „Aber soeben hast du mir eine Seite deines Wesens gezeigt ..."

„Moment mal, ich erhole mich gerade von einem fast tödlichen Messerstich."

„… die ich nicht vergessen – und nicht verzeihen kann. Du bist nicht der richtige Mann für mich."

„Was sagst du da?" Mit langen Schritten ging er wieder zu ihr.

Entschlossen straffte Zienna die Schultern. Diesmal würde sie nicht klein beigeben.

Jetzt war es endgültig vorbei. Bevor er nach ihr griff, fegte er die Wassergläser auf dem Tisch zu Boden.

„Du bist nicht der Richtige für mich, Nicholas."

Da schlug er sie ins Gesicht, mit aller Kraft, sodass ihr Kopf zur Seite schwang. Schreiend verlor sie das Gleichgewicht und stürzte.

In der nächsten Sekunde lag er auf ihr, hämmerte ihren Hinterkopf gegen den harten Holzboden, traktierte sie mit beiden Fäusten, bis zwei Pfleger kamen, die ihn von ihrem Körper wegzerrten.

„Du betrügst mich, du tust mir das an?", brüllte Nicholas. „Und dann willst du mich verlassen?" Völlig außer Kontrolle, tobte er wie ein wütender Tiger.

„Mr Aubrey, Sie müssen sich beruhigen!", rief einer der Pfleger.

„Lassen Sie mich los!"

Drei Sicherheitsbeamte stürmten ins Zimmer. Zu fünft gelang es den Männern endlich, Nicholas niederzuringen. Unentwegt schrie er, wie sehr er Zienna hassen würde, dass er ihr den Tod wünschte, weil sie ihn so schmerzlich verletzt hatte.

Von kaltem Grauen erfasst, beobachtete sie ihn – unfähig, diesen Fremden wiederzuerkennen, in den er sich verwandelt hatte.

Und dann dachte sie an Wendells Ermahnung.

Wenn er imstande war, sich selbst so schwer zu verletzen, nur um mich loszuwerden – meinst du nicht, er könnte auch dir etwas antun?

Jetzt hatte sie eine Antwort erhalten.

Die Antwort auf alles.

29. KAPITEL

Ein paar Tage später wurde Nicholas verhaftet. Die Polizei erhob Anklage gegen ihn. Nicht nur, weil er Zienna im Krankenhaus attackiert, sondern auch, weil er sich selbst mit einem Messer verletzt und Wendell mittels einer falschen Aussage als Täter angegeben hatte. Seine Schilderung des Tathergangs enthielt zu viele Ungereimtheiten. Hauptsächlich belastete ihn der Winkel, in dem das Messer eingedrungen war. Wie die Ermittler schon bald festgestellt hatten, konnte die Verletzung nur von ihm selbst verursacht worden sein.

Zienna hatte die Nacht in der Klinik verbracht, um ihre eigenen Blessuren behandeln zu lassen. Da Nicholas ihren Kopf gegen den Boden gerammt hatte, litt sie an einer leichten Gehirnerschütterung. Außerdem hatte sie ein blaues Auge, eine Platzwunde auf der Oberlippe und einen Riss auf einer Wange, der mit vier Stichen genäht werden musste.

Drei Tage nach ihrer Entlassung aus dem Krankenhaus sah sie immer noch furchtbar aus.

„Wie fühlst du dich?", fragte Alexis. Sie hatte ihre Freundin nach Hause gebracht. In den letzten Tagen war sie nicht von Ziennas Seite gewichen. Unter dem Vorwand eines Notfalls in der Familie hatte sie Urlaub genommen. Für sie gehörte Zienna gewissermaßen zur Familie.

Nun saßen sie auf dem Sofa im Wohnzimmer. Zienna blickte von ihrem Teller mit den zur Hälfte verspeisten Pommes frites auf, die Alexis für sie zubereitet hatte. „Willst du die Wahrheit wissen? Ich bin vor allem schockiert. In den letzten anderthalb Wochen kam mir mein Leben wie eine Seifenoper vor. Die körperlichen Wunden werden heilen. Bei den seelischen Narben bin ich mir nicht so sicher."

„Auch das wirst du überwinden", versuchte Alexis sie zu trösten. „Sei froh, dass du Nicholas' wahres Wesen schon jetzt erkannt hast und nicht erst – Gott bewahre – nach der Hochzeit." Schaudernd verdrehte sie die Augen. „Das stelle ich mir lieber gar nicht vor."

„Also soll ich meinem Schicksal dankbar sein?" Um nicht im Selbstmitleid zu versinken, zwang Zienna sich zu lächeln. „Das haben meine Eltern oft gesagt. Nichts kann so schlimm sein, dass nicht auch was Gutes dabei rauskommt."

„Immerhin lebst du. Wenn ich bedenke, was fast passiert wäre …" Alexis stöhnte. „Hätte ich dich bloß nie mit Nicholas bekannt gemacht!"

„Oh Gott, quäl dich nicht mit unsinnigen Selbstvorwürfen! Ohne meine Beziehung zu Nicholas wäre ich Wendell vielleicht nie wieder begegnet."

Sobald Wendell von der Attacke erfahren hatte, war er verzweifelt und voller Sorge in die Klinik geeilt. Zienna freute sich über seinen Besuch, hatte ihn aber gebeten, ihr etwas Zeit zu lassen, damit sie wieder einen klaren Kopf bekommen und den schrecklichen Zwischenfall verarbeiten konnte. Nur drei Tage gestand er ihr zu. An diesem Morgen hatte er sie angerufen und um ein Wiedersehen gebeten.

„Ach ja, Wendell …" Alexis lachte leise. „Schau dich an! Du musst seinen Namen nur aussprechen, und schon strahlst du übers ganze Gesicht."

Inzwischen hatte Zienna aufgehört, die Wirkung zu bestreiten, die er auf sie ausübte. Das war nicht mehr nötig. „In einer halben Stunde müsste er hier sein", bemerkte sie nach einem Blick zur Wanduhr.

„Heißt das, du wirfst mich raus?"

Zienna lächelte honigsüß. „Wenn's dich nicht stört …"

„Natürlich bin ich tief gekränkt", behauptete die Freundin und presste eine Hand auf ihr Herz.

„Darüber wird Elliott dir hinweghelfen."

Mittlerweile trug Alexis wieder den Verlobungsring, den

Elliott ihr zurückgegeben hatte. Zu Weihnachten wollten sie heiraten.

Sie nahm das benutzte Geschirr vom Couchtisch und spülte es. Dann gab sie Zienna einen Abschiedskuss. „Ich liebe dich."

„Ich dich auch."

Fünfzehn Minuten, nachdem Alexis gegangen war, läutete es. Zienna ging zur Sprechanlage und atmete tief durch. „Hallo?"

„Ich bin's", erklang Wendells Stimme.

Zienna ließ ihn herein. Ein paar Sekunden später hörte sie ein Klopfen und öffnete die Wohnungstür. In ihrem Bauch flatterten Schmetterlinge.

Für eine kleine Weile schauten sie sich schweigend in die Augen, bis Wendell leise seufzte. „Hey."

„Gleichfalls hey."

„Wenigstens siehst du jetzt besser aus als im Krankenhaus." Vorsichtig berührte er ihre Wange. „Da hat Nicholas dir verdammt übel mitgespielt."

„Komm rein", bat sie und trat zurück.

Wendell folgte ihr ins Wohnzimmer, wo sie aufs Sofa sank, während er sich ihr gegenüber in den Lehnstuhl setzte.

Auch jetzt dauerte es eine Zeit lang, bis das Schweigen gebrochen wurde. Der wahnwitzige Stress der letzten Tage und Wochen forderte seinen Tribut.

„Nicht zu fassen", begann Wendell schließlich. „Nick – hinter Gittern. Da glaubt man, jemanden zu kennen ..."

„Am Morgen nach seiner grausigen Tat besuchte ich ihn im Krankenzimmer. Da sagte er, die Eifersucht sei ein hässliches Gefühl und könne einen Menschen zu unvorstellbaren Taten treiben. Damit meinte er dich. Aber ich vermute, in Wirklichkeit sprach er von sich selbst. Niemals in tausend Jahren hätte ich ihm zugetraut, dass er sich selbst verletzen würde, nur um dich in den Knast zu bringen. Und wie er dann über mich herfiel …" Über Ziennas Rücken rann ein kalter Schauer, als sie sich an die furchtbare Szene erinnerte.

„Er hat vor lauter Eifersucht den Verstand verloren. Und was seine Psyche betrifft, war er schon immer labil."

Damit hatte Wendell sicher recht. Trotzdem wandte sie ein: „Nur meinetwegen ist er ausgerastet. Dazu habe ich ihn getrieben. Hätte ich ihn nicht betrogen, wäre er immer noch ein vernünftiger, tüchtiger Spitzenkoch in zwei erfolgreichen Restaurants."

„Deine Schuld ist es nicht."

„Wie können wir uns für schuldlos halten?"

„*Ich* kann es keineswegs. Nicht ganz. Ich weiß allerdings, dass Nick bereits seit längerer Zeit seelisch gestört war. An dieser krankhaften Eifersucht litt er schon, bevor wir beide in sein Leben traten. Das hat er nur sehr gut verborgen."

„Irgendwie habe ich das Gefühl – wenn wir beisammenbleiben, du und ich, wäre es aufgrund seines Unglücks …" Zienna senkte den Kopf, ihre Stimme brach. Darin lag der Kernpunkt ihres Problems. Zweifellos liebte sie Wendell. Aber konnte sie mit ihm zusammenleben, ohne sich stets an die Tragödie zu erinnern?

„Nein", erwiderte er entschieden. „Wenn wir zueinanderfinden – dann wirklich nur, weil es unsere Bestimmung ist. Als ich mich vor vier Jahren in dich verliebte, war ich zu schwach, um Pam zu verlassen. Ich dachte, ich wäre ihr verpflichtet. Aber sobald ich dich wiedersah, war's um mich geschehen. Das wusste Nick. Er *wusste*, wir würden uns in die Arme fallen. Wahrscheinlich hat er's uns schon am ersten Abend im Restaurant angemerkt. Deshalb bat er mich, mit dir zu flirten, dich zu testen, und er bildete sich ein, er hätte die Situation unter Kontrolle."

„Ich wollte ihm niemals wehtun", flüsterte Zienna und wischte eine Träne von ihrer Wange.

Wendell stand auf und setzte sich zu ihr. Behutsam umfasste er mit seiner gesunden rechten Hand ihr Kinn, drehte ihr Gesicht zu sich herum.

„Natürlich nicht, und ich wollte es ebenso wenig", beteuerte er. „Doch darum geht es nicht. Hätte er mit seinem Wunsch, ich sollte mich an dich ranmachen, die Dinge nicht beschleunigt, hätte ich vermutlich gewartet, bis deine Beziehung zu ihm ihr vorhersehbares Ende finden musste. Jetzt ist es anders gelaufen. Ich bin hier – bei dir. Und ich hoffe, Nicks trauriges Schicksal wird nicht für alle Zeiten wie eine dunkle Wolke über uns hängen."

Ziennas Puls pochte schneller. Wie immer in Wendells Nähe. Ganz egal, ob er sie zum Sex überredete oder ihr erklärte, er würde fortgehen – ständig weckte er intensive Gefühle, reines Glück oder tiefe Verzweiflung.

Und das verriet ihr etwas sehr Wichtiges über sich selbst.

Alexis hatte erklärt, Zienna sei nur zu Wendell zurückgekehrt, weil sie ihn schon immer geliebt habe. Also nicht wegen einer aufregenden Affäre. So einfach war das. Damals hatte sie die Wahrheit in den Worten der Freundin erkannt und trotzdem nicht akzeptieren wollen.

„Nun?", fragte Wendell. „Alles okay mit uns?"

„Wäre es möglich?", konterte Zienna.

„In deinen Augen lese ich, dass du mich liebst, Zee. Und ich *spüre* es. Genauso liebe ich dich. Warum sollen wir nur wegen äußerer Umstände auf etwas so Wunderbares verzichten?"

„Aber die Schuldgefühle …"

„Endlich können wir zusammen sein, Zee. Der Weg zu diesem Moment war entsetzlich. Das gebe ich zu. Gewiss, Nicholas musste leiden. Auch wir wurden verletzt."

Sie betrachtete seine linke Schulter, seinen Arm in der Schlinge. In zwei Tagen sollte Wendell operiert werden.

So viel hatten sie falsch gemacht in diesem unseligen Dreiecksverhältnis. *Aber müssen Wendell und ich dafür bis in alle Ewigkeit büßen?*

Wie sie inzwischen gelernt hatte, gab es weder Schwarz noch Weiß, nicht dies oder das, nicht Richtig oder Falsch. In allen Aspekten des Lebens gab es Grauschattierungen.

Nein, einfach war es nicht gewesen, sondern schwierig und schmerzhaft. Aber letzten Endes sind wir jetzt vereint, dachte sie. Weil wir uns lieben …

„Vielleicht mussten wir das alles durchmachen, Zee. Damit wir wissen, dass wir zueinandergehören. Zumindest *ich* weiß es."

Wendells Worte berührten sie zutiefst. Sie wirkten ermutigend wie ein Sonnenstrahl, der sich durch düstere Wolken einen Weg gebahnt hatte.

„Wenigstens gibt's jetzt niemanden mehr, den wir verletzen können", flüsterte sie und lächelte schwach.

„Nein, da ist niemand mehr", bestätigte Wendell. „Weil ich dir nie wieder wehtun werde. Das verspreche ich dir, Zienna. Wenn du's erlaubst, werde ich dich für den Rest meiner Tage lieben. Das darf Nicholas uns nicht wegnehmen. Lass es nicht zu. Sonst würde er sein perverses Spiel doch noch gewinnen."

Dieser Mann liebte sie, das war ebenso offenkundig wie ihre Liebe zu ihm.

„Da hast du recht", stimmte sie ihm nach einer kleinen Pause zu. „Er hat versucht, die Situation zu manipulieren. Und er wollte mich total vereinnahmen. Ich erklärte ihm, mein Vater habe meine Mutter nie kontrolliert. Genauso wenig sollte er also mich kontrollieren. Sein Bestes tat er, um uns beide auseinanderzubringen. Was ich falsch gemacht habe, gebe ich zu. Gewiss, ich hätte mich erst mit dir einlassen dürfen, wenn meine Beziehung mit Nicholas vorbei gewesen wäre. Wie du es gesagt hast. Aber – mein Gott, Wendell …" Zärtlich streichelte sie sein Gesicht. „Immer habe ich dich geliebt. Immer.

Und nach allem, was wir durchmachen mussten, um jetzt nebeneinanderzusitzen – und niemand steht zwischen uns ...“ Sie schüttelte den Kopf. „Nein. Ich schicke dich nicht weg. Das könnte ich nicht.“

Und dann sah sie etwas, das sie nicht erwartet hatte. Über seine Wange rollte eine Träne.

„Nichts wünsche ich mir sehnlicher, als dich zu heiraten und Babys mit dir zu bekommen, Zee.“ Er berührte das goldene Kreuz, das an seinem Hals hing. „Niemals wollte ich das mit einer anderen – ein normales Leben. Eine Familie. Mit einer Frau alt werden.“

„Oh Wendell ...“ Lautlos begann Zienna zu weinen. „Ist das wahr? Passiert nun wirklich, worauf ich so lange gewartet habe?“

„Nicht nur du, Zee.“ Lächelnd wischte er ihre Tränen weg und danach seine eigenen. „Auch ich wollte das nur zusammen mit dir. Trotzdem würde ich sofort auf dich verzichten, wenn ich glauben müsste, du wärst mit jemand anderem glücklicher.“

Zienna konnte ihren Ohren kaum trauen. Zum ersten Mal seit dem Tod ihrer Eltern wurde sie wahrhaft und bedingungslos geliebt.

„Darin liegt der Unterschied zwischen Nicholas und dir, Wendell. Seine Liebe war selbstsüchtig. Aber deine Liebe füllt die Leere in mir. Was du willst – davon träume ich auch. Ein gemeinsames Leben, Kinder. Für immer.“

Da küsste er sie voller Hingabe, mit einer wachsenden Leidenschaft, die ihren Körper und ihre Seele zugleich erwärmte.

Ein Kuss, der ohne jeden Zweifel bekundete, dass Ziennas Herz endlich ein Zuhause gefunden hatte.

– ENDE –